睡在豌豆上

睡在豌豆上

〔日〕湊佳苗——著

郭 勇——译

九州出版社
JIUZHOUPRESS

目录

chapter 1
归乡 001

chapter 2
失踪 053

chapter 3
搜索 105

chapter 4
迷路 159

chapter 5
归来 213

chapter 6
姐妹 261

chapter

1

归乡

那是上大学后的第二个夏天——

我从新神户车站乘上了新干线的回声号列车。我的目的地是三丰车站，车程大概是两个小时。坐在列车里，儿时听过的童话故事又从我头脑中的某个角落钻了出来。

为了不让大脑空闲下来，我会做一些数独、填字之类的谜题，还会掏出掌上游戏机玩俄罗斯方块、超级玛丽之类的游戏。但是，不管我的注意力多么集中于这些娱乐消遣，头脑都不会被它们完全覆盖。也许从远处看，我的大脑是被游戏完全覆盖了的，但走近细看，才发现，那覆盖大脑的一幅画就像是拼图拼成的一样，拼图的小块与小块之间，还留有弯弯曲曲的细小缝隙。

随着我与故乡之间的距离越来越近，头脑中存储的那个童话故事就从拼图的缝隙中无声无息地冒了出来。如果当初那个故事是以画面的形式输入我的大脑，那么它是很难从这细小的缝隙里钻出来的。但是，因为那个故事当时是以声音信号传入我的大脑，所以，从缝隙里钻出来就没那么困难了。我又想，既然是声音信号，我就用声音来对抗它，这样应该可以把它压制下去了吧。结果戴上耳机听音乐也没有实现预期的效果。听喜欢的歌手的抒情歌曲不行，听重金属摇滚也不行。而且和音乐的音量也没有关系，不管是大还是小，都无法压制住那个童话故事往外冒的势头。

以前，我曾经想过谈一场盲目的恋爱，投入热恋之中让对方占据我的全部头脑，可是这个计划并没有实施。虽然现在只能猜想，但我想那样做的效果也好不到哪里去。即使和一个恋人交往很多年，建立很深厚的感情，我估计依然无法把头脑中的一些东西打压下去。

利用课余时间我在一家名叫“金色丝带”的咖啡厅打工。打工的同伴中有一个叫沙纪的妹妹，她在工作的时候偶尔会伤心地落下眼泪。据她说那是因为咖啡厅中的背景音乐让她想起了前任男友。当时咖啡厅中播放的是收音机里的音乐，我们没法选择听什么样的音乐，只能任由耳朵和心绪被电台 DJ 左右。正好那首曲子让沙纪想起了前男友，所以她就情不自禁地哭了出来。

可是，沙纪现在是有男朋友的啊。而且，她和现任男友的感情貌似也很好，因为每天都能听到沙纪讲自己和男友的甜蜜故事。上个月的某一天，好像是沙纪和现任男友交往一周年的纪念日，她还专门给我秀了男朋友送她的项链坠呢。可尽管如此，沙纪还是会为前任男友哭鼻子。曾经有一同打工的同事询问过沙纪有关她前男友的事情，沙纪似乎不愿说太多。但从她的话中，我们也多少了解了一些。沙纪和前男友只交往了三个月左右，分手也是正常分手，并不是我们以前瞎猜的那样，说句不好意思的话，我们之前都以为她前男友出什么意外死了呢，所以她才那么悲伤。现在，沙纪回到家乡的时候，还会和前男友见面，不过不是单独会面，一般都会叫上他们共同的朋友一起出来。询问沙纪的那位同事一脸困惑，因为从这些信息中她根本找不到能让沙纪哭泣的理由。不过我似乎倒是可以理解沙纪的感受。

记忆的浓淡，不受时间远近、现在状况的影响。

我曾经听人讲过这样一个故事。话说很久以前有一个贫困潦倒的画家，他穷得连画布都买不起。于是，他不得不在已经画好的画上面再画新的画。结果，后人一层层剥开他的画作，在下面发现了沉睡已久的非凡作品，堪称名画。

我认为，人类的记忆也像画布一样，我们在反复不停地往那张画布上画画。平淡的日常生活就像淡而无奇的普通作品，每天都会在画布上画上一层。不过，随着岁月的流逝，上层的普通画颜色会逐渐变淡，并慢慢出现皲裂，而下层曾经浓墨重彩的经典之作便会一点点浮现出来。这没有什么不可思议的。

在很久很久以前，一个王国的王子四处寻找他的新娘，他想找一个真正的公主做他的新娘。但是，王子始终没有找到心仪的、能做自己新娘的公主。

这就是安徒生童话中《豌豆公主》的故事。当年把这个故事讲给我听的人是大我两岁的万佑子姐姐，虽然当时她还有些口齿不清，但读起故事来却异常流利。她故意压低声音，用温柔又充满感情的语调给我讲故事的情形，至今依然能够清晰地浮现在我的眼前。每当想起《豌豆公主》这个故事的时候，我的头脑中出现的不是故事中的情节，而是姐姐用心讲、妹妹认真听的动人场景。

从很小的时候起，万佑子姐姐就喜欢读书。有这样的姐姐给我讲书上的故事，我就不用自己动手去翻那些书了。因此，虽然我家有很多书，但我小时候更喜欢去外面疯玩。并不是我对书中的故事不感兴趣，只是与读书相比，我更喜欢看电视，或者随手翻几本没什么字的绘本。

我最不擅长的就是认字。姐姐万佑子刚上幼儿园的时候，就能认读所有平假名和片假名（假名，日语的表音文字。分为平假名和片假名两种——译者注）了。当时周围所有人都对万佑子的聪明赞不绝口。而我刚上幼儿园的时候，也许妈妈想再次感受被人赞美自己女儿的喜悦感，于是也强迫我学习认字。妈妈带我走在街上的时候，只要遇到店铺招牌或海报，都会故意在人前大声对我说："结衣子，那个字念什么？"

作为一个天真的小孩子，我已经注意到妈妈更喜欢万佑子姐姐，所以，为了讨好妈妈，我开始拼命地学认字。一根小棒，从中间折弯就是"く"；一根小棒，下面弯曲就是"し"；两根小棒横着放，上下各一根就是"こ"；两根小棒竖着放，一长一短就是"い"……

用这种方式记住的假名，在我的头脑中只能是一种符号。将那些字连起来可以组成词语、造成句子、构成文章。但是，用这些文字构成的文章，在我的头脑中是没有颜色的，不管是风景还是人物，都是黑白的。而且，就这样读书学习的话，不管我读多少书，都只不过是在头脑中积累各种各样的小棒而已。我心想，这样读书到底有什么乐趣呢？这个疑问至今依然徘徊在我的头脑中。

在乘坐新干线列车的两个小时中，我是不会用读书这种方式来打发时间的。之所以那个童话故事一直往我的记忆表层钻，并不是因为我的记忆出了问题只记住了那个故事，而是因为没有新的故事可以替代它。

不，应该说不管读了什么大作，也无法将那个童话故事封印在记忆深处。

王子见到的公主都在努力地表现自己，甚至会说谎、隐瞒一些事情。这样的公主都不是王子想要的。于是，为了找到自己心仪的公主，王子开始到世界各地去旅行。

我不喜欢读书，但这并不影响我知道书中的内容。因为自打万佑子姐姐上小学开始，她就天天读书中的故事给我听。她是想让我感受到读书的快乐吗？还是她只是单纯地喜欢读书？抑或是因为她认识很多字，装作老师的样子给我读书能让她拥有空前的优越感？至于这个问题的答案，至今我依然毫无头绪。

我和姐姐的房间有十五六平方米大，地面铺着木地板，每天晚上，我们把褥子铺在房间的正中央，然后就听万佑子姐姐给我讲故事。

万佑子给我读的书中没有一幅画，传到我大脑中的只有变成声音的文字信号，可是，故事的景象却能浮现在我的头脑中。森林、城堡、老爷爷、老奶奶、小猫、兔子、王子、公主、舞会、宴会……她讲给我听的都不是多长的故事，也不是很稀奇的故事，无外乎《安徒生童话》《格林童话》《伊索寓言》《天方夜谭》等全世界孩子都耳熟能详的故事。每天晚上，我都在万佑子姐姐讲的故事中安心地睡去。

但实际上，并不是所有人都听过这些故事，这个事实是我上个月才注意到的。当时，有一对母子来我打工的“金色丝带”咖啡厅喝茶，他们走后把一本名为《皇帝的新装》的绘本落在了座位上。另外三名在店里打工的大学生翻开那本书后，都惊叹不已，说竟然还有这么好玩的故事！可是更惊叹的应该是我，三个大学生竟然没听说过《安徒生童话》中著名的《皇帝的新装》，而且其中一个人还是文学系的学生……

于是我问他们，有没有听说过《丑小鸭》《拇指姑娘》《海的女儿》，我知道我问话的语气中带着一丝鄙夷，让他们听了也许会不舒服，但不问一下我心里又觉得不爽。当我问到《海的女儿》时，他们终于点了点头。不过，他们对《海的女儿》的理解，也仅限于在迪士尼乐园见过美人鱼的卡通形象。竟然还有人问我，那个故事是不是美国人编出来的。我发现，他们甚至连“安徒生童话”这个词都没听说过。不过，我也没多说什么，只是一笑了之。

我心想，那样的话，他们肯定更没听说过《豌豆公主》这个故事了。

可是，王子花了很长时间都没有找到自己喜欢的公主，他非常失望，于是又回到了自己的城堡。

讲完故事之后，万佑子姐姐经常会让我对所讲故事发表一些感想。可是，大多数情况下我都已经睡眼蒙眬了，有的时候还没听姐姐讲完，我就进入梦乡了。这种时候，姐姐会在第二天再问我的感想。我的回答都非常浅显，比如，丑小鸭找到她的亲生母亲，真好；

小人鱼公主最后变成了气泡，真可怜……我以为，我的这些感想根本没有达到万佑子姐姐期待中的那么深刻。

可姐姐听了我的感想后每次都会微笑点头，好像在说，我也是这么想的。

关于童话故事中的出场人物，有好人也有坏人，不过都很有意思。

虽然现在的我已经二十岁，但对于那些童话故事的感想，和当年几乎没有什么不同。不过，只有一个故事，我对它的理解方式发生了改变。

那便是《豌豆公主》。

第一次听万佑子姐姐给我读这个故事的时候，我还不太理解。所以姐姐问我感想的时候，我说没听懂。万佑子也同意我的意见，说她也不太明白。其实《豌豆公主》的故事从内容上讲，并不太难懂。故事的梗概是这样的：

一位王子想找一位“真正的公主”做自己的新娘。

不过，王子找了很多地方，都没有找到心仪的公主。

在一个暴风雨的夜晚，一位少女来到了王子的城堡。

这位少女虽然衣衫褴褛，而且被大雨淋得像落汤鸡一样，但她却坚持说自己是一位公主。

王子的母亲——王后想出一个办法，可以查明这位少女到底是不是真正的公主。

王后在一张床上放了一粒豌豆，然后在上面铺上很多层羽绒褥子。

少女就在这个床上睡了一晚。

第二天早晨，王后问少女昨晚睡得可好。

结果少女回答说昨晚睡得很不好，因为她感觉到褥子下面有个硬邦邦的东西，这令她很不舒服。

听到这话后，王后确认这位少女是一位真正的公主，因为只有真正的公主才会有如此细嫩的皮肤，才能感觉到褥子下面的那颗豌豆。最后，王子和公主结婚，从此过上了幸福的生活。

在豌豆上铺了那么多层褥子，还是羽绒褥子，再高贵、敏感的公主，也不太可能会感觉到豌豆的存在。这是我始终不能理解的地方。

于是，在万佑子姐姐的提议下，我们决定亲自试验一下。因为不知去哪找坚硬的豌豆，所以我们准备用玻璃球代替豌豆。我们家附近有家杂货店叫“丸一”，我和万佑子姐姐在那里买了玻璃球。在店门口我们看见地上有一个空的玻璃汽水瓶，因为觉得好玩就拿石头把它砸碎了。结果杂货店老板娘把我们俩狠狠地批评了一顿。万佑子姐姐深深地鞠躬致歉，嘴里还不停地说：“对不起！我们错了！”老板娘心软了，笑着原谅了我们，还说：“我是怕你们被玻璃划伤。”

因为我和姐姐的房间里根本没有床，所以我们就把玻璃球直接放在地板上，然后在上面铺上万佑子的褥子和我的褥子，又把我们两个人的被子也铺在上面，一共铺了四层。我们的褥子和被子里面装的是棉花，虽然没有羽绒那么松软，但铺了四层在上面，我们躺在上面不管怎么翻滚，也感觉不到任何异样。作为实验，已经算是非常充分了，我们得出结论，不是童话里的故事在骗人，就是姐姐和我不是公主。实验本应到此结束了，但万佑子姐姐坚持说，一定要用羽绒被再试试。于是，我们趁着妈妈外出买东西的时机，溜进了爸爸、妈妈的卧室，把他们的羽绒被抱进了我们的卧室。

把父母的羽绒被再铺在我们的被子上面，那效果简直完美了，我和姐姐俯冲到被子上，在上面打滚撒欢，不知不觉已经把玻璃球的事情忘得一干二净了。没想到羽绒被的触感是那么舒服。万佑子和我钻到最上面的一层羽绒被下面，任由那柔软的感觉把我们包裹住。也许是玩得太疯，太累了，于是不知什么时候我们就那样睡着了。妈妈回家后，看到那个场面不知道有多吃惊，她把我们姐妹俩叫醒后狠狠地批评了一顿。

妈妈教育我们说，第一，我们错在不该踩被子，在我们家里，踩被子或睡在被子上面都是违反家规的，因为被子是用来盖的，褥子才是用来垫的；第二，不该把爸爸、妈妈的羽绒被随便拿出来；第三，也是妈妈说得最严重的一点，就是我们不能不经同意随便进出父母的房间。

妈妈警告我们以后不许随便进出他们的卧室，因为那里面放着很多重要的东西。可是，单凭这几句话我们难以理解妈妈的意思。所以万佑子姐姐问妈妈，到底有什么重要的东西呀。妈妈并没有敷衍我们几句了事，而是把我们姐妹俩带进了她的卧室。

妈妈的房间里有一个黑色的五斗柜非常显眼，每个抽屉上都有一个精致的黄铜拉手，那是妈妈出嫁时的嫁妆。妈妈拉开了最上面一层的抽屉，拿出一个蓝色的天鹅绒盒子，打开盒子呈现在我们面前的是一枚钻石戒指。

万佑子姐姐和我有生以来还是第一次见到钻石，只见那颗小石头反射出和玻璃明显不同的光辉，我们两人的眼睛都看直了。万佑子还情不自禁地叫出来："漂亮！太漂亮啦！"妈妈又拿出另外一个盒子打开来，里面是一枚蓝宝石戒指，在中间那颗硕大的蓝宝石周围，还镶了一圈小钻石。

"起先那枚钻石戒指是你们爸爸送给我的订婚戒指，这枚蓝宝石戒指是你们樽原外公当年送给外婆的订婚戒指。妈妈满二十岁的时候，外婆把这枚蓝宝石戒指传给了我。所以，等你们满二十岁的时候，我也会把这两枚戒指分别传给你们。如果在那之前就弄丢了，那可就麻烦了。所以你们不能随便进我和爸爸的卧室，明白了吗？"

樽原是妈妈出嫁之前的本姓，嫁给爸爸后就跟了爸爸的姓。听妈妈这么一说，我俩就理解了。父母的卧室，还有那个黑色的五斗柜，从那一天起在我们姐妹俩的心中就变成了一个特殊的存在。我和万佑子姐姐商量了一下，最后决定万佑子要那枚钻石戒指，而我要蓝宝石戒指。

因为姐姐是四月出生的，而四月的生日石刚好是钻石，所以万佑子想要那枚钻石戒指。我的生日石虽然不是蓝宝石，但我很喜欢蓝色，而且那枚戒指的蓝宝石个头又大，所以我爽快地答应了。

那个时候，万佑子姐姐给我讲了很多童话故事，可现在唯独《豌豆公主》会浮现在我的脑海中，其中的原因可能与刚才讲的那段逸事有关，但那并不是唯一的原因。当时幼小的我无法理解那位公主的心理，可后来发生了一件让我深刻领悟公主心情的事情，那可能是我将《豌豆公主》的故事铭刻在心里的重要原因。

那是一种睡在豌豆上的感觉。

那件事情本应封印在我的记忆深处，可是现在，它却和《豌豆公主》的故事一起复苏了，我的后背上立刻隐隐约约地出现了一种被硬物硌到的感觉。不过，我至今仍对《豌豆公主》记忆犹新，因为那是万佑子姐姐给我读的最后一个童话故事。

那是一个风急雨骤的晚上……

像上面一句话那样，每当遇到关键时刻，万佑子姐姐都会故意压低声音读，然后还停顿一会儿，好让我幻想接下来将要发生的事情，以激发我听故事的兴趣。然后……《豌豆公主》的故事就深深地印在了我的头脑中。而万佑子姐姐也失踪了。

一位少女来到了城堡，并敲响了大门。

列车到达了相生车站，车门一开，乘客们纷纷涌上车来，虽然没有潮水那般汹涌，但上来的人也不算少。虽然不是赶上了什么大的节假日，但是，在八月的周末里，要想一个人独占新干线列车回声号的双人座，那也是不太可能的。于是我把原本放在隔壁座位上的旅行包移到了自己脚下。

一会儿，一位上了年纪的大婶坐到了我隔壁的座位上。她把行李也放在了脚下。她身穿一件优雅的连衣裙，手拿一个高贵的小手包。可是，这位大婶还带了一个和她这身打扮极不相称的户外双肩包。那个双肩包是蓝色的，有两条黑色的肩带，在显眼的地方还有一个商标，一看就知道是一个著名的户外用品牌子。看起来可能是他儿子的背包吧。

那位大婶一坐下，就从膝头的手包中掏出一个大号的手帕，擦拭额头上的汗水。可能是外面的天气太热了，也许是拎着太多行李赶火车走得太累了，大婶的额头似乎有出不完的汗。擦着擦着，她忽然“啊”地叫了一声，然后把目光投向了脚边的双肩包。

“不好意思，你一定也很热吧。”

大婶对着双肩包说了这么一句之后，就刺啦刺啦地拉开了背包盖上的魔术贴，露出了茶色的网眼内衬。背包里竟然有一只猫，那是一种有着白色长毛、蓝色眼睛的小猫。它正用粉红色的鼻子嗅着背包的网眼内衬，同时抬起头来望向大婶，还很小声地喵喵叫着。

“只有一站路，稍微忍耐一下好吗？”

听到说只有一站路，我心里稍微松了一口气。大婶在跟小猫说那句话的时候，故意放大了嗓门，其实也是说给我听的。公共交通工具上并没有明文规定不允许携带宠物。而且，大婶那双肩包外侧的小网兜里还放着随身行李收费单，说明她已经为小猫办好了各项乘车手续。但是，并不是所有人都喜欢小动物，尤其是在列车这种狭小的空间中。所以，大婶大声对猫说话，也是想试探一下我的态度。

我觉得，大婶那句话也是对我说的，她的意思是，再有二十分钟我就带猫下车，请你忍耐一下。我从脚边的包里拿出一本数独书和笔，在拿书的过程中我尽量不让那只猫进入我的视线。然后打开书，翻到了数独游戏最难级别的那一页。

《豌豆公主》的故事暂时从我的头脑中隐去了。但是，数字游戏的魔力也只能坚持一会儿。比童话故事更加难缠的往昔记忆又像泥浆一样从地下汩汩涌出，然后蔓延开去，似乎想覆盖我的整个大脑。我必须得尽力阻止那泥浆形成一幅完整的画面，并变坚硬覆盖我的大脑。坐过火车的人可能都有感觉，夏季列车里的空调都开得太大了，甚至会让人感觉有些冷。可尽管如此，我的腋下竟然还有汗水淌下来。

对于我心中的焦虑，地上背包中的小猫怎能察觉，它自顾自地细声喵喵叫着。不过，我听得出来，那是不安的叫声。也许是它第一次乘坐新干线列车的缘故吧。那小猫和背包一起被放在车厢的地板上，它感觉到的震动应该比我们人类更大吧。我把目光投向那只小猫，并在心里说："别怕，没关系的……"不过，这句话到底是对小猫说的，还是对自己说的，我也搞不清楚。

也许是注意到了我的视线吧，小猫也抬头朝我这边望过来。大婶也追随着小猫的视线，把目光移到了我身上。当我和大婶目光相接的时候，大婶很客气地朝我微笑了一下。

"这小猫是送给我孙子的礼物。上个月我告诉他我家的母猫生了三只小猫，他就很想要一只，让我暑假的时候给他带过去。"

"是这样啊……很可爱呢，这小猫。"

变成了一个不祥的存在。现在，我不停往外渗汗的手心里所残留的触感，不是布兰卡的触感，而是装布兰卡的那个东西的触感。

如果这位大婶不是用背包装小猫，而是用宠物专用的塑料笼子装它的话，我第一眼看到那只猫的时候，肯定会立刻离开座位到车厢与车厢之间连接的地方站着。因为大婶用背包装小猫，一开始我并不知道里面装的是什么东西，所以才能一直保持平静。我想，当初如果妈妈在宠物店里也买个这样的背包装布兰卡就好了。可是，即使宠物店里有这样的背包，估计妈妈也不会选吧。因为对她来说，在选择装猫器具的时候，第一眼就能看出是宠物专用的器具更重要。

车厢扩音器中传来了播音员的声音，说马上到达冈山车站，请要下车的乘客做好下车准备。大婶盖上了双肩包的盖子，小猫的身影不见了，那个双肩包又变回了一个普通的户外背包。即使背着这样一个空背包，走在路上估计也不会有任何人觉得奇怪吧。

我在三丰车站下了车。三丰市的人口大约有十万。我的老家在三丰市的中林镇。面朝大海的方向有一个很热闹的镇子，而中林镇则与这个镇子处在相反的方向。

今天就能回到老家，我并没有事先通知家里人。虽然家人让我尽量早点回来，但现在是夏天，我打工的那家“金色丝带”咖啡厅就在甲子园球场附近，因为夏季比赛较多，所以咖啡厅的生意也很火热，在这个时候请假没那么容易。本来跟家人说周末才能回去，但没想到周五就回来了，这都是托了打工同事沙纪妹妹的福。

在上班休息的时间里，我打开手机看短信，沙纪在我身后看到了短信的内容。于是，她去告诉了店长和其他同事，说我妈妈生病住院了，必须得尽快赶回去探望妈妈。店长最后决定给我提前放了假。

我告诉沙纪，其实，我妈妈因为胃溃疡住院已经不是第一次了，而且，胃溃疡这种病也急不得，我匆匆忙忙赶回去也没什么用。听完后，沙纪拍拍我的肩膀说，都是朋友，不用太客气，赶快回去吧。“朋友”，有人当面和我说这个词，可能在我的人生中这还是头一遭。即使有，那也是在万佑子姐姐失踪之前——我小学一年级的暑假之前。

在那之后，我没有交过一个朋友。

没有人了解我的过去，谁愿意和我交朋友呢？回到故乡，可能会让我回到过去。所以，随着自己和故乡在空间距离上的接近，我头脑中描绘现在的那幅画开始出现裂纹，过去的记忆开始蠢蠢欲动，想从裂缝中钻出来。

我在神户读大学、勤工俭学期间，那个童话故事也好，猫也罢，几乎很少出现在我的头脑中。

我的心焦虑起来，我不想一个人住在那个家里。从三丰车站有直达县立三丰综合医院的公共汽车。我心想，先去医院看望妈妈，然后再回家也不错。我带的行李本来就不多，带着去医院也不会很累。如果有需要洗的衣服，我先攒起来，回去后一起洗。

我朝公交车站走去，可是迎面看到一辆四路公交车刚好从车站开出来，那正是开往县立三丰综合医院的车。错过了这辆车，看来我得等下一班车了，可二十分钟后才有下一班。我环顾了一下四周，火车站前有一个环岛，沿着环岛的路边有一家咖啡馆，如果坐在咖啡馆二楼靠窗的座位上，就能从正面俯视四路公交车站的情况。

刚离开带有中央空调的火车站大厅一会儿，在外面才走了三分钟，我的额头就已经满是汗珠了。走进开着空调的咖啡馆里，我点了一杯冰咖啡。然后上楼朝窗边的桌子走去。虽然店里边开了空调，但因为日晒，窗边还是挺热的。不过，要在四路车发车前找个有空调的地方，而又不会错过汽车，那最佳地点非这里莫属了。

大家都说大都市夏天热，我心想，这是谁主观臆断出来的？神户算是大都市，可到了夏天，我的家乡三丰市，虽然是弹丸之地，也不比神户凉快多少啊！家乡到底是什么时候变得如此之热了呢？在我的记忆中，小时候的夏天应该没有这么热的。小时候我可是天天不着家、在外面疯玩的主儿啊。要是十三年前的夏天也有这么热，那白天我肯定老老实实地待在家里看电视了。

那样一来，我也就不会那么热衷于去神社后山和小朋友们玩捉迷藏和搭房子的游戏了。即使和小朋友们出去玩，也不会超过两个小时，因为那么热的天气，用不了两个小时就精疲力竭了。如果那时候万佑子姐姐说：“咱们回家吧！”我肯定乖乖地就跟着她回家了。

如果真是这样的话，那件事情就不会发生了。

那一天如果再热一点，不，或者要是下雨的话，我们也不会出去玩了。话说到这儿，我想起来，第二天倒是下了大雨。

我一口气喝掉了半杯冰咖啡，一边大口喘着气一边透过窗子玻璃望向四路公交车站。结果，一个熟悉的背影忽然闯入了我的眼帘。

姐姐！

除了她常挎的单肩包之外，姐姐的一只手里还提着一个大纸袋。她身旁还有一位年龄相仿的女子，好像是她的朋友。两个人在四路公交车站前停下了脚步。她们也是去探望母亲的吗？她们也打算乘四路公交车去医院吗？但是，我想不明白的是她们怎么会在这个地方乘公交车呢？

万佑子姐姐上大学没有住校，每天从家乘轻轨上学，不会路过新干线专用的三丰车站。如果她是出来逛街的，那为什么不去商业街呢？车站附近虽然也有几家店铺，但逛起来也没什么意思啊。所以，不管是从家里出来，还是从学校出来，抑或是逛街归来，万佑子姐姐都没有理由路过三丰车站啊。

看那身打扮，姐姐又不像是乘新干线外出远行的样子。T恤衫配及膝五分裤，是万佑子姐姐夏天的标准打扮。我还记得，去年夏天妈妈好像对姐姐说过："你也穿穿裙子啊。"但是，她旁边的那位女子却穿着一条华丽的连衣裙。只见那女子一手拖着带轮子的小行李箱，一手提着一个纸袋。一看纸袋上的商标，就知道里面装的是东京一家出名糕点店的点心。

就在昨天，"金色丝带"的店长才送给我一盒那家店的果冻，因为他刚去过东京，就在那家出名的糕点店买了些礼物带回来给大家。不过，得知那一盒果冻的价钱和我一个小时的薪水一样多时，我不禁吃了一惊。我偶尔从电视里看过关于那家店的介绍，沙纪也经常提起，她还说："要是那家店来我们关西开分店就好了。"

姐姐身旁那个女子是从东京来的。万佑子姐姐来三丰车站就是专门来接她的。看样子，两个人要一起去医院探望我妈妈。也就是说，那个女子认识我妈妈。妈妈只是胃溃疡发作，有必要大老远专程从东京赶来吗？

我的父母都是土生土长的当地人，据我所知，他们没有一个亲戚在我们县以外的地方生活。

她只是我姐姐的朋友吗？对了，现在是暑假期间，没准她在东京上大学，假期回老家，这样就能说通了。而她手里提的糕点，是带给家人的见面礼。她和我姐姐一起去妈妈住的医院，只是把行李临时放在妈妈那保管，然后两个人就要去逛街了。

不对，我刚才的设想还是欠考虑。亲密到愿意陪姐姐来医院探望母亲的朋友，姐姐肯定有。初中、高中时代，万佑子姐姐一直是班级委员，还是学校女子垒球队的队长，上了高中还担任过学生会的副会长。她成绩优异，体育全能，性格开朗热情，责任感又强。如此优秀的姐姐，身边始终围着一大帮的朋友。

虽然姐姐本应该是一个大家都避而远之的人……

我没有朋友，不能把责任推卸到那件事情上。我的性格天生就和姐姐不同，从父母那里遗传来的品质也迥然相异。我和万佑子姐姐简直是分别来自两个世界的人。

即使有证据可以证明我和万佑子是同一对父母生的……

她们两个人居然朝我这个方向走来，肯定不是因为姐姐看见了我。距下一班公交车发车还有挺长一段时间，如果在炎热的太阳下干等，肯定会中暑吧。任谁都想找个凉快的地方歇歇脚，所以她们才会朝这家咖啡馆走来。我隔着玻璃朝外面的姐姐挥了挥手，看她会不会注意到我。结果，两个人同时抬起头朝我这边望过来。八个月没见的姐姐以及她的朋友……

我目光停留的地方，是一记伤痕。

万佑子姐姐右眼的旁边、太阳穴的下方有一个伤痕。她受伤的时候刚上三年级，而我则是刚跨入小学校门的一年级学生。我清楚地记得，那一天是五月五日，正值日本的“孩子节”。从我记事起，每年的这一天，外婆都会带万佑子姐姐和我去繁华商业街的购物中心逛街。

“有什么喜欢的东西，就让外婆买给你们。”

妈妈送我们出门时这样对我们说。一会儿，外婆乘坐出租车来接我们，姐姐和我坐进出租车和妈妈挥手道别后就和外婆去过“逍遥”生活了。我妈妈的娘家，自从我外公那一代起，就经营房地产公司，比较富裕。所以，每到过年的时候，外公外婆给我们姐妹俩的压岁钱总要比爷爷奶奶给的多一个零。

虽然妈妈还有个妹妹，但是她当时和现在都是单身，所以外公外婆就只有万佑子姐姐和我两个外孙女。这也是外婆视我们为掌上明珠的原因。

姐姐和我每个月都有一两次要去外婆家小住。去外婆家的时候我们根本不用带任何行李。因为在外婆家，我们的衣服、洗漱用品、玩具等，一应俱全，外婆早就帮我们准备好了。

在外婆家有两个带轮子的拉杆旅行箱，粉红色的是万佑子姐姐的，天蓝色的是我的，里面装着我们所需的一切东西。如果还有

松开了手。如果当时我没穿旱冰鞋的话，姐姐滑出去的加速度也不至于那么快。

结果，万佑子姐姐一下子就失去了平衡，快速向前倒了下去。脸磕到了我家大门旁的花坛边缘上。

“啊！”的一声，姐姐惨叫出来。听到叫声，妈妈立刻从家里飞奔了出来。妈妈冲到万佑子姐姐身边，在抱起她的同时也发出了一声惊叫。因为姐姐脸上血流如注，任谁看了都要吓得心脏一紧。一瞬间，姐姐和妈妈的衣服都被鲜血染红了。

“好疼！妈妈，好疼！”

万佑子姐姐痛苦地大声哭了出来。以前，采用这种号啕大哭方式的人从来都是我啊，还是第一次见姐姐哭得这么凶。看来她一定是疼得要命。

斜对门的邻居——池上（姓氏——译者注）家的女主人也闻声跑了出来。她还带来好几条毛巾，将毛巾按在姐姐的伤口上为她止血。池上太太是县立三丰综合医院的护士。她在医院工作，对于流血受伤早就应该司空见惯了，可那一次就连她都有点着急了。面对因为害怕、担心、着急而不知所措的母亲，池上太太建议立即带万佑子姐姐去医院的急救中心。于是，池上太太照顾姐姐，妈妈赶快去开车。车开出来之后，池上太太和姐姐一起坐在了后座上。

我则抱着池上太太交给我的毛巾坐在了副驾驶的位置上。原本那些毛巾是给万佑子姐姐按伤口用的，可是我却好几次用它们来擦眼泪和鼻涕。也有好几次我曾想用比姐姐的哭声更大的声音说：“对不起！”可是，每次我都把脸埋进了毛巾中，没让自己喊出声来。

从急诊室走出来的万佑子姐姐，右眼的旁边包扎着一块很大的纱布。

因为眼角磕在了花坛边缘，那里就裂开了一条三厘米长的口子，妈妈是这么和池上太太说明的。我在一旁都听到了。妈妈还说，医生没有给姐姐缝合，只是用纱布包扎了一下。池上太太也松了一口气，说没有伤到眼睛真是不幸中的万幸。但是，一个女孩子脸上将要留下一道伤疤，实在是令人伤心。于是妈妈抱着万佑子姐姐心疼地哭了。

“妈妈，别哭。”

万佑子姐姐那张因为疼痛和害怕变得惨白的脸浮现出了笑容，这个时候她还在安慰妈妈。

都是我的错……越看那渗血的纱布我越感觉害怕，终于，我忍不住大哭出来。我心里也清楚，我不应该哭而应该向姐姐和妈妈道歉，但是，那个时候我唯一能做的就是大哭一场。结果，那次的事情到现在我也一直没有向姐姐道过歉。

万佑子姐姐也从来没有因此事责怪过我。伤愈后，她右眼角旁边就留下了一个小豆荚形状的伤痕。但是，她还会像以前一样读书给我听，而且，读书的时候还带着微笑。她一笑起来，眼角的伤痕也会随着眼角移动。

伤痕——

右眼的旁边有一个小豆荚形状的伤痕。可我看的并不是万佑子姐姐，而是她身旁的那位朋友。

认识和自己在同样位置受过伤的人，在这个世界上也算不得什么稀罕事。因为只要不是十分特殊的摔倒方式，孩子也好、大人也罢，摔伤留下的伤痕大体都在差不多的位置上。尤其以膝盖和胳膊肘多见。但是，眼睛旁边受伤的概率就没那么大了。

怎么会这么巧？这个疑问在我的头脑中打了好几个转。难道说……是这样？在我头脑中的某个角落潜藏着一个喜欢“胡思乱想”，但换个角度说又叫“冷静分析”的自己。不过同时，在另外一个角落又存在一个谨慎的自己，这个自己发出警告说：“马上停止胡思乱想，不要再分析下去了！”

那个人的眼角处真的是伤痕吗？虽说我的视力不错，但毕竟是从二楼往下看，还隔着玻璃。是不是发卡闪光让我看走眼了？不对，怎么看那都是一个伤痕。

我调整了一下呼吸，再次聚精会神地向窗外望去。可是，姐姐和她朋友的身影却不见了。她们可能已经走进了咖啡馆，现在应该正在一楼买咖啡。很快，她俩就会上二楼来找我。我应该从容地伸出一只手朝姐姐挥一挥，然后叫一声：“姐姐！”姐姐那张被阳光晒黑、显得十分健康的脸上应该会露出笑容，然后对我说：“你今天就到了，怎么也不提前发个短信告诉我一声？”

然后我会问：“这位是？”“这是我朋友 ×××。这是我妹妹。”姐姐介绍我们两个认识。接下来我们就会坐在同一张桌子旁喝咖啡。因为我打工的工作就是咖啡厅的服务员，所以对于朋友见面时的寒暄语，大体能够猜测出来。到时候，我可以直接询问姐姐的朋友：“你是和姐姐一起去探望我妈妈的吗？”但是，我最为好奇的事情，恐怕暂时说不出口。

你眼睛旁边那个伤痕是怎么弄的?

第一次见面，就问这么隐私的问题，我感觉是不太礼貌的。身体上的伤痕不仅仅是像万佑子姐姐那样因为玩耍意外造成的，也可能是家庭虐待、校园暴力等原因造成的。虽说那伤痕位于眼角旁，不算特别醒目，但如果贸然提起那伤痕的事，可能会引起对方痛苦的回忆，或者让对方觉得我是有意嘲笑她。

而且，我也没有必要问她本人。

我完全可以等回家之后，和姐姐两个人面对面的时候，若无其事地问起这件事。先做个铺垫，回忆一下当年姐姐滑旱冰摔倒的情形，然后再告诉她我的发现，发现她的朋友脸上在相同的位置也有一个类似的疤痕。也许不用我问那疤痕的来历，姐姐就会把事情的原委告诉我。没准她也是不小心摔倒造成的呢。

然后我可以说，她那个伤疤应该也很深吧。不过，姐姐当年的伤疤也很深，现在不还是那么漂亮?

我推测姐姐的回答可能是，我受伤的时候只有八岁，那么小受伤也算是万幸。因为孩子的新陈代谢很快，伤口恢复得很好，虽然留下了伤疤，但也不算太明显。而且，当时的急救措施也很及时。

如果姐姐这样回答的话，那她朋友脸上那个伤疤多半是最近才形成的。

此时，我就不应该再往下追问了。如果我还有疑问的话，就只能增添姐姐的悲伤了。万一把姐姐惹急了，她反问我一句，我这个伤还不是你造成的?到时我就尴尬万分、无言以对了。

如果，我假装完全没有注意到姐姐朋友脸上的那个伤疤，只是自顾自地吸着我的冰咖啡，直到把咖啡吸干，杯子里只剩冰块，我想，我们的见面应该会这样平淡地过去吧。

突然，我感觉到背上传来一阵疼痛，一跳一跳地痛。

那是一种久违的感觉。可是，即使我能感觉到好几层褥子之下有异物，也不会像公主那样直截了当地说出来吧。因为我已经检查过，把被褥翻了好几遍，也没有发现任何东西。可是，可是……

过了半天也不见那两个人上楼来。我又朝窗外望了望，结果看见了她们的背影。她们每人手里都拿着一杯插着吸管的咖啡纸杯，朝四路公交车站走去。这时，刚好有一辆公交车驶入环岛，从两人身边驶过，然后停在了四路公交车站前。

我赶快拿起随身物品，三步并作两步跃下楼梯，冲出咖啡馆去追她们俩。在距离她们俩只有两三米的地方，我大喊了一声：

“姐姐！”

听到我的呼喊声，到底是谁先回头的呢？在确认这件事情之前，我只觉得头脑中一片空白，膝盖一软，眼前的事物瞬间就变成了一片漆黑，什么也看不见了。

万佑子姐姐……

那是一个风雨交加的夜晚。

万佑子姐姐失踪那天发生的事情，至今依然历历在目。

那一天是八月五日，万佑子姐姐眼睛旁边受伤三个月后的一天。

我们生活的乡下，没有一个标准意义上的公园。本来在我的头脑中对公园的印象也只是在一块狭小的空地上放一个滑梯、安一个秋千，那是还没上学的小孩子们玩耍的地方。

好像是上高中的时候，我在电视剧里看到那些上了班的大人谈恋爱的时候常会相约到公园见面，我感到非常诧异。难道大人们都喜欢去公园约会？而且，电视剧里的公园根本没有我们小时候那种斑驳的儿童游乐设施。而是有广阔的绿色草坪、修剪得十分整齐的花坛以及带喷泉的水池。这些都是我们乡下公园里没有的。后来，我在电视剧里的公园中发现了被漆成五颜六色、带有未来感的一些设施，仔细一看才明白原来那是儿童游乐设施。真够高端大气的！

后来我想，可能这才是真正意义上的公园吧。不仅学龄前的儿童可以来这里玩耍，再大点的孩子，甚至大人也都愿意来这里。

可是，我们中林镇没有那样的公园。所以，孩子们出去玩耍的时候，只能自己找地方。神社的后山、废弃的房屋、工厂堆放材料的空地、采石场……对我们那些娃娃来说，有魅力的游乐场所还是很多的，不过，并不是所有的地方都可以光明正大地随便进去玩的。其中有很多都是“灰色地带”。出去玩的时候，我们总是会和大人说一句：“我出去玩了！”不会告诉他们我们到底去哪儿玩，大人们也很少过问。

父母一般都只是嘱咐一句注意安全的话，比如小心汽车哟，不能下河啊，天黑之前一定要回家之类的。遇到暑假等长假时，大人也许不喜欢我们在家里捣乱，听说我们要出去玩的时候，还会催促几句：“快去吧！快去吧！”如果某一天我们没有出去玩，大人们还会问："今天怎么不出去玩了？"

在我上小学之前，周末和假期基本上都是和万佑子姐姐两个人在家里玩。但上了小学之后，我就开始和附近的五六个孩子一起去外边玩了。

但万佑子姐姐一般都是在家里玩。距离我们家几百米的地方就是县立公营住宅区，那里住的小朋友很多，所以我们并不缺玩伴。但是到了休息日万佑子姐姐还是很少和小朋友出去玩，也从没见过她请小朋友来家里玩。

我们的妈妈是一个家庭主妇，所以一天的大部分时间都是在家里度过的。她每周要去一次插花教室学习，还有外出购物的时候，会嘱咐我们两姐妹在家里玩。除此之外，在我的印象中妈妈基本上没有让我们姐妹一起玩。

万佑子姐姐的身体比较弱。

她虽然没有什么大病，但从小时候开始，就经常因为发烧而卧床。我就看过很多次深夜爸爸背着姐姐上医院，妈妈通宵守着生病的姐姐。后来爸爸晚上都不出去喝酒了，妈妈也专门考了驾照，都是为了姐姐。

随着年龄的增长，万佑子姐姐发烧的频率开始有所下降，但也谈不上特别健康。出去多玩一会儿，在太阳底下晒久一点，为了运动会练习了几天，都能成为她发烧的原因。所以，妈妈一直对万佑子姐姐寸步不离，却常催我出去玩。

小学一年级刚放暑假的时候，我和小伙伴们就开始到大龙神社的后山去玩。那里松树茂密，树荫很多，是最受小朋友欢迎的游乐场。起初，在后山我们玩的最多的游戏是捉迷藏，但一个星期后我们开始玩搭房子。我们毕竟是小学生，虽然在后山玩耍没人管，但我们也不敢跑太远，始终让神社处于我们的视线之内。更主要的一个原因是，有大一点的孩子告诉我们，如果跑得太远的话，会被山妖抓走。

“大孩子们说，神社周围有一圈结界，受到神佛的保护，山妖是进不来的。而山妖们就在结界外面伺机而动，只要见到跨出结界的小孩子，就把他们抓走。”

告诉我们这个事情的人，是六年级的娜娜姐姐。当时她坐在石头台阶上，一手拿着冰淇淋，脸上带着神秘的表情绘声绘色地给我们讲关于山妖的恐怖故事。娜娜姐姐的口头禅是她长大了要考御茶水女子大学（日本名牌女子大学——译者注），这让我们感觉她是一个爱吹牛的人，所以她说的话，并不是所有的人都会当真的。

“你胡扯！”也有孩子大声质疑娜娜的话。但是，娜娜关于山妖的故事还在继续讲。

“我姐姐的一个朋友的表妹，五年前就曾经在神社附近失踪了，虽然不是我们这座神社。你们没听说过吗？就是著名的‘弓香失踪事件’。”

可能因为我太小，那个事件我确实没听说过，但几个高年级的学生七嘴八舌地说，听说过，听说过。

后来我打听了一下，“弓香失踪事件”发生在五年前的山口县，山口县和我们县相邻。当时，上小学四年级的笹山弓香在暑假的一天，和朋友一起出去玩之后就再也没有回来。后来没有发现任何事故的痕迹，也没有人向她家人提出赎金要求，就是消失不见了。所以当时有很多报纸、杂志以头条的形式报道了那次事件，甚至还使用了“神隐”这个词，更为弓香的失踪增添了几分神秘色彩。

对那个事件有记忆的高年级孩子，都说当时他们出门玩耍，家长都要叮嘱他们一定不能单独行动。但是，如今已经过去了五年之久，而且还是发生在其他县的事情，所以，它的影响早就随风散去了。如果我妈妈还记得“弓香失踪事件”的话，对散养惯了的我，肯定也要说一句：“出去玩不要跑太远哟！”

妈妈一直把那个事件忘在了脑后，直到同样的事情发生在自己家孩子身上。

“虽然电视新闻里没说，但是弓香失踪那天，据说她是去神社附近玩了。

“当时朋友们约好是在神社附近集合，好像弓香是第一个到的。有人分析，弓香是不是没听说过山妖的故事，走出了结界。据说弓香爸爸的工作会经常调动到各地，所以他们家也会经常搬家。弓香失踪的时候，他们家好像才搬来几个月的时间，所以她不知道当地有山妖的传说。在专题报道那个事件的电视节目里，还请来了一位美国的所谓‘通灵者’，他也说弓香有可能是被恶魔带走了。”

什么美国的通灵者，但凡是个正常一点的成年人心里都清楚那是骗人的，但对于孩子来说可就不一样了，让他们更加确信了山妖的存在。很多孩子都开始犹豫，以后还要不要到神社的后山去玩。但是，按照娜娜姐姐的说法，神社周围有一圈结界的嘛，在结界内会受到神佛的保护，所以，只要不走出结界的范围，山妖就拿我们没办法。结界内反而是最安全的地方，所以，我们暗暗决定遵守规矩地去那里玩。

在神庙周围限定的范围内玩捉迷藏，一开始还有点意思，但时间一长就找不到什么地方可以藏了。

一天，一个小伙伴背着大家一个人提前来到了后山，用松枝等材料搭建了一个庇护所，想在捉迷藏中当藏身的地方。后来小朋友们发现后，都觉得这个主意不错，于是纷纷效仿，都开始搭房子。最初，大家都是捡地上的树枝、落叶当材料，但有个小朋友发现了一根腐旧的绳子，用它把树枝绑在树上。结果，第二天就有人从自家带来绳子。渐渐地，大家的热情越来越高，开始带各种各样的材料、想这样那样的办法设计自己的小房子。

我找到了一棵根部隆起的大松树，想在上面用纸壳板搭房子。之所以想到用纸壳板，是因为我想起杂货店“丸一”门前堆放了很多纸壳包装箱。六十多岁的一对老夫妇经营的那家杂货店，正好位于我家和神社的中间点上。

“没和姐姐一起玩吗？”

当我在“丸一”的门口物色纸壳箱的时候，老板娘向我问道。我来杂货店“丸一”买东西，大多情况是因为妈妈去国道边上的大型美资超市“HORIZON”购物归来后想起还忘了买什么，比如蛋黄酱、洋葱头等，于是便会派万佑子姐姐和我来“丸一”补买。虽然是过日子精打细算的妈妈，但也不太好意思让孩子去杂货店只买一样东西，因此总会告诉我们，可以顺便买点我们喜欢的糖果。尽管如此，我们每次买东西的金额也不会超过 1000 日元。

不过，我们每次来买东西的时候，老板娘都会说：“你们姐妹的关系真好啊！”然后免费送我们糖果、口香糖或巧克力。而且，送的糖果肯定是可乐味，口香糖是青苹果味，巧克力是加了杏仁的。

“万佑子姐姐很少出来玩的。”

那天我是这样回答老板娘的。还加了一句，她又发烧了。意思是说，并不是因为我有了其他朋友就不和姐姐玩了，我想让老板娘知道，我们姐妹的关系依然很好。可能老板娘察觉到了我的小心思，于是笑嘻嘻地对我说：“看到你们两个，我就想起了我和我姐姐。”然后，老板娘开始给我讲她和她姐姐的故事。

眼前这位大婶，有一位大她三岁的姐姐。她说她姐姐和万佑子很像，皮肤白白的，性格稳重偏内向，她最喜欢做手工和读书。而老板娘大婶则和我一样，没事就整天在外面疯玩，一个夏天下来就能晒成“黑人”。她们两姐妹的性格、爱好差别很大，但关系却很好，长大后分别嫁到了不同的地方，但隔几个月就会通一次电话，或到对方家里做客……

我把老板娘送我的可乐味糖撕开糖纸放进嘴里，虽然用不了多长时间糖果就会在嘴里融化成糖水，但在糖果融化之前老板娘给我讲的故事，却给我带来了极大的鼓舞，让我的心情异常愉快。以前听过的童话，比如《丑小鸭》之类的，里面出现的主人公好多都是没有血缘关系的兄弟姐妹。所以当万佑子姐姐读这些童话给我听的时候，我的心中甚至一度产生怀疑，万佑子姐姐和我到底是不是亲生姐妹。

妈妈给我们姐妹买衣服的时候，可能是为了照顾我们的情绪，基本上都会买同样的款式。但是，那大多是适合姐姐的款式，我穿起来就完全不适合了。妈妈给我们买的衣服很多都带有缎带或蕾丝花边，以粉红色居多。我不知道这是妈妈的爱好，还是她专门为姐姐而买的。反正这种风格的衣服一点也不适合我，我穿上就觉得浑身不自在。而且，这样想的不只我一个人。

“你给她们买一样的衣服虽然好，但是结衣子穿黄色或绿色的不是更有活力吗？”

外婆就曾经对妈妈这样说过。外婆属于有话直说的类型，不管谁在场，哪怕是孩子在场，她也是想到什么就说什么。外婆带我们去商场买衣服的时候，经常会毫不留情地批判说，这套衣服太难看了，不适合你们。但其实我心里还觉得不错，不知道万佑子姐姐心里怎么想的。但外婆一般还会补充一句，你们两个都是我最最喜欢的外孙女。

“万佑子爱读书的习惯，是从她妈妈那遗传来的。”

每当万佑子姐姐想买新书的时候，外婆总会面带笑容地这么说。可是在我的记忆中，似乎没见过外婆用同样的表情和语气对我说过什么。我想这肯定是因为外婆没有从我身上看见妈妈的任何影子吧。

从长相方面来说，我和万佑子姐姐没有什么相像的地方。如果非要找相似的话，最多只能说我们俩的耳垂都比较薄。不但如此，我们姐妹俩和父母相像的地方也不多。非要往一起联系的话，只能说万佑子姐姐多少和爸爸有点像。爸爸的肤色很白，下巴瘦削，有一张很标准的瓜子脸，虽然当时的年纪已经不算太年轻了，但依然是个不折不扣的帅哥。如果让我形容他的外貌，我会说，他虽然是男人却长了一副那么俊美的脸，当然这样来形容自己的爸爸似乎不太合适，但事实确实如此。如今的爸爸，体重上升了十公斤左右，发际线也开始后移，昔日的风采已经褪去了很多。可能十三年前是他颜值的高峰时期吧。实际上，自从发生了“万佑子失踪事件”后，爸爸和妈妈都一下子老了很多。

我的长相和爸爸没什么相似之处，和妈妈就差得更远了。外婆和妈妈都曾说过，我长得有点像外婆的姐姐，但是，外婆的姐姐早就过世了，而且也没有留下任何年轻时的照片，所以，她们说我像她，我都不知道该怎么回应。

我甚至曾经偷偷地想过，也许我不是这家人的亲生骨肉吧。如果有一天，我的亲生父母来接我，我该怎么办呢？在我的幻想中，我的亲生父母是洗发水电视广告中的漂亮夫妇。当他们来接我的时候，我哭着和现在的家人告别，可是一出家门就兴高采烈地和亲生父母一起奔向新生活了。如此不着边际的幻想，我想每个小孩子都曾经有过吧。

也正因为如此，“丸一”老板娘的话让我格外开心。

老板娘的话说明这个世界上还是有很多外貌长得不像但关系很好的姐妹的。

最后我从“丸一”杂货店选了一个印有卫生纸商标的大纸箱带回了家。然后在家里又找出了绳子、尼龙布、塑料薄膜等物品，作为搭建小房子的材料。后来，我想房子里还需要铺一张小席子，于是背着妈妈偷偷地在家里搜寻起来。

正当我到处翻箱倒柜的时候，万佑子姐姐发现了，她问我在找什么。我在房间里放了那么大一个纸板箱，想必姐姐早就发现了异常吧。

我们小伙伴之间早就约定好，在神社后山搭小房子的事要对家里人保密。不过，我想那只是对大人保密，对万佑子姐姐就没有这个必要了。首先，在后山一起玩的伙伴中有好几个都是万佑子姐姐的同学，再者说，万佑子和我是亲密无间的好姐妹嘛。于是我对姐姐说出了实情。

“听起来很有趣嘛！”

听了我的描述后，万佑子姐姐的眼睛中也闪烁着兴奋的光芒。正好在那段时期，姐姐在读《汤姆·索亚历险记》，所以听了我们要做的事情后，她也要来给我帮忙。

万佑子姐姐问我具体该怎么搭小房子。我把我头脑中的设想磕磕绊绊地给姐姐描述了一下。结果姐姐还积极地给我出主意，说用绳子绑在哪个位置比较好，如果用个雨伞当屋顶肯定也不错……后来，姐姐甚至画了一个小房子的设计草图，说要帮我一起搭，我当然非常欢迎了。

看了万佑子姐姐画的设计图后，我发现她画的已经不是捉迷藏用的藏身之所了，而是我们两个人的秘密基地。我真想马上就着手动工，看看我们的成品会是一个什么样子。但是，第二天小学的游泳池开放，我已经和几个小伙伴约好去游泳。万佑子姐姐是不会去游泳的。

万佑子姐姐笑着对我说：“那后天去后山也行啊。”可是，看着姐姐的笑容，我的胸口忽然一紧。姐姐笑起来的时候，眼睛就眯了起来，右眼角那个粉红色隆起的伤疤就和眼睛融为了一体。她这样的表情在我眼中看来，似乎不是笑容，而更像是哭泣的表情。

但是我想，如果趁明天大家都去游泳池游泳的时候，我和姐姐一起去后山把小房子搭好的话，后天一定会让其他小伙伴吃惊不已的。于是我向万佑子姐姐提议，明天我们一起去后山搭小房子。

我和姐姐一起向后山进发的那一天是八月五日。

在炎热的夏日中，相对比较凉爽的上午应该是出去玩的最佳时机。可是，我们的学校规定，放暑假期间，每天上午学生们应该在家里学习，禁止孩子们在没有大人的陪伴下单独外出玩耍。而且，每天早上必须要到学校做广播操，做完操才能回家学习，下午才能自由出去玩。当然，也有个别孩子完全无视学校的规定，上午就自己跑出去玩。但是，作为刚上一年级的小学生，又是第一个暑假，我的神经还没有强大到违反学校规定的程度。再有，我们附近住的同年级孩子，大多都是乖娃娃，基本没有谁会带这个坏头。

学校留的暑假作业中有一项是写一篇读后感，我想，万佑子姐姐读给我的童话故事正好是写读后感的好题材，于是就拿出作文纸铺在书桌上，准备下手写。前一天晚上，姐姐才给我读了《豌豆公主》，而且，这个故事在以前她至少已经给我读过两遍了。可是，面对作文纸，我还是不知道该写点什么，简直是狐狸吃刺猬——无从下嘴。最后我还是放弃了写读后感，改做口算练习。

万佑子姐姐已经在七月中旬把所有暑假作业都做完了，所以她现在的学习就是读书。她在读《汤姆·索亚历险记》的时候，还会不时地看一眼我的口算练习，然后给我指出算错的题目。

我们的午饭是荞麦凉面。整个暑假，荞麦凉面几乎成了我们中午的固定食物，虽然我们并不太讨厌荞麦面，但天天吃也总有点让人受不了。不过那天中午，我和姐姐却争先恐后地把自己碗里的面条吃完了。因为吃完饭后，我们就可以去做出门的准备了。

看见抱着纸板箱、席子等物品鬼鬼祟祟的姐姐和我，妈妈立刻问：“你们这是去哪儿？万佑子也要去？”脸上带着担心的表情。

“我们去神社的后山开野餐会。”

万佑子姐姐自然而然地回答道。

“听起来不错嘛。别在太阳底下晒太久哟。”

说着，妈妈用手帮万佑子姐姐撩开额前的头发，然后说：“这么热的天，还是带上水壶吧。”说完，妈妈去厨房为我们准备饮料，把姐姐和我的水壶都装满了凉的大麦茶。除了去游泳池游泳的日子，妈妈还是第一次帮我准备水壶。

那么担心万佑子姐姐的话，也许妈妈从一开始就应该反对姐姐和我一起出去玩。她随便找个什么理由都行。比如，今天那么热，万佑子出去要发烧的。甚至拿我当借口也没关系——结衣子的作业还没做完呢，你们还是在家里做作业吧……

如果当时妈妈不让我们，或者不让姐姐外出，一切就……不过，已经发生的事情是无论如何也无法改变的。

可实际上，妈妈并没有阻止我们出去玩，还把我们送到了大门口。而且还唠唠叨叨地叮嘱了一番，你们拿那么多东西，路上注意车辆啊！口渴之前就要喝水啊！……可是，在那么一大串嘱咐中，就是没有说千万不能一个人单独行动！一定不能跟陌生人走！

因为我天天要跑出去玩，所以一出门就会非常自觉地戴上运动帽，看见我戴帽子，妈妈注意到万佑子姐姐没戴帽子，于是她从鞋柜旁边的衣帽钩上取下帽子，戴在了姐姐的头上。那是一顶粉红色的、带有白底蓝色花纹丝带的草帽。

那顶帽子和万佑子姐姐非常配。

当我恢复意识的时候，由模糊渐清晰地进入眼帘的居然是陌生的白色天花板。根据身下的触感我判断出自己躺在一张简易的弹簧床上，弹簧上面只垫了一层薄床垫。我身上盖着一条不知洗过多少遍已经褪色的浅蓝色毛巾被。原来，我躺在三丰车站的急救室内。据急救室内穿白大褂的女人说，我在四路车站前因为贫血突然晕倒了，是我姐姐和她的朋友把我送到这里来的。

"你姐姐拜托我们照顾你，然后她说必须马上赶去县立三丰综合医院，否则就要错过探视时间了。所以，大约二十分钟之前你姐姐和她的朋友就离开了。"

穿白大褂的女人说这话的时候脸上还露出了抱歉的表情，为了证明她说的是实情，她还特意翻开了《急救室登记簿》，把万佑子姐姐的签名展示给我看。

"安西万佑子"。那棱角分明的宛如男人笔迹的字体，我一看就认了出来。

虽然万佑子姐姐没上过书法学校进行专门的培训，但是，她初中三年间，每年我们县举办的市民文化展上，她的书法作品都会被选中参展。要知道，每个年级只有三名学生能得到这样的殊荣。而每次妈妈去参观市民文化展的时候，都会站在万佑子姐姐的书法作品前，夸耀地说："真是字如其人啊！"可是，在妈妈身边的我听到这话，又是怎样一种心境呢？妈妈有没有考虑过我的心情？

我写的字一次也没有被选上参展。不仅如此，妈妈甚至在我练字的时候对我说："你就不要浪费纸了。"我曾经询问过姐姐，怎么才能写出那么漂亮的字呢？

"我也没有什么特殊的技巧，要让我说写字的心得，我觉得文字不过就是直线与曲线的组合，写字的时候，只要有意识地注意到上下左右的比例平衡，就能写出好看的字。我觉得写字并不需要艺术、审美的能力，只需要一种计算比例的能力。"

姐姐当场就用手头的纸和铅笔写下了我的名字——安西结衣子。这五个字她写得非常漂亮，但是，文字只是文字，从中看不出姐姐对我的任何想法。通过那件事，我对写字这件事的想法又变得混乱了。从那以后，我就极力避免在姐姐面前写字。

只听穿白大褂的女人好像对我说了好几次以后要注意补充铁，但我的心思并不在自己的贫血上，随后就匆匆地离开了急救室。

现在才三点二十分，如果我现在出发，最迟也能在四点之前赶到妈妈住院的县立三丰综合医院。但是，姐姐却在二十分钟前就把还在昏迷之中的我留在了急救室，匆匆赶往了县立三丰综合医院。难道医院的探视时间会那么早结束吗？如果每天下午四点之后就禁止探视病人的话，那么平时朝九晚五的上班族该怎么探望自己生病住院的亲朋好友呢？

也许说赶时间去医院，只是姐姐的一个借口罢了。

我因贫血晕倒，这已经不是第一次了。以前整日在太阳底下疯玩，被晒得黝黑的我，一直认为自己的身体非常棒。实际上我小时候也确实很少感冒，即使学校流感暴发或肠炎肆虐的时候，我也属于抵抗力强不被传染、坚持上学的那一拨儿人。

可是，如此健康的我却在小学六年级初夏的一天，早晨校会的时候，突然晕倒了。那时的天气并不是很热，当时具体发生了什么我也记不太清了。只感觉似乎有一双手正在使劲把我两只眼睛的上下眼睑捏在一起，随后眼前就变成了一片黑暗，虽然我还想用意志抵抗一会儿，但瞬间我的大脑就一片空白了，意识已经离我远去。

当时妈妈带我去医院做检查，验血的结果显示我的血红蛋白偏低，医生让妈妈给我调节饮食，通过食物补充铁。看得出妈妈心里有点别扭，她肯定认为医生是在指责她对孩子照顾不周，饮食上都不给孩子充足的营养。后来医生补充说，我的贫血不单单是营养没跟上的问题，还跟天生的体质有关。医生这样一说，妈妈才多少释怀了一点。

打那以后，妈妈嘴上就经常挂着："都是妈妈不好。"然后每天让我喝500毫升的牛奶，每隔两天晚餐的餐桌上都会有一道跟猪肝有关的菜。吃这些东西已经成了我的一项义务，然而，牛奶、猪肝都是我不喜欢的食物，所以每到吃饭的时候，就成了我的灾难，简直是锻炼忍耐力的大会。但自己的贫血，也让我莫名其妙地感到某种欣喜。

因为我第一次找到了自己和万佑子姐姐的共同之处。

我的贫血也来自体质弱，这和万佑子姐姐是一样的。这一点让我感到非常高兴。

看来，我和万佑子姐姐真的是亲生姐妹。

为了通知万佑子姐姐我清醒了，免得她担心，我掏出手机拨通了以“姐姐”两个字记录的电话号码。但电话中嘟嘟地响了几声之后，就没有声音了。也许是姐姐切断了电话，也可能是她那里信号不好，她没有接到电话。

把我一个人丢在车站的急救室，电话又联系不上，她是在有意躲着我吗？虽然我心里有这样的疑问，但转念又一想，姐姐现在应该在医院里。那么遵守规矩的万佑子姐姐，上学时又是一流的好学生，在医院里肯定会严格遵守医院保持安静的规定，不会接电话的。我想，电话联系不上她，肯定就只是这个原因吧。

也许她是不想让她的朋友见到我吧。

我给万佑子姐姐发了一条短信，说我乘公交车先回家了，不去医院了。然后我走过了四路公交车站，朝六路公交车站走去。

离我家最近的公交车站名为“大龙神社口”，就在“丸一”杂货店门前。然后要到我们家的小区“Spring Flower City”（即“春花城”——译者注），就要走路了。沿着县道，还需要走十分钟。

下午四点十五分，来“丸一”购物的顾客还是络绎不绝。大概五年前，老板的儿子、儿媳接手了这家店，对店铺进行了重新装修。现在他们店里经营的商品以无农药的有机蔬菜为主，还有很多纯天然的食品，品种齐全，价格公道。所以，可以和国道边上的大型超市“HORIZON”在天然食材的商品领域分庭抗礼，吸引了不少关注健康、热爱有机食品的顾客。

“丸一”店里有几种酱油和味增是这里独有的，其他任何地方都买不到。所以，像我们妈妈这种“HORIZON”派，这几年也经常来“丸一”买东西。花在“丸一”的钱，已经占到了她日常饮食开支的一半左右。因为妈妈常去，所以她就不用派我去“丸一”替她买东西了。因此，自从“丸一”换老板之后，我就很少去那里了。

如果“丸一”早点换老板的话，如果那个时候“丸一”也像现在一样门庭若市的话……再往远说，如果我们这一带压根就没开“HORIZON”的话，那样“丸一”的生意肯定热闹得多。那样的话，万佑子姐姐失踪时的目击信息就会多一些，而且在众目睽睽之下，也没人敢把她拐走。

太阳还很高，我在六路公共汽车上小睡了一觉，所以体力有所恢复。下车后，我心想没有必要急着回家，于是身体自然而然地就朝神社的方向走去。好久没去了，再去看看也不错。

那是我和万佑子姐姐最后一起玩耍的地方。

要从“丸一”去大龙神社，首先要沿着“丸一”门前的县道走一段，然后拐上一条与县道垂直的小路上山。那条小路也是铺装道路，但仅仅能供两辆汽车并肩行驶。小路两边原来都是田地，但在杂货店“丸一”改造的同一时期，田地被划拨为住宅用地，盖了很多新房子。如今，这里已经成为中林镇最大规模的住宅区。

走在上山的小路上，我的视野中完全没有田地的踪影。

我父母结婚时建的那幢房子，在当时还是相当摩登的，周围的邻居都羡慕不已。但是现在，周围建了很多新房子之后，再看我们家就显得有些古旧了，建筑样式早已过时。如果那个时候，小路两旁就已经盖了这么多房子的话……不，和这个没关系。

那一天，最后一个见到万佑子姐姐的人是“丸一”的老板娘。姐姐失踪不是在上山的小路上，而是从小路下来走上县道之后。所以，那时小路两旁有没有房子和姐姐失踪没什么关系。而且，不管怎么说，都是过去的事情，再怎么也无法改变了。

那个时候，在我的印象中从“丸一”走到神社大约需要二十分钟。可是现在，怎么感觉还没走到十分钟就看见了神社前的那个巨大石头牌坊了呢？路程怎么会变得那么短呢？心中带着这样的疑问，我回头望向了来时的路。

那个时候我之所以觉得这段路很漫长，可能是因为心里一直放着姐姐失踪的事件吧。那个阴影让我走路也变得沉重了许多。

八月五日，下午——

我和万佑子姐姐开始搭建心目中的小房子之后，发现比想象中要困难很多。

原计划我们是要用绳子把纸壳板绑在松树干上的，但是，实际动手干起来之后我们才发现，把纸壳板的角绑在树干上之后，马上就会滑脱。而且，一个角滑脱之后，其他几个角都会跟着滑脱，整个大纸壳板就都垮下来了，我们不得不重新再来。

于是万佑子姐姐提了一个建议，说用橡皮筋绑纸壳板可能要比绳子好一些。我也觉得这个主意不错，所以就决定一个人回家去拿橡皮筋。我一回家，妈妈用有点惊讶的表情看着我问，你们在什么地方玩什么？怎么一个人回来了？我回答说是姐姐让我回家来拿橡皮筋。于是妈妈嘱咐我说，天气太热，别玩太累了。然后帮我找出了橡皮筋，又给了我三枚 100 日元的硬币。最后把我送出了门。

去神社的途中，我在“丸一”买了两盒冰淇淋。一盒草莓味，一盒葡萄味。老板娘问我，你姐姐在干什么呢？

之前我和姐姐一起去神社后山的时候，因为害怕我们的意图被人发现，所以都是用纸壳板把脸挡住蹑足潜踪地快速行进的，所以路过“丸一”的时候可能没被老板娘发现。不过，我们的纸壳板本来就是从“丸一”拿的嘛，也许老板娘是假装没看见的。

我回答老板娘说，今天我们两个人去神社玩，我一个人来买冰淇淋。至于搭房子、纸壳板、橡皮筋之类的细节，就没有必要说了。我曾经想过回到山上后再和姐姐一起下来买冰淇淋，但想到上上下下的好麻烦，再加上我了解姐姐喜欢的口味，就帮她买了。

“和姐姐一起玩，很有意思吧。”

老板娘说着，还在装冰淇淋的塑料袋里放了两块糖进去。和以前一样，都是可乐口味的。

我谢过老板娘后就朝神社后山走去。当我回到后山我们的集合地点后，发现小房子的墙壁已经搭好了。纸壳板的各个角都开了一个洞，然后绳子从洞中穿过，结结实实地绑在了松树干上。

“哇！”

真是太令我吃惊了！我走近一看，发现万佑子姐姐正在纸壳板后面用得意的眼神望着我。

“接下来我们开始搭屋顶吧。”

万佑子姐姐告诉我，首先要把塑料布的各个角固定在从纸壳板角洞里穿出的绳子上。可是，已经没有多余的绳子。我从背包里把橡皮筋拿了出来，但万佑子姐姐的目光却停留在了装冰淇淋的塑料袋上。

我们带来的塑料布，四角上都有带金属框的小圆洞，用金属楔子就可以直接固定在地上。万佑子姐姐让我把装冰淇淋的塑料袋撕开，作为绳子穿过塑料布角上的小圆洞，把塑料布的两个角固定在绑纸壳板的绳子上，然后再把塑料布的另外两个角用金属楔子钉在地上。这样一来，屋顶就做好了。再在屋顶下面铺上席子就万事大吉了。

万佑子姐姐真是干什么都干得很漂亮。兴奋不已的我围着姐姐转来转去，嘴里还不停地赞叹说，姐姐真厉害！姐姐真厉害！听到我的赞美，姐姐也不谦虚。

“所以说，我才能当姐姐嘛。”

姐姐挺着胸拉起我的手，说快进去试试。我们俩就并肩走进了刚刚搭建好的小房子里。

我们姐妹俩坐在席子上，吃起了冰淇淋。我吃的是葡萄味，姐姐喜欢草莓味。“丸一”老板娘送的糖果，我们一人一个揣进了口袋。

“这就是我们的秘密基地！”

“嗯，在里面玩真有意思。”

吃完冰淇淋后，我和姐姐闲聊着。聊着聊着姐姐顺势躺在了席子上，我也学着她的样子躺在了她身旁。可是，一躺下我才知道，一点都不舒服，后背被硬邦邦的石头硌得难受。我心想，要让我在这儿睡上一晚上，我肯定受不了。如果这是考察是不是真正公主的床，那我肯定也能合格。

“《豌豆公主》就是这种感觉吧？”

万佑子姐姐仰面朝天地躺着说。我突然感到一阵欣喜，因为姐姐竟然在和我想同样的事情。正当我要把这件事告诉姐姐的时候，被一群讨厌鬼打断了。和我同一年级的同学们，游完泳也赶到了神社后山。

对于突然冒出来的这个小房子，他们都感到异常吃惊。不过，听脚步声我能感觉得到，他们虽然都在朝这边走来，但都是战战兢兢的。可能是因为我们的小房子搭得太漂亮了，他们以为是大人的手笔，认为有可疑的人潜入了后山，所以不敢轻易闯过来。

当那些孩子发现这个完美的小房子竟然是我和万佑子姐姐搭建的之后，刚才他们那种战战兢兢的心情和对我们姐妹俩的惊讶之情混合在了一起。他们的欢呼声，比半小时之前，小房子刚搭好时我和姐姐的欢呼声还要大。我同年级的那些同学都向我投来了羡慕的目光，还有的说，结衣子，你真厉害！然后他们一个个信誓旦旦地说，明天一定也要搭一个自己的小房子，不能输给我们姐妹。然后，带着这股欢快劲儿，我们一帮小朋友就玩起了往常的游戏，当然，是在神社的结界之内。

“结衣子，我有点累了，我先回家了。”

万佑子姐姐对我说。我看她时，她那微微泛红的脸颊像一层粉红色的晚霞，和我晒得黝黑的脸比起来，漂亮多了。这个时候，如果我陪姐姐一起回去就好了。可是，我正玩得兴起，还不想回去。而且，更重要的是，我担心我们离开后，我们辛辛苦苦搭建好的小房子就会被那帮人随意践踏。所以我告诉姐姐，我再在这儿玩一会儿。

“不要玩得太晚哟，早点回家。”

说着，万佑子姐姐略显疲惫的脸上露出了一丝笑容。然后她把搭房子用的剪刀、橡皮筋、胶带等都装进了她的背包，又把吃冰淇淋剩下的空盒、木勺，废弃的塑料袋等收集起来一并带下了山。我目送她的背影走下神社的石头牌坊。

当时那个背影，是万佑子姐姐给我留下的最后印象。

chapter

2

失踪

我来到了自家的大门口，从包中取出钥匙打开了玄关的大门。

我们中林镇大约有七千人。我打工的同事沙纪也出生在乡下，据说她老家那个镇子的规模和我们中林镇差不多。上班中途的休息时间，她总爱给我们讲乡下的一些趣闻逸事，与吃惊和感动相比，我的反应往往都是点头附和，因为我们的生活环境相近，她说的事好像就在我身边一样。比如，邻居中有非常喜欢打听别人家情况的大婶啦，在路上擦肩而过的陌生大叔突然叫出自己的名字啦……

我也讲了一些我小时候在家乡发生的事情，比如每次妈妈让我去杂货店“丸一”帮忙买东西，杂货店老板娘都会送我糖果之类的。然后沙纪也频频点头，说她小时候也有类似的经历。看来，不管哪里的乡下，生活都差不多。找到了有着相似生活经历的人，我倍感高兴，不过，只有一点，我不能理解沙纪的说法。

“我们那里白天从来都不锁家门，邻居们可以随意出入。他们收获蔬菜的时候，也会顺便送给我们一些，我们采摘的水果也会跟大家分享。一般都是路过谁家就送给谁家，而且从来都是推门而入，放在门口就走，根本不用通知主人。”

家里不锁门？这怎么可能？！这句话已经涌到了我的喉咙，最后还是被我咽下去了。

自从我记事起，妈妈就告诉我们，出大门的时候，一定要记得锁门，哪怕只是去邻居家送个东西马上就回来。她告诉我们，小偷总是会抓住我们一瞬间的疏忽。因此，虽然妈妈是家庭主妇，天天大部分时间都在家，但我和万佑子姐姐上小学之前就各自有了一把家门的钥匙。

妈妈给我们的两把钥匙分别配了卡通人物的钥匙环，还系上绳子，平时就挂在门口鞋柜旁边的衣帽钩上，以便我们出门的时候把钥匙带上。

不仅仅是外出时要锁门，妈妈还告诉我们，回家之后也要从里面把大门反锁一下。

万佑子姐姐就曾经不解地询问过妈妈，为什么家里有人还要锁门呢？妈妈的回答是，即使家里有人，有些胆大妄为的小偷也敢闯进来。而且，那样岂不是更加恐怖？万一小偷带着刀子闯进来呢？我清楚地记得，听妈妈讲到这儿，我被吓得浑身打了个冷战。

而且，我们家里还有钻石戒指和蓝宝石戒指的嘛。

但是，小时候我从外面回来的时候，基本上都不会自己拿钥匙开门，因为不是妈妈在家就是万佑子姐姐在家。所以，那个时候我回家的时候都是按下门铃等人来开门。其实我的理由很单纯，就是不想一个人开门进家，而是希望有人出来迎接我。

那天从神社的后山回来，我像往常一样按响了自家的门铃。那天的情况有点不同，往日，即使我带了钥匙，一般也会按门铃，但那天我确实没带钥匙。妈妈平时经常对我们姐妹说，把钥匙挂在脖子上的时候，最好不要让别人看见，应该把钥匙放在衣服里面。天气冷的时候穿好几层衣服，可以把钥匙放在外衣的里面、内衣的外面，那样也没什么不舒服的。可是当时正值暑假，只穿一件 T 恤衫，如果把钥匙放在 T 恤衫里面直接挨着皮肤，我感觉非常难受。所以夏天的时候，我经常是一出家门就把钥匙从脖子上取下来，塞进口袋里。结果，有好几次回家后都忘了把钥匙拿出来，妈妈给我洗衣服的时候在口袋里发现了钥匙，后果可想而知，为此我挨了好几顿臭骂。

那天因为是和万佑子姐姐一起出去玩，所以我就没带钥匙，我知道姐姐肯定会带的。

我按响门铃之后，过了一会儿，门铃上的对讲机里传来了妈妈的声音。

“不好意思，我在炸鱼，现在走不开。”

当时我就感觉到有些异样。但如果一直在大门口站着好无聊啊，于是我又按响了门铃。

“妈妈，我没带钥匙，请帮我开门。”我通过门铃对讲机对妈妈说道。

只听对讲机里传来妈妈抱怨的声音：“真拿你们没办法。”又过了一两分钟，大门终于打开了。

“你们两个人都没带钥匙？”

随着大门的打开，妈妈的身影映入了我的眼帘，她正在用围裙擦手。她看到门外的我，似乎注意到了什么，急忙问道：

“欸？万佑子呢？”那个事件从此拉开了序幕。

“她先回来了啊。”

可是，如果万佑子姐姐先回到家的话，妈妈不可能不知道啊。

我的视线迅速在玄关附近转了一圈，发现地上并没有姐姐的鞋子，而鞋柜旁边的墙上也只孤零零地挂着我的那把大门钥匙。

我告诉妈妈，姐姐应该比我早一个小时就到家了，听到这话，妈妈的脸色立刻就变了。但是，妈妈还是决定先在家里面找一找。我跟着妈妈先跑上二楼，嘴里一边呼喊姐姐的名字一边打开了儿童房的门，可是万佑子姐姐并不在房间里。

妈妈把衣柜也找了个遍，榻榻米上的被子也都翻开了。万佑子姐姐多愁善感，有几次读故事的时候感动得落下了泪，然后就躲进衣柜，结果就在里面睡着了。可是这次她并没有在衣柜里。妈妈敲了敲二楼卫生间的门，里面没人应答，妈妈打开门一看，卫生间里也没有人。妈妈又来到她和爸爸的房间，她先环视了一遍房间，见没有人，就一下子把床上的被子掀开，结果床上也没人。

客人的房间、各个房间的衣柜、壁橱、楼梯下的小储物间……每打开一扇门，我都会听到一阵叮当、扑通、咕咚之类的声响，说明妈妈现在非常紧张不安。而始终跟在妈妈身后的我，也把心脏提到了嗓子眼儿。我们又返回了一楼，到了卫生间门口，这次妈妈连门也不敲了，直接推门冲了进去。她连浴缸、壁橱，甚至洗脸台下面都仔细找过了，根本没有万佑子姐姐的影子。我们又杀到了厨房，因为刚才妈妈一直在厨房里忙活晚餐，所以万佑子姐姐根本不可能在厨房里。但妈妈还是将每个橱柜的门都打开，检查了里面的每一个角落。

可能妈妈心中正在祈祷，希望万佑子姐姐就在这座房子里。

房子里面确认没有之后，院子、车库、汽车里也都被她翻了个底朝天，可依然不见万佑子姐姐的踪影。

“万佑子！万佑子！”可能是听见了妈妈不停的呼唤，斜对门的邻居池上太太关心地从她家大门探出头来询问出了什么事。

“一个小时之前万佑子就应该回来的，可到现在也没看见她的踪影。”

池上太太“啊”地回应了一声，然后就回去了。几秒钟之后，她穿着运动鞋走出了大门，说要帮我们一起寻找万佑子。当我的脚指头踩上沥青路面的时候，我才发现原来我和妈妈都没穿鞋，赤脚就跑出来了。于是我们俩慌忙回家去穿鞋。刚才这个过程中，我整个人都是懵的，呆呆地看着两个大人忙活着。盛夏的傍晚六点多，天空依然还很亮。我心中暗想，如果不见的人是我或者其他邻居家的小孩，妈妈应该不会像现在这样紧张、慌乱吧。

池上太太说她在我们家附近和“Spring Flower City”小区搜寻万佑子。

妈妈低头向池上太太鞠了一躬，说：“那就拜托您了！”然后突然转过头来对我说：

“结衣子！”我认为妈妈的头脑早已被万佑子姐姐占满了，我根本不会进入她的视线之内，所以她突然叫我，把我着实吓了一跳。

我只感觉心脏一下子缩成了一团，然后用只有自己能听见的声音回答了一个字：“啊！”

“你们下午去哪儿玩了？”

“神社……”

听妈妈的语气，好像是在责备我，因为我才让姐姐不见的。我真想哭出来，可最后还是忍住了，然后用蚊子一般的声音回答了妈妈的问题。

从“Spring Flower City”小区的大门口到县道只有几百米的一条路，没有其他路可走，所以不管去哪儿，都得走这条路。

妈妈一边走一边用紧张的视线东张西望，嘴里还不停地喊着：“万佑子！万佑子！”我紧跟在妈妈的后面，也试着喊了一声：“万佑子！”但只喊了一次，因为我发现此时我的喉咙里所能发出的声音比平时说话的声音还小。路上的行人不时向我们投来讶异的目光，妈妈根本不理会他们的眼神，不管认识不认识，只要见到路人就问一句：“请问您有没有看见我们家女儿万佑子？”结果得到的回复不是摇头就是“没看见”。于是妈妈继续往前走，一边走一边喊姐姐的名字。

“万佑子！你要是跟我们玩捉迷藏的话，赶快出来吧！”

走到县道上，我们朝右转。我们与国道和镇中心背道而驰。途中在住宅区和田地之间有好几个小岔路口，妈妈并不理会这些岔路，直直地沿着县道往前走。走着走着我们就来到了通向小学的岔路口，在那里遇到了六年级的娜娜和其他两个同学。她们三个刚在学校的体育馆练完芭蕾舞，妈妈问她们有没有看见万佑子，结果她们三个人一同摇头说没看见。

不愧是以御茶水女子大学为升学目标的娜娜同学，她立刻和两个同伴说：“要不要一起帮忙寻找万佑子？”那两个同学表示同意。然而，妈妈谨慎地拒绝了这三个孩子的好意。妈妈对她们说：“你们赶快回家吧，别让家人担心。”娜娜说：“好吧，但回家的路上我们也会留意，看见万佑子我们就让她赶快回家。”说完，她们三人就朝县立公营住宅区走去。

我跟着妈妈继续沿着县道前行。走了还不到十分钟，道路两边就已经全是田地了，妈妈依然声嘶力竭地喊着万佑子的名字，但同时双眼还紧盯着路边的水沟。就这样，我们急匆匆地朝神社方向走去。

走到县道和通往神社的小路的岔路口时，杂货店“丸一”的卷帘门已经放下来了。后来“丸一”换了老板又重新装修之后，每天的打烊时间是晚上八点，但当时的打烊时间是六点半。虽然白天的时候“丸一”门前也算不上热闹，但关了门之后，给人的感觉就更加冷清萧条了。可是，不知为什么在这个毫无人气的地方，我的心里却像开了锅一样。

我感觉万佑子姐姐不是迷了路，也不是因为身体原因昏倒在路上，而可能是被什么人或什么东西带走了。莫非是山妖？

心里的想法我无法说出口，只能一边东张西望地寻找一边紧跟在妈妈身后。离开县道，在通往神社的小路上，我们没有碰到一个人、一辆车。妈妈忽然回头望向我，在她开口问我之前，我就把下午我们在神社后山干的事情如实地报告了。我说我和姐姐搭建了一个小房子。然后领着妈妈就朝后山走去。

如果万佑子姐姐真的在我们搭建的那个小房子里就好了。我在头脑中勉强自己幻想着，当时姐姐一个人出了神社之后，结果还对小房子依依不舍，等我们走了之后她一个人又回来了，后来玩累了，也许就躺在房子里面睡着了……想着想着，我已经带着妈妈靠近了我们搭的小房子。

纸壳板墙壁、塑料布屋顶，还都保持着原来的样子。

“这就是你们的杰作？”妈妈有些鄙夷地说。然后她小心翼翼地走过去，以防被松树根绊倒，妈妈一边向小房子靠近还一边喊：

“万佑子！万佑子！”

可是小房子里并没有任何回应。虽然已经是傍晚时分，温度比白天降低了一些，但还是很闷热，静静地站着鼻尖也会出汗。可是不知为什么我却感觉那个小房子散发着逼人的凉气。那里没有人的体温、没有人的气息，感觉就像一个冰窖。

妈妈好像下了很大决心似的，一步跨到纸壳板墙壁旁边，朝小房子里面望去。然后长长地出了一口气，接着转向我问：

“接下来该怎么办？”

小房子里并没有万佑子姐姐，可为什么我感觉妈妈似乎反而把心放到了肚子里了呢？现在回想起来，当时妈妈在向小房子里窥探之前头脑中想象的后果肯定要比姐姐不见了更加恐怖。我告诉妈妈当时我们玩耍的细节，我和姐姐坐在小房子里吃了冰淇淋，然后躺在席子上休息，这时来了三个我的同年级同学。妈妈决定下山回去，在路上我又告诉妈妈那三个同级生的名字，以及上山之前他们去游了泳的事情。

“我们在小房子里商量好了玩什么游戏，然后万佑子姐姐说她有点累了，想先回去……”

说到这儿我就停住了，之所以没有再往下说，是害怕妈妈骂我，为什么不和姐姐一起回去。但实际上，妈妈只说了一个“你”字，然后还猛摇头，好像要收回刚说出的这个字。

“你姐姐往哪边走了？”

这句话中的“你”和之前那个“你”应该不是一个意思。之前她可能想说：“你怎么没和姐姐一起下山？”可是，责备我的话妈妈并没有说出口。后来也没有因为姐姐失踪的事情责备过我。

可是，当时我并没有领会妈妈问这个问题的含义。

“那边！”我指着通向杂货店“丸一”的方向，也就是我和妈妈来时走的路。说着，我的脑海中鲜明地浮现出了万佑子姐姐一个人下山，穿过石头牌坊的背影。妈妈朝我指的方向快步走去，穿过了石头牌坊。可是，穿过石头牌坊后，妈妈的速度慢了下来，似乎她并不想这么快就沿着来路回去。她扭过头来，看向了与前进方向相反的地方。一条小路经过神社后变得更细，一直向上延伸到大龙山深处，最后变成一道细细的曲线消失在我们的视野里。

“沿着那条路一直走的话会通到哪里？”

“那是县道修好之前使用的老路，路面没有铺沥青，路窄弯儿又多。但沿着那条小路可以翻过大龙山到达福原市。”

福原市在我们县里（日本的县，相当于中国的省——译者注）是人口第二多的城市。以前我以为这条小路一直通到大龙山的深处就没路了，而且，传闻大龙山里还住着山妖，所以我的头脑中从没产生过沿着那条小路往山里走的想法。万万没想到，后来有人告诉我，那条小路竟然还连接着其他城市。而且，从铁道路线图上看，福原市并不是和我们直接相邻，是我们隔壁的隔壁的城市。

虽然我也很担心不见踪影的万佑子姐姐，但心里却一直认为她应该就在我们的活动范围之内，她不会走出这个范围的。作为一名小学生，我们都知道绝对不可以一个人走到学校的校区范围之外，老师和家长平时经常这样叮嘱我们。虽然有的学生胆子大，曾经超越了这个范围，但最远也就去过三公里之外那家位于国道边上的“HORIZON”超市。再怎么大胆，孩子们也不敢自己走出中林镇。

我跟着妈妈沿着来时的路往回走，但心里也一直惦记着背后的那条小路。

但我却没有勇气回头望一望那条路，只能跟着妈妈一步一步地向前走去。走着走着，我们发现杂货店“丸一”离我们就只有几十米远了，而杂货店前的公共汽车站刚好停着一辆公交车。从车上下来几个身穿高中校服的女学生。我认识她们的校服，那是三丰车站附近一所挺有名的女子高中的校服。那也是娜娜姐姐向往已久的高中。

哎呀！这里有公交车！如果万佑子被人带上公交车，也可能乘上新干线被带到外县去。

恐怕在去神社的路上，妈妈就已经产生这种疑虑了吧，所以她才会那么紧张。也许在确认了神社附近没有姐姐的踪影之后，她早就想去别的地方再搜寻了；也许她正打算给爸爸和外公外婆打电话，告诉他们这件事情；也许妈妈已经准备报警了，请警方来协助搜索……

十三年前的那个时候，我们家里只有爸爸一个人有手机。当年的手机功能极其有限，除了打电话之外，只有相同牌子的手机之间才能发文字短信，而且字数是有限制的。我们一家人共进晚餐的时候，爸爸也曾说要给妈妈买个手机，但妈妈说周围的家庭主妇都没有用手机，后来也就没买。

我想，现在妈妈肯定也想赶快回家看看家里的座机电话。没准已经有好几通录音电话了呢。也许是医院打来的，说万佑子姐姐忽然病倒被人送到了医院。也许，也许还有更可怕的消息……

我包里的手机响了一声，掏出电话一看，是万佑子姐姐发来的短信。

“你的贫血好点没？我和朋友一起去外面吃晚饭，回家可能会比较晚。你回家后要是还没吃饭的话，可以吃冰箱里的菜，原本是给爸爸准备的，但我做得比较多，足够你们两个人吃。另外冰箱里还有冰淇淋。”

“谢谢！”

我简单地回了两个字——谢谢！而且也没加任何表情符号。然后就随手把手机放在了餐桌上。其实我一点食欲也没有。我走进厨房，打开冰箱的门，看见里面整齐地放着五盒不同种类的冰淇淋。其中三盒是最近才上市的新品种，另外两盒分别是草莓味和葡萄味。那葡萄味的冰淇淋是专门为我准备的吗？

我自己已经有段时间没买过冰淇淋吃了，于是从冰箱里拿出了那盒葡萄味的。我没找到吃冰淇淋的专用木勺，只好从餐具柜里拿出了一柄甜品匙。与此同时，我心里暗想，唉！好遗憾！冰淇淋只有用木勺吃才最有味道。可是，我马上意识到，原来自己的想法和孩提时代完全没什么变化。于是脸上不自觉地做了一个苦笑的表情。

坐到餐桌前，我揭开了冰淇淋盒的盖子，然后用勺子在冰淇淋表面横向舀了一勺。这一勺既舀起了冰淇淋也舀起了糖浆。这是万佑子姐姐典型的吃法。我小时候可不是这么吃的，我一般会先用勺子沿着盒子壁纵向插下去，然后只舀冰淇淋吃，先不吃糖浆。等把没沾糖浆的部分都吃完后，再把冰淇淋和糖浆搅和在一起吃。现在想一想，还真是一种奇怪的吃法。过了二十岁，我想我自己也不会再像那个样子吃冰淇淋了。

如今，冰淇淋的盒子变小了一圈，里面的糖浆也洒得很匀称，没沾到糖浆的部分几乎找不到。这也是我放弃儿时独特吃法的原因之一。这些年来，冰淇淋也改变了很多，唯一没变的是草莓味的是粉红色，葡萄味的是紫色。

当年搜寻万佑子姐姐的第一个线索就是我们吃过的冰淇淋盒子。

从神社往家里赶的母亲，脚下的速度越来越快。年幼的我几乎已经跑了起来，才能勉强跟上妈妈的脚步。

一路小跑让我气喘吁吁、口干舌燥。从山路回到县道的路口，我们再一次经过了杂货店“丸一”，可它的卷帘门早已落下。我的视线不禁停留在杂货店旁边的一个自动售货机上。可是，这样的时候我实在没有勇气开口让妈妈给我买一瓶饮料。

在妈妈注意到我的眼神之前，我赶快把充满渴望的目光从自动售货机上移开了。不过，我突然大喊了一声：

“妈妈！”

听到我着急的喊声，妈妈停住了脚步，连忙回过头来问：

“怎么啦？”

妈妈问话中充满了不耐烦的语气，于是我怯生生地指了指自动售货机旁边的垃圾桶。那是一个没有盖子的大垃圾桶，里面的垃圾已经堆得很高。这并不是一个分类垃圾桶，里面混杂着可燃烧垃圾和不可燃烧垃圾。在这堆垃圾的最上面，我看到了一样熟悉的东西。

“冰淇淋盒子！”

妈妈领着我穿过马路，来到那个垃圾桶跟前，她想确认一下那个令我吃惊的东西到底是什么。结果，一个葡萄味的冰淇淋盒子和一个草莓味的冰淇淋盒子重叠在一起，杯子中间还有两柄木勺。

我指着那两个冰淇淋盒子向妈妈解释道，那两盒冰淇淋是我用妈妈给的零花钱买的，我和万佑子姐姐在神社后山搭建的小房子里吃了冰淇淋。姐姐下山的时候，把冰淇淋盒子和其他一些垃圾带走了。

“你确定这两个盒子是你们吃剩下的吗？”

妈妈这样一问，我又望向垃圾桶中，仔细地打量着那两个空盒子。两柄长木勺好像立在盒子中央一样。这是因为盒子中不仅有冰淇淋的盖子，还塞了一团塑料袋。那个袋子就是我在“丸一”买冰淇淋的时候，老板娘给我的购物袋。搭建小房子的时候，万佑子姐姐说可以把这塑料袋撕开当绳子用，于是就把塑料袋解体了。塑料袋剩下的部分姐姐就团成一个团装进了裙子的口袋中。这个细节我是看到了的。

于是我朝妈妈用力地点了点头，其中带有“绝对没错”的意思。

在自动售货机旁边，就是杂货店“丸一”的两层小楼，一楼是杂货店，二楼就是老板一家的居所。妈妈从自动售货机旁边的楼梯登上了二楼。二楼的大门旁挂着一张门牌，上面写着“丸谷一雄”。

妈妈按响门铃后，“丸一”的老板娘打开了大门。当老板娘看到我妈妈的时候，一脸茫然，心中一定在想：“这是谁呀？”可还没等她开口询问，就看到了妈妈身后的我，然后一下子明白了，立刻向我们展开了笑颜，嘴里还说：“你们好啊！”

“是要买什么东西吗？”

老板娘以为我们亟须买什么东西，所以才来叫门。

“不好意思，我们不是来买东西的。请问您见到我家的万佑子了吗？”

“万佑子，傍晚的时候来过。”

“来您的店里？大概是几点的时候？”

被妈妈这样连珠炮似的追问，老板娘似乎也感觉到了问题的严重性。于是她把双臂抱在胸前，皱起眉头认真地回忆起来，然后把她看见万佑子时的情形一五一十地讲给了妈妈。

“我印象中大概是五点钟的样子，万佑子从店门口往里面张望，看见我之后说谢谢我送给她们姐俩的糖果，然后朝我挥了挥手说要回去了。”

老板娘把双臂从胸前移开，模仿万佑子姐姐的样子双手在脸的两侧挥了挥。这确实是万佑子姐姐的习惯动作，平时，我们离开外婆家的时候，她也是这样挥手和外婆道别的。

“糖果？”

妈妈对于糖果的事一无所知，所以她反问老板娘糖果是怎么回事。这时我连忙扯了扯妈妈的衣服，告诉她我在买冰淇淋的时候，老板娘赠送了糖果。

“这事你怎么……”

接下来的话应该是“不早告诉我？”但妈妈并没有说出口，也许是因为她忽然意识到，当着老板娘的面不适合说那样的话。随后，妈妈又转向老板娘，询问万佑子姐姐离开“丸一”后朝哪个方向走了。可是老板娘说，她当时正忙着给客人算账，听到万佑子告别时，只是嘴里答应了一声，并没有抬头看万佑子离开的方向。说这番话的时候，老板娘脸上露出了不好意思的表情。似乎是因为自己的疏忽，才没有注意到万佑子的动向。

“您还记得当时店里有哪些客人吗？”

可能是受到我妈妈的紧张情绪的传染，老板娘也不安起来，她皱着眉头回想着当时店里的情形。她的目光透过开着的大门投向了远空。也许是那被落日染红的天空提醒了她，天就快黑了，于是她认真地对我妈妈说：

“等我回想起当时店里的客人，我会一一打电话询问他们。我也会和我家老头子一起在这附近搜寻。天快黑了，还是回你们家附近再找找吧，没准万佑子已经回家了呢。”

妈妈低头向老板娘道了谢，又说了一句：“那就拜托您了！”然后带着我走下了楼梯。路过垃圾桶的时候，妈妈把那两个冰淇淋盒捡了起来，然后沿着县道朝我们家的方向走去。

万佑子姐姐离开神社之后，还路过了杂货店“丸一”，把垃圾丢在了自动售货机旁边的垃圾桶里。然后又往杂货店里看了看，向老板娘道了谢。但她离开“丸一”之后又往哪个方向走了，一个小时之后我们才得到相关的线索。

沿着县道前进的过程中，在通向小学的岔路口附近，我们遇到了同住“Spring Flower City”的山野大叔和山野大婶。山野大叔是我们那个社区的治安主任，有个大事小情的都能看到他的身影。社区里每天做广播体操都是他提着大喇叭出来播放音乐。我们都很熟悉他，所以从很远的地方我就认出了他。

“找到万佑子了吗？”

山野大叔关心地询问我妈妈。妈妈嘴里说“没有”，可脸上却是一副茫然的表情，她还没有反应过来，因为她不知道为什么山野大叔也知道万佑子失踪的事情。于是山野大婶对妈妈解释说，之前池上太太向他们说明了万佑子失踪的情况，拜托社区里有空的人都出来帮忙寻找。山野夫妇负责在孩子们上学的路上寻找，这一路上他们并没有看见万佑子的身影。而路上遇到的每一个小学生他们也都问过了，孩子们都说没看见万佑子。

妈妈的眼泪都快掉下来了，她带着焦急、惶恐的表情向山野夫妇鞠躬行了个礼。本来我也应该向大叔大婶道谢的，但是，听说周围的大人都已经出动寻找姐姐了，说明事态确实非常严重，一下子就把我吓到了，即使开口我也不知道该说些什么，所以只是默默地向大叔大婶点了点头。

山野夫妇也催促妈妈先回家看看，所以妈妈带着我继续往家的方向赶。离开“丸一”之后，我就一直被妈妈远远甩在后面。此时的我，根本没有余力去寻找姐姐，为了跟上妈妈我已经使出了全身的力气。因为我必须得和妈妈保持在一定的距离之内，我喊一声必须保证妈妈能听得见。因为我总感觉背后有人要抓着我的肩膀把我拉到没人的地方带走。可是，即使我拼命跑，最多也只能和妈妈保持在我大喊一声她刚刚能听见的范围内，如果她再走快一点，我喊她，她也听不见了。

回到住宅区后，我在头脑的某个角落里依然想象着万佑子姐姐被山妖抓走的情形。

从进入住宅区到走到家的这段路上，我们遇到了好几位附近的邻居，他们都关切地问妈妈，万佑子找到了吗？这可能就是乡下人热情、团结的一面吧。但现在回想起来，左邻右舍都能出来帮忙找人，多半还是池上太太和山野大叔在这个地方威望很高的缘故吧。

我妈妈有的时候比较矜持，或者说不太合群，我们社区或者镇上举行的公益活动、义务劳动等，除了规定所有人员都必须参加的场合之外，妈妈很少参加这类集体活动。每当遇到挖芋头大会、打年糕大会、镇上为孩子们组织的游园活动时，我都跟妈妈说我也想参加。但妈妈却说，游园会都是为那些爸爸妈妈都上班，平时没有时间陪孩子的家庭准备的，像你们姐俩这种天天有妈妈陪伴的孩子，不用去参加那种活动。于是，不允许我和姐姐去游园会玩。

可能妈妈误解了镇上为孩子们组织的游园活动，她以为父母必须参加，而她自己不愿意去，所以也不同意我们去。

妈妈一边气喘吁吁地回答那些关心我们的人，一边向他们鞠躬致谢，同时还马不停蹄地往家的方向走。这时的天还没有完全黑下来，路灯都没有亮，但依然能辨清擦肩而过的人是谁。

在离家不远的地方，我们看到大门前有人影晃动。

“啊，你们回来啦！”

原来是池上太太，她一边朝我们母女挥手一边急切地问：“万佑子呢？”妈妈摇了摇头，池上太太也失望地耸了耸肩膀。

“这附近我都找遍了，没见到万佑子的影子。接下来我打算开车去‘HORIZON’超市那边看看。”

“嗯，我也去！”

妈妈说话的同时就要跟池上太太一起走。可池上太太却小声说了一个字：“不。”然后把一只手轻轻地搭在妈妈的肩膀上，问：

“跟你老公联系了没有？”

妈妈一脸恍然大悟的样子，然后用力摇了摇头，意思是光顾寻找万佑子了，还没来得及和爸爸联系。

“我认为你应该把能想到的人都联系一遍，然后，还要报警……”

听到“报警”这个词儿，我不禁吞了口口水。我的头脑中浮现出了爸爸时常看的侦探电视剧中的刑警形象，可是，那样的人平时在哪里呢？我们学校的对面倒是有一个很小的派出所，可那里面好像并没有电视剧中那样厉害的刑警啊。我仰起脸来望着妈妈，心里在问：是要到那个小派出所里找警察吗？

妈妈则一脸严肃地对着池上太太点了点头。接着，她对池上太太说：

“不好意思，您能把结衣子一起带去‘HORIZON’超市吗？”

在池上太太同意之前，妈妈又低下头来对我说：

“你把你姐姐今天的穿着打扮、她平时喜欢逛的超市区域，跟池上阿姨好好地讲一讲。”

我认真地对妈妈点了点头。

和池上太太道别之后，妈妈就回家了，我则坐进了池上太太汽车的副驾驶位。池上太太开着汽车驶出了住宅区，沿着县道朝“丸一”和神社的相反方向疾驰而去。太阳还像往常一样，在高低起伏的大山的边缘恋恋地不愿离去，就像夏夜花火绽放之后还留有的那点余晖。所以，沿着县道开了不久，池上太太就打开了汽车的头灯。

“你应该没听说过‘Of Course 乐队’吧？”

池上太太说着，调小了车载收音机的音量。其实我在电视广告中听过“Of Course 乐队”的歌曲，但不是很熟悉，于是并没有回答。后来我在“金色丝带”咖啡厅打工的时候，偶尔也会从收音机中听到“Of Course 乐队”的歌曲。无意中听到他们的歌曲，而我又不是特别忙的时候，我就会回想起当年和池上太太一起寻找万佑子姐姐的情形。实际上，在发生那次紧急事件的整个过程中，和池上太太在一起的时间，是我最为放松的一段时间。

“你姐姐没准就在‘HORIZON’超市里。我儿子像万佑子那么大的时候，也曾经走丢过……”

池上太太一边开车一边给我讲她儿子的故事。

“有一天我要上夜班，傍晚的时候，在孩子他爸下班回家之前我必须得把晚饭准备好，还要把洗澡水烧好，所以忙得不可开交，根本没有注意儿子。可当我忙完准备休息一会儿的时候，忽然发现儿子不见了。他之前还在客厅看电视的，可是这会儿就不见了，我在家里、院里都找了，哪里都没找到，把我急坏了。正当我不知所措的时候，我老公下班回来了，他说儿子可能去‘HORIZON’超市了。因为那天是我的生日，老公和儿子商量要悄悄给我买个蛋糕，所以老公给了儿子一些钱，让他背着我去超市买蛋糕。我不知道这件事情，所以当儿子不见时我吓得够呛。老公带着我去超市找儿子，结果在停车场的一个角落里发现了儿子，他正一个人坐在那儿哭。见到我们他哭得更厉害了，说把钱弄丢了……万佑子是不是也和你爸爸有什么秘密约定，一个人偷偷去超市买东西了啊？”

如果真是那样当然最好了，可是最近我们家没有谁要过生日啊，于是我对池上阿姨的说法保持沉默。

“也许是她突然发现文具没有了，出来买文具了。铅笔、尺子之类的。”

我想这个倒是有可能。但我估计万佑子并不是出来买文具，而是她在回家的路上突然想到了改造小房子的好方法，然后就去买需要的材料了。

冰箱里有几个大饭盒和几个小饭盒，大饭盒里分别装的是土豆炖肉和肉末炒粉丝，小饭盒里分别装的是凉拌菠菜和西红柿拌白糖。几个饭盒在冰箱里摆放得整整齐齐。

虽然现在是大学的暑假，但姐姐要参加网球社团，天天训练，还要在商业街的一家蛋糕店打工，就这样她竟然还有余力当家庭教师挣钱。所以暑假里的大多数时间她也不在家，为了让爸爸一回家就能吃到可口的饭菜，姐姐一般都会在出门之前把饭菜准备好放在冰箱里。

如果我和姐姐换个位置的话，结果会怎样呢？如果姐姐考到别的县去上大学，而我在县内上大学，那么……如果我不住在家里，自己在外面租房子住的话，估计每天都会吃意大利面条，因为我只会煮面条，再淋上一点超市买的现成意面酱汁，就 OK 了。但如果我住在家里，和爸爸妈妈一起生活的话，就不能每天煮面条给他们吃了。估计让爸爸吃两天面条他还不会发牢骚，但如果第三天还吃面条的话，他肯定会说："去给我煎个鸡蛋！"而我也只能拿出鸡蛋和平底锅硬着头皮去做，也许本来想做有点难度的煎蛋卷，结果做成的可能只是一个普通的煎荷包蛋。

因为妈妈是个家庭主妇，也许她还是个完美主义者，所以不仅做饭菜不让我和姐姐插手，所有家务都不让我们干。因为她会嫌弃我们做得不好，还得自己重新做一遍，那样对她来说更累。我不想把自己不会做家务的原因推卸到妈妈身上，但我不擅长做菜确实和妈妈不让我做有关。我第一次打生鸡蛋还是在小学六年级学校的日常生活实践课上，可是我打出来的鸡蛋还掺杂着鸡蛋壳，而且打到碗里基本上已经不用搅了，因为蛋黄都碎了。

虽然万佑子姐姐和我一样也很少进厨房，但是，上了初中之后她就偶尔利用周末时间烤曲奇或蛋糕。而且，她第一次做这种点心就非常成功。这让我心里对她的感情已经不单单是仰慕了，还有一种自卑，万佑子姐姐简直是我仰视的对象。我和姐姐真的没有血缘关系的念头再一次涌上我的心头。可是，姐姐盛到我盘子里的曲奇是最多的，分给我的蛋糕也是最大的一块。

那个时候，爸爸经常会把工作带回家，一回家他就把自己关在书房里工作。而妈妈当时成立了一个志愿者组织，专门为独居老人做盒饭、送盒饭。我们放学回家后，妈妈一般都在对着电脑调整送饭时间表。而且，万佑子姐姐上了初中后，爸爸就用书架把我和姐姐的房间隔成了两个单间，我和姐姐各住一边。在家的时候我一般都是躲在自己的房间里玩游戏。特别是池上太太送我的俄罗斯方块游戏卡，是我的最爱。看着积木一层层消去，心里非常痛快。我们家的日常生活状态就是各玩各的，很少有交集。但是，托姐姐做糕点的福，我们一家人整整齐齐地坐在了餐桌前，以姐姐在学校的逸闻趣事为中心，我们会开心地聊个不停。这样的时光虽然不长，却让我们一家人有了难得的交集。

饭盒中的每一道菜都应该很美味吧。

如果再换一种情况，我和姐姐都考到外县去上大学的话……我们家又不是住在深山老林里，爸爸可以根据情况自己做点饭菜，不想做也可以出去吃。去“丸一”买点菜回来加工一下就行了。虽然姐姐在短信中说我也可以吃冰箱里的饭菜，但毕竟那是为爸爸准备的晚餐，所以我不太想动它们。

我还是出去买点什么吃吧。我看了下表，已经是晚上七点二十分，刚好和那天晚上的时间差不多。

于是我骑上自行车奔向“HORIZON”超市。这是我高中时代上、下学骑的自行车，如今已经在车库的角落里静静地躺了挺长一段时间。现在每蹬一下脚踏板，车子就发出“吱嘎吱嘎”的声响，真的有点丢人。

从我们家到“HORIZON”超市骑自行车需要十五分钟，开车也得将近十分钟。

当时，我觉得去“HORIZON”超市的路要比现在长不少，第一，可能因为我还是个小孩子，个子矮、走得慢，所以觉得路长；第二，也可能因为池上太太要沿路搜寻万佑子姐姐的身影，所以故意开得很慢。

“HORIZON”超市的停车场是地面停车场，没有地下停车场，也没有停车楼。但是我们中林镇居民的主要交通工具就是汽车，来超市购物大多都开车来。所以，为了给镇上的居民准备出足够的停车位，这个超市停车场的面积是超市建筑物面积的两倍之大。超市的建筑物也只有一层，是沿着国道横向铺开的。超市入口左右各一个，从右侧的入口进入，首先看到的是食材、食品卖场；从左侧入口进入，则离服装卖场最近。我把自行车停在了右侧入口前的自行车停车场。

虽然妈妈很喜欢“HORIZON”超市，但从来不会在那里买衣服，她自己的衣服、爸爸和我们姐妹的衣服，从没见她从“HORIZON”超市买过。就连内衣、袜子等日常消耗品，妈妈也会跑去商业街的大商场买。所以，每次我跟妈妈来“HORIZON”超市买东西，都是从右侧入口进入的。可是，其他人来超市也都只买食品吗？池上太太也把汽车停在了右侧入口附近的停车场中，然后牵着我的手从右侧入口进入了超市。

在生鲜食品柜，池上太太拉着我快速通过，可是走到甜品柜前她的脚步就慢了下来。因为与生鲜食品相比，一个孩子肯定会更喜欢甜品。我在焦急地寻找万佑子姐姐的同时，也在留意超市里是否有我认识的孩子。可非常奇怪的是，那天虽然还不到八点，但我在超市里却没看见一个小学生。

可是现在，超市里却能看见不少孩子，把两只手的手指头都用上也数不过来。特别吸引我注意的是三个小学低年级的男孩子。看上去他们不是一家的兄弟，应该是同年级的同学。他们好像是在寻找附有赠品的蛋糕。看样子，他们并不是跟大人一起来的。这个时候已经不早，外面的天色都已经黑下来了，难道他们的父母不担心吗?

食品卖场最靠边的柜台是熟食专柜。有些熟食已经贴上了七折的标签。我选了一盒炸鸡放进了购物篮，那一盒中一共装了六块炸鸡。“HORIZON”超市的营业时间是上午八点至晚上十点。每天晚上九点过后，一些不好保存的食品就会贴上半价的标签。现在还没有看到半价的食品，所以肯定还没到九点钟。我又拿了一盒春卷，然后就离开食品柜台，朝日用品柜台走去。我必须得买支牙刷。

在摆满洗发水、沐浴液的浴室用品柜台旁边，是文具柜台。

那一天，如果万佑子姐姐真在超市中的话，那么我想，与甜品柜台相比，她在文具柜台的可能性更大一些。于是我带着紧张又兴奋的心情在文具柜台来来回回地找了好几遍，可并没有看见姐姐的身影。我的目光落在了一套油性记号笔上。这套记号笔共有八支，也就有八种颜色。我想，如果用这些彩色记号笔在我们搭的小房子上画画，那该多么有趣啊。万佑子姐姐会不会和我想到一块去了？我的头脑中不自觉地浮现出了姐姐伸手去拿这套油性记号笔的情景……

“万佑子和结衣子的秘密城堡”。

我们要在小房子上写这么几个字，而且会用不同的颜色写这些字，让它们看起来五光十色。

记号笔的旁边是折纸套装。看到折纸，我才想起来，家里剩下的折纸就只有茶色和淡橙色两种了。也许万佑子姐姐想到家里的折纸所剩不多，就来超市买折纸了，这也没有什么奇怪的……就这样，我把超市中的每一样文具都在头脑中和姐姐联系了起来，现在想一想，当时的我可能在无意识之中一直坚信姐姐只是一个人出来和大家失去了联系，而绝不是被人拐走了。

当我们把服装柜台检查完也没有发现万佑子姐姐时，池上太太就带着我径直朝超市的左侧走去。原来池上太太带我来到了服务台。我第一次知道，原来超市的服务台在这个地方，以前我从来没有注意过。“HORIZON”超市的服务台还是一个展示台，里面展示着超市的专用购物券、包装礼物的包装纸和彩带等。

妈妈来“HORIZON”超市买东西，从来没来过服务台，所以我也没注意过它。

池上太太问服务台中的女性工作人员是否见过一个小学三年级左右的女孩子，池上太太向工作人员介绍了万佑子姐姐的名字、年龄、头发长短等信息，其余的信息就只好由我来补充了。

我告诉超市的阿姨，姐姐今天穿的是粉色半袖T恤衫，下面是一条蓝裙子。当时作为一年级的小学生，我的词汇量实在是太贫乏了，根本说不出藏青色、深海蓝之类的词儿来。

“除此之外，她还戴了一顶草帽……”

从春天的时候开始，那顶草帽就每天都挂在鞋柜上方的衣帽钩上，我天天都会看见它。而仅仅在几个小时之前，姐姐还把它戴在头上和我一起玩耍的。可是，让我描述一下那顶草帽的样子，我的大脑中却突然一片空白。只能结结巴巴地说出一些描述普通草帽的通用词汇，比如，编草帽的草就是一般的麦草……然后就语塞了，我开始想草帽上那圈丝带的颜色。

如果是万佑子姐姐的帽子，那一定会有粉红色。对啦！草帽是粉红色的。丝带是什么颜色的呢？丝带上还应该有花纹吧？想起来啦！丝带是白色的，上面还有蓝色的花纹。帽子下面还有黑色的帽带，把帽带系在下巴下面，可以防止帽子被风吹跑。

完完整整地想起了姐姐帽子的样子，让我欣喜异常，我连忙抬头望向了服务台后面的那位阿姨。可是，就在我望向她的同时，姐姐的那顶草帽突然进入了我的视线。在阿姨背后是一个类似书架一样的架子，在架子的最上层，放着一顶装在透明塑料袋里的草帽。

“那就是万佑子姐姐的帽子！”

我用手指着那顶草帽急切地对池上太太说。什么？池上太太吃了一惊，然后她向服务台的工作人员询问那顶帽子的来历。

服务台的阿姨告诉我们，那顶草帽是有人捡到送来的失物。放在服务台的失物招领处，等待失主来认领。塑料袋上还用胶条贴着一张“失物登记卡”。

失物登记卡上的信息显示，服务台接收这顶草帽的时间是八月五日下午五点十分，发现地点是超市停车场。

失物登记卡上记录的信息只有这些，“拾到人”一栏是空的。如果拾到的失物是钱包的话，那么失物登记卡上肯定会详细地记录拾到人的姓名、联系电话，发现场所等信息。但这只不过是一顶儿童草帽，谁也不会那么在意，有人捡到了能够专程送到服务台的失物招领处已经算非常有心了。

池上太太向服务台的工作人员询问了拾到人的特征。工作人员认真回想了一下，告诉我们那是一位五十岁上下的女士，把帽子送过来之后，她还在服务台旁边的香烟柜台买了一整条香烟。

因为草帽上也没有写名字，所以我们还不能立刻断定说这就是万佑子的帽子。但是，池上太太留下了姓名和联系方式后，工作人员还是非常爽快地把那顶草帽交给了池上太太。虽然找到了草帽这个线索，但毕竟还是没有见到万佑子姐姐的踪影，因此，谨慎起见，服务台的工作人员还是在超市里播放了寻人启事。

这时，池上太太好像忽然想起什么事似的，把一只手伸进了她那个手工编织风格的提包，在里面慌忙地翻了一通。原来她是想找出手机给我妈妈打电话。池上太太是护士，因为工作的关系她一般都会随身携带手机，她要把发现万佑子草帽的事情第一时间告诉我妈妈。可是，她在提包里并没有找到手机。后来一问我才知道，原来池上太太把手机放在家里充电，忘了带出来。

池上太太跟服务台工作人员说，如果发现万佑子的踪迹请及时联系我们，然后让我把我们家的电话号码告诉了工作人员。这次，我流利地报出了自家的电话号码。与此同时，我看了一眼工作人员蓝色马甲胸前别的那枚名牌，上面写着她的姓氏——山口。虽然我只读一年级，但这两个汉字我还是认识的。

池上太太开着车又把我从超市拉回了家，正当我要下车的时候，忽然发现一辆黑色面包车也正好停在我家门前。啊！警车！我的心一下子提到了嗓子眼儿。但我马上就发现自己想错了，原来那只是一辆出租车。而且，那是我外婆常用的一家出租车公司的车。没错，从车里走出来的人也正是我外婆。下车后外婆就三步并作两步地朝我家大门跑去，可途中似乎感觉到了身后有人，她一扭头，正好看见了我。于是她停住脚步关心地问我：

“结衣子！你没事吧？”

说着，外婆朝我这边走来，走到我跟前，她蹲下身来用双手抚摸着我的双臂同时用担心的目光看着我。这一天，只有一个人关心地问过我：“你没事吧？”那就是外婆。当时的我心想，可能外婆弄错了吧，她以为走丢的人是我。

“竟然让结衣子也出去找人，春花（我妈妈的名字——译者注）这家伙到底是怎么想的？”

外婆嘴里一边这样嘟囔着，一边向我身后的池上太太道谢，然后就拉着我朝我们家走去。忽然，背后传来“喂”的一声，池上太太叫住了行色匆匆的祖孙二人，我们回过头来一看，池上太太正把那顶装在塑料袋里的粉红色草帽举得和肩膀一样高。

池上太太说，她也有事要跟我妈妈说，于是我们三人一起去了我们家。外婆刚按响我家的门铃，大门就打开了，好像妈妈一直在门的里面等着一样。而且，门一开，妈妈就从里面冲了出来，一下抱住了外婆，像个无助的小孩一样带着哭腔喊道：“妈妈！妈妈！我该怎么办？”可外婆对她大喝一声：

“你冷静一点儿！”

被外婆这么一呵斥，妈妈才注意到还有外人在场，于是她看着池上太太问道：“有万佑子的消息吗？”可能之前妈妈一个人在家哭过的缘故，问这句话的时候她的声音微弱而沙哑，还略带颤抖。

“在‘HORIZON’超市的失物招领处我们找到了这个。”

说着，池上太太把那顶装在塑料袋里的草帽递给了妈妈。妈妈一眼就认出那是万佑子姐姐的草帽。接下来，她肯定会连珠炮地问出一系列问题，从哪里拾到的？谁拾到的？什么时间拾到的？……可是，在她提问之前外婆控制住了妈妈的情绪，外婆说：

“先进屋再说吧。不过，春花，警察怎么还没来？”

被外婆这么一问，妈妈的目光有些躲闪，告诉外婆说，她还没给警察局打电话。

“这段时间你都干了些什么？！”

外婆如此严厉的责问让妈妈掉下泪来，她说：“忠彦（爸爸的名字——译者注）他……”原来，妈妈把万佑子姐姐失踪的事情打电话告诉了爸爸，爸爸说暂时先不用报警。他把手头的工作处理一下，再有一个小时就回家。在他回家之前，他让妈妈再把附近能想到的地方搜索一遍。看来妈妈是先给外婆打了电话，第二个给爸爸打的电话。但是在那之后，妈妈也并没有躲在家里发呆，她还做了很多事情。

妈妈先给我们的学校打了电话，又给万佑子姐姐的班主任老师打了电话，然后拿出姐姐他们班的联系手册给每位同学家都打了电话。但是，并没有得到任何有关姐姐的线索。在这个过程中，治安主任山野大叔还来过我们家一趟，他已经发动社区的居民寻找万佑子，而且他已经到河对岸去找过了，但也没有见到万佑子的影子。杂货店“丸一”的老板娘也打来电话询问万佑子的情况。

在各路人马都没有线索的情况下，妈妈就只有在家里坐等最后一根救命稻草——池上太太的消息了。

“你怎么这么漫不经心！万佑子有可能被人诱拐了！赶快报警！就现在！”

起初妈妈带着我出去搜索一圈没有发现之后，她回到家首先查看了电话的通话记录，可是并没有未接来电，也没有电话录音。外婆嘴里说出的那个词——“诱拐”，不禁令我们心惊胆战。

我们家所住的小区名叫“Spring Flower City”，包括我们家在内一共有三十幢独门独院的房子。但是，在这里的人很少会说到“Spring Flower City”这个名字。只有最初买这里的房子时，看到开发商的宣传单上写着“Spring Flower City”这三个英语单词，后来就很少有人这么叫了。这里的居民从外面打出租车回家的时候，向司机师傅说明目的地的时候，也很少用“Spring Flower City”这个名字。

一般都会跟出租车司机说去“下大龙住宅区”，等开到下大龙住宅区，快接近目的地的时候再给司机详细说明要去的地址，这样才是让出租车司机最容易理解的说法。因为很多出租车司机并不知道“Spring Flower City”。可是话又说回来，在我们那个乡村小镇，家家户户的主要出行工具就是汽车，每一家都至少有一辆汽车，所以我们乘坐出租车的机会并不多。

在我认识的人中，经常乘坐出租车的就只有外婆一个人。出生在东京的外婆，就像一个“大小姐”。她第一次在三丰市乘公交车的时候，竟然不知道公交车的车票多少钱。她平时根本不准备零钱，公交车的票价只有100日元，就是一枚硬币，而她从钱包里掏出一万日元给售票员，售票员根本没有那么多零钱找她。结果双方都闹得很不愉快。打那开始，外婆就发誓再也不坐公交车了。

在外婆家小住后，她常会叫出租车亲自把我和万佑子姐姐送回家。上车后，外婆总会告诉司机师傅：“去中林镇的‘Spring Flower City’。”听到“Spring Flower City”这个名字我都感觉十分陌生，因为我们那儿很少有人这么叫，也是借由此事我才知道自己所住的小区叫“Spring Flower City”。外婆打电话到出租车公司叫车时，会先说明目的地，因此司机师傅也会事先查好“Spring Flower City”的地址。但是，如果在路边临时叫车的话，大部分司机师傅听到“Spring Flower City”这个地名后，都会一脸茫然，表示不知道该怎么走。

每当遇到司机不知道“Spring Flower City”这个地名的时候，外婆只好叹息一句：“真拿你没办法……”然后解释道：“就是下大龙那里……”遇到这种情况的时候，万佑子姐姐就会轻轻地在我耳边小声说：“一开始这么说不就行了？”

之所以会回忆起这个细节，是因为我把从“HORIZON”超市买回来的食品放在餐桌上的时候，看到餐桌角上放着一张房地产的广告宣传单。宣传单上推销的住宅用地的名字是“High Bridge・2

号”。而开发商是高桥房地产公司。我心想，这是多么不动脑子的命名方法啊！同时我又想到，“Spring Flower City”这个名字大概也是没怎么动脑子就想出来的吧。

嗯，原来如此。

房地产商推出的住宅用地，一旦销售出去，土地所有权就归买家所有。所以，当一个新小区的所有住宅用地都销售出去之后，其中的每一块土地都有一个主人，每个买家都会在自己的土地上盖自己的新房子。到那个时候，哪个业主还会使用当初开发商为这个小区取的名字呢？估计也只有开发商还会记得自己曾经为这个小区取的名字。

这让我想起了另外一件事……

“Spring Flower City”的开发商叫作太阳房地产公司，可是他们开发的这块住宅用地并没有用公司的名字命名。太阳房地产公司是我外公樽原日出男创建的公司。我外公原来在东京一家经营石油生意的公司工作，但外公的父亲，也就是我的外曾祖父去世之后，外公就带着外婆回到了三丰市。外曾祖父生前经营大规模农业生产，死后把自己拥有的田地和山林都给了外公。于是，外公凭借这笔遗产做起了房地产生意。

一开始，外公诚信的经营方针和踏实的工作状态赢得了当地人的信任，再加上泡沫经济的助推力，太阳房地产公司发展异常顺利，规模不断扩大。但是，随着日本泡沫经济的快速崩溃，外公的公司也出现了大问题。他把商业街上的三幢办公楼都卖了还贷款。之后，为了重整旗鼓，外公选择的手段是抛弃诚信。

“这段时间以来，下大龙地区的住宅用地价格不断下降。那里的田地也是一样，越来越不值钱了。而且，如果田地休耕的话，每月还要支付一定的灌溉水道维护费用，所以，田地放在手里简直是烫手山芋，拥有越多、拥有越久，损失也就越大。想把田地当财产留给子孙，那简直是害了子孙，因为这田地就像一个麻烦的大包袱，基本上算是负资产。我们“太阳房地产公司”因为受到本地居民的无数恩惠才能发展到今天的地步，我们知恩图报，不忍看着大家为田地烦恼不已。所以，我们太阳房地产公司愿意收购大家手中的田地，接过这些‘烫手山芋’。我们虽然没有多高的收购价格，但是作为定金，我们将为您提供一份共有公寓的租金。未来的时代是公寓的天下。大多数人都会住进电梯公寓。而我们出租公寓的租金将发给您。有了这笔钱，您还发愁养老吗？而且还能给子孙留下一笔财产，何乐而不为呢？我们开出的这个条件是不是很优越？”

通过这样的说辞，太阳房地产公司从那些上了年纪、身体不好、无法继续从事农业劳动的居民手中低价收购了大量田地。然后又通过各种“门路”把这些田地申请成住宅用地，再高价卖给想要置地安家的人。“Spring Flower City”就是这么来的。而且，外公在这个小区中挑选了风水、采光最好的一块地为他的女儿，也就是我的妈妈建了一幢新居，并用妈妈的名字“春花”的英语命名了整个小区。

春花城。其实，外公给我妈妈准备的并不只有一块土地和新建的房子，就连周围邻居的经济状况、家庭构成、职业等，他都经过了精心的审查和挑选。

这些情况，是万佑子姐姐失踪事件发生若干年后，爸爸告诉我的。

关于太阳房地产公司收购村民田地，转手出手的事情，外婆的说法是，那些人一方面同意了出售土地，可另一方面又要赖说被太阳房地产公司给骗了。可是，我就觉得其中有很多说不清道不明的问题。

所以，当外婆听到万佑子姐姐失踪的消息后，她的第一反应就是“诱拐事件”。当时她说，这没准是对太阳房地产公司心存忌恨的人干的坏事。

举例来说，假设我们普通人在电视新闻里看到儿童诱拐事件的报道之后，会怎样揣测凶犯的作案动机呢？最近，媒体为了保护受害人的隐私，根本不会报道受害人及其家庭成员的名字，也不会公开其家庭成员的职业、职务等信息。因为公开的信息有限，所以我们很难推测凶犯的作案动机。

如果受害人是某某公司总经理的孩子，那么我们多半会推测凶犯的目的是诈取赎金。但如果那家公司的风评不好，我们也许会认为凶犯是对该公司心存不满，以绑架总经理孩子的方法来报复这家公司。

如果被绑架的孩子出身于普通家庭，那么很有可能是父母中的某一人和别人有私人恩怨，比如婚外情、欠债不还之类的问题。不过，有一种情况是我们最不愿去想象的，那就是凶犯是个变态，有侵犯儿童的怪癖……

单从我们家的经济状况和生活状况考虑的话，发生最后一种情况的可能性还是很大的。妈妈用颤抖的手握着电话听筒，声音同样颤抖不已，她在给警察局打电话，告诉警察我们家的女儿失踪了。可是就在妈妈打电话的过程中，外婆在她身后以非常确定的口气连声说，这绝对是诱拐案件！她是说给电话那头的警察听的。

听到“诱拐案件”这几个字，我的头脑中不由自主地浮现出了一幅恐怖的画面。画面中的主人公万佑子姐姐，她独自一人沿着县道走到了“HORIZON”超市，在停车场她停住了脚步，仰头看着超市的大招牌。就在这时，从背后伸过来一双满是皱纹的枯瘦的手，那家伙抱起万佑子姐姐以很快的速度朝大龙山方向跑去……虽然妈妈已经报警，而且现实的情况就摆在眼前，但我内心的某个角落依然认为姐姐失踪是山妖作祟的结果。

妈妈报警后不久，爸爸就赶回了家。

我爸爸在太阳房地产公司工作。虽然他娶了公司老总的女儿，但并没有得到多么好的职位。每次我问爸爸，你在公司里做什么工作？爸爸都会用悠闲的语气告诉我，我的工作就是坐着汽车整天在镇子里转悠。可是，爸爸回家的时候，我已经感觉到了他的焦急。他按响门铃的同时还在门外喊了一句：“我回来啦！”可能是等不及我们来开门，他自己掏出了钥匙开门，可是咔嚓咔嚓拧了半天也没把门打开，看来内心的焦急已经让爸爸手忙脚乱了。妈妈和外婆正在听池上太太讲发现万佑子草帽的事情经过，于是我跑去给爸爸开门。

“咦？你不是在家嘛！”

我打开门，爸爸看见我的那一瞬间，长长地舒了一口气，貌似是想把胸中膨胀的不安全都吐出来。看来他是有所误会，他以为我和万佑子姐姐都失踪了呢。而妈妈打电话告诉他的时候只提到了万佑子姐姐一个人。现在他看见了我，也一定以为我们姐妹两个都回来了呢。

爸爸进门之后，我告诉他只有万佑子姐姐一个人走丢了，而且现在也没有消息，他还是用轻松的口吻说，说不定她就在附近哪个地方玩呢。可是，等他来到客厅看到快要哭出来的妈妈和一脸严肃的外婆之后，他也跟着紧张了起来。

特别是听说万佑子姐姐原本是从神社方向回家的，可是她的草帽却在反方向的“HORIZON”超市的停车场被发现的时候，爸爸的眉毛也拧成了团，脸上浮现出严峻的表情。

突然，门铃响了起来。我的心脏像被什么东西拧了一下，紧紧地缩成了一团，同时“咕咚”一声吞了一口口水。

爸爸回来的时候，在按门铃的同时他还说了一声：“我回来啦！”所以我并没有多么吃惊。但是，当无法猜测门外来人是谁的时候，在现在这种氛围下，一种恐惧感就不由自主地涌上了我的心头。于是，我怯生生地望向了墙上的门铃对讲机。当时，我家的门铃对讲机还没有显示屏，看不见门前的情况。

“你好！我是送快递的。”

从门铃对讲机中传来了一个年轻男人的声音。听到这话，妈妈喊了一句：“是警察！”然后就急匆匆地跑去开门了。爸爸也跟了过去。妈妈在报警的时候，警察说会伪装成送快递的来我们家。

两名警官进入我家客厅时，我发现他们并不是我以前看到过的河对面的派出所的巡警。我站在客厅的角落里看着两名警官在我家电话上安装了录音装置，以备绑匪打电话来提出赎金要求。虽然警官事先已经进行了说明，但是，看着在我熟悉的家里发生这种非日常的情况，我还是感觉非常不可思议，就像隔着一层透明的塑料薄膜在观察警官们的行动。

站在我身边的池上太太也目瞪口呆地盯着警官们的行动，我不知道她心里的感受是否和我一样，但应该差不多。警官到来之前是池上太太离开我们家的最佳时机，可是她已经错过了这个时机，因此也许她心里多少有些无奈，现在，她必须得配合警官的调查。后来，我曾经听到杂货店“丸一”的老板娘绘声绘色地描绘我家当时发生的状况，就像她曾经身临其境一样，她还说：“真的就和电视剧里演的一样。”我知道，把我家的情况说出去的人一定是池上太太，所以感觉有点悲哀。

但是，我转念一想，如果是我的话，看到别人家发生了这么大的事，也会迫不及待地告诉别人吧。就连平时我去同学家玩，在他们家里看见的事情，回来之后我也会说给万佑子姐姐听。

比如，“姐姐，你听我说，我今天在 ×× 家发现一件不得了的事情……”其实，在我描述别人家的事情时，心里并没有任何恶意，只有兴奋的感觉。

当时警官在我们家进行调查的时候，最兴奋的人就要数我外婆了。外婆一再对警官强调，凶手怀恨的可能并不是我们一家，他们针对的可能是“太阳房地产公司”。请警方在“太阳房地产公司”也部署警力，以防发生更坏的情况。结果警官对外婆说：“请您安静一点儿！”

如果凶手一直在我家附近窥探的话，那么警官装扮成送快递的也没用，凶手肯定已经觉察到警方的行动了。

虽然警官觉得我外婆很烦，但还是通知了警察局。结果警察局听取了外婆的意见，按照她的要求在隔壁镇子的“太阳房地产公司”中也部署了警力。而且，我外公和妈妈的妹妹——冬实姨妈也来到公司里待命。

“当初我就不同意你爸爸给这个小区取名叫什么‘Spring Flower City’。这不等同于告诉所有人太阳房地产公司老总的女儿就住在这里嘛。曾经有一次一个叫长塚的农户就拿着这个小区的宣传单跑到我们公司来，说如果以住宅用地销售从他手里收购来的田地，就应该补偿他差价。当时我的心里就产生了一种不祥的预感。绑架万佑子的凶手一定是那个长塚！”

外婆这些话好像是对妈妈说的，可是妈妈根本没有花心思听。她正在向两名警官中较为年长的那位讲述中午过后我和万佑子姐姐一起出去玩到后来姐姐失踪之间发生的事情。这位年长的警官姓友田，另一位年轻警官姓林元，他戴着一副眼镜，正把妈妈说的话认真地记录在笔记本上。就连外婆在旁边插嘴说的话，他也写了下来。

警官还问了我几个问题，不过，之前我已经把事情的经过跟妈妈说过一遍，所以警官问我的问题并不多。但是，当他要求我说出当时在神社玩耍的所有孩子的名字时，我顿时紧张起来。在那里一起玩耍的孩子，都是和我们关系非常要好的小伙伴，让我说出他们每一个人的名字，我有一种告密的罪恶感，所以急得我都流下了眼泪。

如果我告诉警官那些玩伴的名字，警官会不会挨家挨户地去找他们？那样一来，小伙伴们的爸爸妈妈一定会责骂他们吧。而且，小伙伴们肯定很快就能知道是我告的密。

在当前这种紧急的情况下，与担心万佑子姐姐的安危相比，我更担心自己会被小伙伴们鄙视，这种矛盾、愧疚、焦急的心情，让我不禁落下泪来。看见我抽泣不止，说不出话来，池上太太就主动向警官报告她带我去“HORIZON”超市寻找万佑子姐姐时发现的情况。池上太太算是帮我解了围。

听了池上太太的描述，警官首先问我妈妈能不能确认那顶草帽就是万佑子姐姐的。妈妈坚定地点了点头，然后她还告诉警官那顶帽子是她在大商场的专卖店里给万佑子姐姐买的，那还是一个挺出名的儿童服饰品牌。我记得那家专卖店，里面的衣服都很适合万佑子姐姐，可是都不适合我。

池上太太向警官汇报完情况之后，询问警官可不可以让她回家，因为现在这个时间必须要为家人准备晚饭了。警官同意了她的请求。可是，听到“晚饭”这个词儿，我们家里却没有一个人提出我们也要吃晚饭的建议。我们家是开放式厨房，厨房、餐厅、客厅之间没有任何隔断，所以，听到“晚饭”这个词儿后，我似乎闻到了空气中飘散的淡淡的炸鱼气味。我刚回家的时候，妈妈就在炸鱼，现在应该都凉了吧。闻到炸鱼的气味让我的心情更糟了。

“要不让结衣子去我们家吃饭吧。今晚让她住在我那儿也行。”

“你觉得呢？”

听到池上太太的提议后，外婆转过头来征求我的意见。而我则是默默地摇了摇头。我并不是讨厌去池上太太家，而是不想离开我们家。虽然我知道我也帮不上什么忙，但我却必须得一刻不离地关注事态的发展。我必须得和爸爸妈妈待在一起。否则的话我会坐立难安的。

于是池上太太就自己回家了，可是过了不到半个小时，她就端着一个大号的饭盒又来到了我们家。

饭盒里装满了她刚做的饭团。我们全家人对池上太太的热心帮助不胜感激。外婆首先催促我赶快吃点东西，于是我拿起了一个单手都难以握住的大饭团吃了起来。饭团里面加了腌梅子，外面裹了烤海苔。我一边嚼饭团一边盯着家里的电话，生怕错过电话，可是，电话一直保持着沉默。

回到家里后，我感觉体力已经有所恢复，可是依然没什么胃口。我只吃了两块炸鸡和一个春卷，就把它们都盖上盖子，装进了冰箱里。随后我拿出玻璃杯，给自己倒了一杯冰镇大麦茶，然后端着杯子回到了客厅。

上学的时候，我住在学校附近的一间公寓里，那间公寓只有六张榻榻米那么大，跟我们家客厅比的话，估计只有客厅的一半。我考上大学之后，妈妈就带着我去学校附近租房子。有一个小区叫“石柱花公寓”，距离大学和最近的电车站都不远，走路就可以到。于是妈妈拜托房屋中介公司帮我们物色这个小区里的出租房。当中介人员带我们去小区里的一间出租公寓参观时，妈妈说太小了，应该换个大一点的。可是我却非常喜欢，于是当即就拍板决定租这间了。

整幢公寓楼只有两层，是斜屋顶建筑。可能因为我租的那间公寓位于二楼的边角上，所以房间里的天花板是倾斜的。也正是因为这个原因，每当我开门走进房间的时候，都感觉它有点像我和万佑子姐姐在神社后山搭建的那所小房子。房间本来就不大，再放进书桌、简单的收纳柜之后，就显得更小了。不过，剩余的空间也足够我铺上褥子，然后四肢伸开摆成个“大”字形躺在上面。躺在这个房间里的感觉，很像当年我和万佑子姐姐躺在自己搭建的小房子里的感觉，所以这间公寓能给我很安心的感觉。

在我家客厅中央，面对着电视墙的地方摆着一套沙发，中间是一张三人沙发，两边各有一张单人沙发。

我把手中的玻璃杯放在了沙发前面的玻璃茶几上，然后在三人沙发上坐了下来。虽然现在家里只有我一个人，但我也没法在单身公寓中那样完全放松地躺下来。我只是蜷缩在三人沙发的一端，把双脚也放在沙发上，然后抱着膝盖缩成一团。

警察来我们家的那天，我也是以这样的姿势蜷缩在沙发里，在不打扰大人的同时，静静地听他们对话。

万佑子姐姐失踪的那天晚上，两名警官一直守在我们家里，他们是在等待绑匪打电话来，当然，前提是姐姐真的被人绑架了。而与此同时，在我家周围地区也有很多警察在为姐姐的失踪忙碌着。在情况尚未清楚之前，警方不能判断是事故还是刑事案件，因此他们从这两种可能性出发，紧张地搜索着有关姐姐的线索。

警方首先以姐姐最后被人看见的地点为圆心，向周边展开了地毯式的盘查。警方最先询问的对象就是杂货店“丸一”的老板娘。面对警方的询问，老板娘又认真地回忆了一遍万佑子姐姐从店门前路过并和她打招呼时的详细经过，以及当时店里的情况。当时店里一共有五名顾客，其中三人在靠里的地方挑选商品，收银台前有一人在付账，店门口附近还有一人。这五位顾客都是住在附近的熟人。

随后，警方专门找到这五位顾客，向他们询问了当时的情况。在里面选购商品的三位顾客，都说完全没有注意到万佑子姐姐曾经从店门前经过。在收银台前付账的那位顾客倒是看见了万佑子姐姐和老板娘打招呼、道谢的情景，他还专门问了老板娘，这是哪来的孩子。

虽说是乡下，镇子也不大，但也并不是所有人都互相认识。相互之间能叫得出名字的，也就限于邻居之间几户人家。认识万佑子姐姐的大人，估计都集中在“Spring Flower City”里。而“Spring Flower City”是比较新的小区，建成还不到十年，那里的居民大多喜欢去“HORIZON”超市买东西，不是特殊需要，很难得来“丸一”一次。

对于收银台前那位顾客的询问，老板娘只说她是住在下大龙一个新小区的孩子。除此之外，老板娘并没有更多地介绍万佑子的情况。而且，和老板娘一样，正在付账的这位客人也没有看到万佑子随后朝哪个方向走了。

警方询问的最后一位顾客是住在“丸一”附近的田丸婆婆，她已经八十岁高龄了。据她回忆说，当时她正在杂货店一进门左手边的冰柜里挑选营养饮料。就在这时，有一个女孩子打“丸一”门前经过，并把头伸进来跟老板娘打招呼。另外，田丸婆婆还提供了一个新情况，她说她还看见一个年龄和万佑子姐姐相仿的女孩子在“丸一”旁边的自动售货机买饮料。听到这一情况，警官似乎看到了一线希望，以为万佑子姐姐在从神社回来的路上遇到了同学，然后就去同学家玩了，说不定现在还在那个同学家里呢。但是，进一步询问田丸婆婆之后，警官发现两个女孩子的行动似乎没有什么交集。

另外一个女孩子只是在“丸一”大门旁的自动售货机买了饮料。田丸婆婆回忆说，她当时心想，如果自动售货机有卖营养饮料就好了，她以后也可以在自动售货机上买。出于好奇，她望向了那个女孩子，看她要买什么饮料。结果，女孩子先按下了橙味芬达的按钮，随后就听到咣当一声，一罐芬达饮料从自动售货机的出货口掉了出来。然后那女孩子又按下了柠檬茶的按钮，等柠檬茶饮料也掉下来之后，女孩子先把找回的零钱装进了口袋，然后一手拿起一罐饮料，把它们贴在脸颊上，让脸凉快一下。随后，那女孩子就穿过马路，走向了路边停着的汽车。

改造后的杂货店“丸一”，在店旁边修整出一块停车场，但当时，这块地是别人家的田地。因为“丸一”没有专门的停车场，开车来买东西的顾客，都会把汽车停在通向神社的道路的路边。虽然按道理讲路边不能随便停车，但从没有交警来这里给汽车贴罚单。

不仅仅来“丸一”买东西的顾客会把汽车停在这里，还有一些开车来公交车站接人的人也会把汽车停在路边。所以，一到傍晚下班、放学的时间，这里就经常会停着几辆汽车。

万佑子姐姐经过杂货店“丸一”的时候，道边也停着几辆车。不过，田丸婆婆并没有一直望着那女孩上车，而是继续专心致志地在冰柜中挑选营养饮料。这时，万佑子姐姐出现在了杂货店门口。田丸婆婆不认识万佑子姐姐，也不知道她是从哪里来的。田丸婆婆说，要放在几十年前，这一带的孩子她都认识，可自从建起了县立住宅、田地也修成房子之后，这一带的人相互之间的来往就少多了，彼此也没有那么了解了。

田丸婆婆说她还记得万佑子对杂货店老板娘说了声“谢谢”，好像是感谢老板娘送她糖果的事情。田丸婆婆仔细观察了万佑子姐姐，看见她一只手里拿着空的冰淇淋盒子等东西。她推测可能是这个女孩子来买冰淇淋的时候老板娘送了糖果给她，所以现在她来道谢。田丸婆婆还说，她觉得这个女孩子很懂事又有礼貌，所以仔细地打量了她几眼。

根据田丸婆婆的描述，接下来，万佑子姐姐把冰淇淋空盒等垃圾丢进了杂货店外面的垃圾桶，然后就沿着县道朝住宅区的方向走去。可是走了几十米之后，她停了一下，似乎有点累了，抬头看了看西斜的太阳之后，就继续走了。田丸婆婆心想，如果有儿童营养饮料的话，就买一瓶送给万佑子姐姐喝。可是她在冰柜找了一番也没找到儿童营养饮料，于是就没再朝万佑子姐姐的方向看。她选了三瓶营养饮料装入购物篮后，就走到店里面继续选购自己需要的商品了。

谨慎起见，警官又让田丸婆婆分别描述了一下两个女孩子的外貌特征。

田丸婆婆说，买饮料那个女孩子上身穿一件白色 T 恤衫，下面穿一条牛仔短裤。光脚，没穿袜子，穿了一双淡蓝色的凉鞋。她头发不长不短，大概与肩膀平齐，但她用橡皮筋左右各扎了一个小辫。至于面部长相，田丸婆婆并没有仔细看。

向老板娘打招呼的那个女孩子上身穿一件粉红色半袖 T 恤衫，下身是一条蓝色的牛仔裙，裙子长度刚好到膝盖。脚上是一双白袜子配桃红色运动鞋。这个女孩一头长发，没有扎起来。头上还戴着一顶粉红色草帽，草帽上有一圈白底蓝色花纹的丝带。她肤色很白，有一张典型的日本女孩的脸，非常可爱。

后者明显就是万佑子姐姐，所以，警官判断田丸婆婆的话是可信的。第二天，警官带着万佑子姐姐的照片再一次访问了田丸婆婆的家。田丸婆婆看到万佑子姐姐的照片，一眼便认出这就是和杂货店老板娘打招呼的那个女孩。但是，当警官把万佑子姐姐的班级合影给田丸婆婆看时，婆婆仔细辨认了很久也没有从中找到那个在自动售货机上买饮料的女孩。说明那个女孩和万佑子姐姐并不是同班同学，也许彼此根本就不认识。

虽然初步判定买饮料的女孩和万佑子姐姐在行动上并没有交集，但警方还是对当时停在杂货店门口路边上的汽车进行了一番调查。田丸婆婆说，当时那里一共停了三辆汽车，买饮料的女孩上的肯定不是最近的那辆白色轿车，但至于她究竟上了后面的哪一辆车，田丸婆婆就没看见了。而且，另外两辆汽车的颜色、品牌、车型等，婆婆也说记不清了。

后来经过调查警方证实，当时路边停的三辆汽车中，距离杂货店较近的两辆车都是来买东西的顾客的车。警方也询问了这两位顾客，他们都说自己停车的时候，后面没有汽车。而离开的时候，也没看见自己汽车后面有车。

警方询问的对象并不仅仅局限于来杂货店买东西的顾客，还有从“丸一”到“Spring Flower City”小区，以及到“HORIZON”超市的路途上的沿路居民。问他们是否看见过像万佑子姐姐那样的女孩子，或者可疑人物、车辆等，结果并没有得到什么有价值的线索。

另外，县道两边多是田地，因此也就有很多排水沟、灌溉渠之类的沟渠，孩子掉进沟里的意外也偶有发生。

所以警方也对这些地方进行了仔细的搜查，甚至还搜索了离县道不算近的大龙河，可是也没有发现万佑子姐姐的踪影和发生意外事故的痕迹。

因此，在经过多地点、全方位的搜索之后，警方还是把重点放在了“HORIZON”超市上，因为那里是发现万佑子姐姐草帽的地方。

警方调取了超市的监控录像，不管是左右两个出入口的摄像头，还是超市内设置的六个摄像头，都没有拍到万佑子姐姐的身影。甜品柜台没有、文具柜台也没有……另外，警方还在监控录像中寻找手拿大行李的人，因为担心凶犯会将孩子装在大行李箱中，可是这样的人也没见到。

对超市店员的询问，也是一无所获。

毕竟万佑子姐姐的草帽是在停车场上拾到的，所以在超市里没有拍摄到她的身影也没什么奇怪的。不过非常遗憾的是，超市的停车场里并没有安装摄像头。而且，停车场里还立着四块告示牌，上面都写着：

“本超市对于停车场内发生的事故、物品遗失等事件，概不负责。请各位顾客自行管理好个人的人身、物品安全！”

而且，“HORIZON”超市的顾客非常多，停车场里的汽车也不少，因此警方不可能像对杂货店“丸一”的顾客和门口停的汽车那样逐一进行排查。

就在警方紧张地展开调查的过程中，我家的电话铃一反常态，一次也没有响过。亲朋好友没有打来电话，就连平时每天都有的推销电话，这段时间也销声匿迹了。我爸爸甚至怀疑是不是电话线被人切断了，于是掏出自己的手机给我们家的座机打了一个电话。结果，座机的电话铃马上就响了起来。虽然爸爸只占用了座机电话线路几秒钟的时间，但妈妈似乎非常生气，责备爸爸说：“要是正好这个时间绑匪打来电话怎么办？你快把电话挂了！”

外公和冬实姨妈一直守候在太阳房地产公司的总经理办公室里，可是也没有接到任何疑似绑匪的电话。而对于外婆怀疑的那位姓长塚的老人，警方根本就没有去调查。因为外公已经告诉警方，长塚老人在两年前就住进了其他县的一家养老院，因为一是他年事已高，二是那家养老院离他的儿子、儿媳妇的家不远。所以，这段时间长塚老人根本就不可能出现在中林镇，别说中林镇，就连三丰市他也不曾涉足过。

“你早知道长塚那家伙的情况，怎么不早点告诉我？！”

外婆拿爸爸的手机给外公打了个电话，质问外公不告诉她长塚老人的近况。而且，她像正面抗议外公似的，像拿麦克风那样把爸爸的手机拿在面前，对着话筒怒吼。从这件事情可以看出，平时外婆根本没有和外公提过长塚这个人的事情。

我和万佑子姐姐都问过爸爸的工作内容，可是爸爸的回答不能让我们形象地理解他上班时到底在做些什么。于是我转向问外婆。其实，最了解这个问题的人应该是太阳房地产公司的总经理——外公。可是，周末去外婆家玩的时候，总是见不到外公，他都是在我们入睡之后才回家，在我们起床之前就走了。

外婆给我们的回答是："你爸爸就是在卖土地和房子，具体的我也不太清楚。但是，我小的时候我妈妈告诉我女人不要插嘴男人的工作。所以外婆我从不问你们外公的工作。这句话我同样跟你们妈妈说过。如果这是学校给你们留的作业的话，那还是直接去问你们爸爸比较好。"

外婆已经说了，女人不要插嘴男人的工作，再说，问爸爸的工作内容也不是学校留的作业，所以我们姐妹俩就再也没有问过爸爸关于他工作的事情。本来，不管是我还是万佑子姐姐，对房地产这个生意就不怎么感兴趣。万佑子姐姐说她长大了想当一个绘本作家，而我的理想是开一家面包店或蛋糕店。

说到这儿，我想起来了，万佑子姐姐还说过她想学拉小提琴。而妈妈曾经多次提出，希望我们姐妹俩能去学钢琴。对于妈妈的希望，万佑子姐姐说她更喜欢小提琴。小提琴装到包里可以随身携带，不管在什么地方、什么时间，只要想拉就可以拿出琴来拉，这多帅呀。可是，我们中林镇并没有教小提琴的培训班。三丰市倒是有一个少年管弦乐团，四年级以上的小学生就可以申请加入。加入那个乐团之后，就有机会学习自己喜欢的乐器了。所以万佑子姐姐一直想加入那个乐团，而她也在积极地做准备。

如果姐姐没有失踪的话，那我们一家人可能就有机会看到姐姐站在舞台上，和管弦乐队一起演奏的场面了吧。

虽然万佑子姐姐不想弹钢琴，但妈妈并没有对我说过“那结衣子，你去学钢琴吧，到时候你们姐妹一起演奏多好啊”之类的话。在我们中林镇，每到晚上十点钟，镇里的几个大喇叭就会播放勃拉姆斯的《摇篮曲》。意思是通知全镇的孩子：“你们该睡觉了！”我小的时候，晚上一听见大喇叭放这首曲子，就会跟着旋律哼唱。可那时的我奇怪的是，为什么我一哼，周围的人就会发笑？大一点我才知道，原来我跑调跑得很远。从这一点可以看出，我大概没有什么音乐天赋吧。

等我上了小学之后，乐感似乎稍微好了一点，能哼准几个小节了。但还是有跑调的时候。听到《摇篮曲》，我情不自禁地一哼，家人就在一旁笑。每当遇到这种情况，我就甩下一句：“晚安！”然后故意哼得更难听，一个人径直上楼去睡觉了。

如今，我和家人以及两名警官守在客厅里等待“绑匪”的电话，虽然这种生活是我有生以来第一次遇到，但到了十点钟的时候，《摇篮曲》还是按时响起了，周围的世界并不会因为我家发生了可悲的事情而改变。只不过，我感觉今天《摇篮曲》的音量要比往常大好几倍。本想开口抱怨一句：“吵死了！”但鉴于当前家里的氛围，我还是没有张嘴。

虽然外婆表面上还表现出一副镇定、坚强的样子，但实际上，当她推测的嫌疑人被否定之后，她和妈妈一样，心里也担心得不得了。虽然我只是个小孩子，但外婆的心理我也能体会得到。

《摇篮曲》都已经响起，可万佑子姐姐依然没有回家，这更加增添了我心里的不安。而妈妈似乎又回归了正常的日常生活，对蜷缩在沙发一角的我说："结衣子，你该上楼睡觉了。"这句话她每天都要说，令我倍感亲切。这倒是让我一直紧绷的神经得到了些许的放松。

两位警官并没有要回去的样子，我也想在客厅和大家一起等待万佑子姐姐的消息。可是，外婆走到我身边，用手摸了摸我的背，说："走吧，我和你一起上去。"此时的我还找不出任何借口拒绝外婆，只得乖乖地和外婆来到了二楼我的卧室。

在外婆的催促下，我躺到了榻榻米上。可是却感觉背后仿佛有什么东西硌得我很不舒服。我心想，可能是没洗澡的缘故吧。本来我也不喜欢洗澡，所以背后的不舒服我就忍了，然后强迫自己闭上了眼睛。

这漫长的一天并没有就此结束，现在，才是噩梦的开始……

chapter

3

搜索

我还保持那个姿势坐在沙发的角落里，电视也没有开，我就那样静静地胡思乱想。这时，手机响了两声，有短信进来了，是姐姐的。

“今晚我不回去了，在朋友家住。你好不容易回家，我不能在家陪你，真不好意思。被褥我已经帮你晒好了，今晚你好好休息吧。”

看到这条短信，我的脑海中浮现出了白天和姐姐在一起的那个女孩子的脸。姐姐今晚应该是在她家住吧。这么说来，那个人不是东京人，而就是本地人，她的家就在本地。估计她是在外地上大学，暑假期间回老家，得知她回来，姐姐便去三丰车站接她。她们很长时间没见，应该有很多话要说吧，所以姐姐才会住在她的家里。虽然我也是在外地上大学，暑假回老家，但我在家乡没什么朋友，回来之前也没通知谁，所以也不会有人到车站接我。这样看来，我和万佑子姐姐确实不一样。

“谢谢帮我晒被褥，晚安！”

我回了姐姐一条短信。就像旧时代小说中出现的电报一样，只有言简意赅的几个字。而我打工的同事沙纪发给我的短信，从来都不用敬语，都是很随意的口气。比如“今天天气真不错啊”“天热小心中暑”等无关紧要的话。换句话说，没有什么重要的事情她也会给我发短信，而且，还常会在短信中加入各种有趣的表情。所以，她的短信我百看不厌。从此我明白了，原来朋友之间应该这样发短信，我尝试着这样给万佑子姐姐发短信，可总是写不好。首先，我不好意思跟姐姐发一些“不太正经”的话；其次，除了正事之外，我实在不知道该和姐姐说点什么。

我想给沙纪发条短信告诉她我已经平安回到老家了，但转念一想，现在已经晚上十点多了，还是明天再发吧，免得打搅人家休息。就在刚才，镇里的大喇叭已经播放过勃拉姆斯的《摇篮曲》了。我把手机放到了茶几上，几乎就在手机接触到茶几的同时，短信铃声又响了起来。我想肯定是姐姐跟我道晚安的短信，可我拿起手机一看，竟然是爸爸发来的。这段时间，爸爸可是很少给我发短信的，今天这是怎么了？

上高中的时候，爸爸接送我上下补习班的时候，倒是会发短信和我联系，但自从我上了大学，他就没再给我发过短信，今天还是我上大学后第一次收到爸爸的短信。爸爸在短信中说道：

“听万佑子说，你已经回家了。今晚我突然接到一个紧急的工作，就在公司睡了。你在家关好门窗，注意安全！”

看到那规规矩矩的文体，正是爸爸发短信的风格。平时在家里的时候，爸爸说话最随便，还经常开一些无聊的玩笑，可是一发短信，就好像变了一个人，给我发短信也像跟客户说话一样客气。对此，万佑子姐姐还曾经当面嘲笑过爸爸，但爸爸说，对于他来说手机就好比自己的代言人，说话必须严肃认真。但我发现爸爸发短信的风格和我差不多，我心中暗自高兴。而妈妈发短信时，句尾总会带上“哟”“呀”，完全是一副中年啰唆大婶的口吻。

就这样，每当我发现自己和家人有共同点的时候，就会感到万分开心。不，或者说这样做是为了让自己安心。就是为了打消豌豆硌后背的那种小小的不安。

现在，我又觉察到了背后被豌豆硌着的别扭感。爸爸和姐姐两个人今晚同时不回家，这真的只是一个偶然吗？是不是发生了什么事情他们没有告诉我？现在他们俩是不是在一起？

比如，妈妈住院并不是因为胃溃疡发作，而是非常严重的某种疾病。今晚，妈妈的病情突然恶化，爸爸和姐姐必须得在医院守着妈妈。虽然他们知道我回家了，但不喊我去医院，是因为我和他们并没有血缘关系……我又开始胡思乱想了。如果妈妈需要输血该怎么办呢？在我们家里，只有我的血型和他们三个不同。爸爸、妈妈和姐姐都是 A 型血，只有我是 O 型血。学了生物课，我知道父母都是 A 型血，生出的子女也有可能是 O 型血，但我还是希望和大家保持一致。甚至有段时间我希望是验血出现了错误，不是给爸爸、妈妈验错了，就是给我或万佑子姐姐验错了。

我希望万佑子姐姐也是 O 型血。

原本像豌豆一样小小的不安却像气球一样在不断膨胀，但我突然想到了一个办法，可以把这个气球刺破，其实只要给妈妈发条短信确认一下就行了。因为我知道医院里是不允许使用手机的，所以昨天我收到妈妈的短信时着实吃了一惊。她说：“不用担心我哟！”但是能收到妈妈的短信还是令我喜出望外。

昨天妈妈多半是背着护士小姐偷偷拿出手机给我发的短信。那她现在有没有开机呢？

“妈妈，明天我去医院看你。”

我按下发送键还不到一分钟的时间，手机的短信铃声就响了起来。妈妈回复我啦！

“回来的路上注意安全啊！”

妈妈现在可以用手机，看来她身边没有医生、护士。看样子她还不知我已经回来了。也就是说，今天下午姐姐是去医院探望了妈妈之后，才到三丰车站接朋友的。而且，现在姐姐也不在妈妈身边。所以没人告诉妈妈我已经回来的消息。我突然想起来，今天是星期五，周末，姐姐和爸爸晚上不回家也没什么奇怪的。

我用遥控器打开了电视。本地的电视台正在播放天气预报，看到屏幕中映出我们这个地区的地图，我才第一次真实地感觉到自己回家了。预报员说从明天下午起，本地将开始降雨。没想到今天那么晴朗，明天却要下雨了。

说到这儿，我想起来，万佑子姐姐失踪的第二天，也下了大雨。

躺下来之后，一时我也睡不着，就闭着眼睛专心听楼下大人的对话，还有他们走动的声音。不知不觉地，我就睡着了。雨水的哗哗声把我吵醒的时候，外面已经微微发亮，不用开灯就能看清屋里的东西，已经是早晨了。我的书桌、书架，万佑子姐姐的书桌，都和昨天早晨一模一样，我躺在被窝里四处打量着这个熟悉的房间，然后使劲闭上了眼睛。

我翻了个身，转向了万佑子姐姐平时睡的那一侧，接着鼓足了勇气一点点地睁开了眼睛。

那块原本应该是万佑子姐姐躺的榻榻米，不仅没有姐姐的身影，就连被褥也没有，空空如也。我的泪水瞬间就涌出了眼眶。也许我当时还哭出了声音，只是外面的雨实在太大了，雨声占据了我的全部听觉，让我无法听到自己的哭声。

昨天发生的事情好像是一场梦。我想只要我走下楼去，就可以看见万佑子姐姐正和爸爸妈妈在一起开心地聊天。我只要走过去和姐姐说一句："你昨天回来得很晚啊。"然后就可以像往常一样继续若无其事地过平静日子。

但是，长这么大，我的预测就从来没有应验过。我祈祷第二天是个好天气，结果第二天一般都会下雨；买彩票的时候我希望中奖，可从来没中过……

发现这个规律之后，我就会故意往坏的方向预测。现在我就在想，楼下肯定没有万佑子姐姐的身影。一夜没睡的爸爸妈妈正忧愁、疲倦地瘫在沙发里。半夜里，妈妈一听到外面的风吹草动就以为是万佑子姐姐回来了，所以她无数次地开门去外面看。昨晚，爸爸拜托外婆照顾妈妈，然后一个人去神社、后山、"HORIZON"超市搜索了一圈。外婆因为伤心过度，可能昏过去好几次。而一会儿我下楼拉开客厅的门时，爸爸、妈妈和外婆肯定会兴奋地喊起来："万佑子回来啦！"然后发现是我，就会失望、沮丧地说："原来是你呀。"接下来的剧情肯定会是这样的……

可是，我这样的预测竟然和事实完全相符，唉！我就是一个这么晦气的人。当我下楼拉开客厅的门时，只有年长的友田警官对我说了句："早啊。"听说我家的电话昨天一晚上也没有响过一次。

早上七点半左右，池上太太又给我们家送来了饭团。打开门迎接池上太太的是外婆和我，我想，池上太太肯定有很多话想问我们吧，但她并没有多说，只是鼓励了我们一句："还是要好好吃饭，保重身体啊。"然后就转身回家了。昨晚池上太太送来的饭团还剩了一大半呢。外婆看着昨晚的凉饭团，和池上太太刚送来的冒着热气的新鲜饭团，说："还是吃热乎的吧。"然后就去厨房拿出好几个小瓷盘，每个盘子里盛两个饭团发给家里的每一个人。昨天的饭团一直放在大饭盒里，大家都懒得伸手去拿，结果最后剩了很多。所以这次外婆干脆把饭团分到每个人手里。

接着，外婆用手揉着自己的太阳穴走进了厨房，可能是昨夜的疲惫加焦虑，让她的头痛病又发作了。原来她进厨房是为了给大家做豆酱汤。对于外婆来说，我家的厨房是个陌生的地方，她不知道她想找的东西都放在了什么地方，于是，我走进厨房来给外婆当助手。虽然昨晚的饭团剩了很多，但整个晚上在一楼的每个人都喝了好几杯咖啡，那些咖啡杯凌乱地躺在水槽中等待被清洗。

妈妈一个饭团也没吃，但现在她正捧着汤碗"吸溜吸溜"地喝着外婆做的豆酱汤。外婆好像忽然想到了伤心事，两眼无神、若有所思地说："豆酱汤里再加点土豆，万佑子最喜欢了。"说完，外婆也吃不下去了，她放下筷子抽泣起来。

好像只有我，还过着正常的日常生活，吃完饭团喝了汤，我就去卫生间刷牙。可是我发现，那个儿童牙刷架上只有一支黄色的牙刷，那是我的。

可昨天，万佑子姐姐的粉色牙刷明明就在旁边的。万佑子姐姐每天早晚梳理长发的儿童梳子也不见了。还有塑料刷牙杯，同样也没有了。不仅仅是万佑子姐姐失踪了，就连她的日用品也一同消失不见了。

难道万佑子姐姐就这样从世界上消失了？或者像绘本中画的那样，万佑子姐姐并没有消失，只是大人们都看不见她，当她回家的时候就只有我能看见她。也许，我所生活的这个世界，是万佑子姐姐在睡梦中制造出来的一个幻境，现在，她快醒了，所以这个世界，还有我，都快消失了。

但看到姐姐的所有东西都不见了，还是让我陷入了难以名状的恐慌状态，我大哭着跑回了客厅，对着大人们大喊："姐姐的牙刷、梳子，都消失了！"但实际上，这并不是什么神隐或超自然现象，只是爸爸妈妈把万佑子姐姐的一些日用品收集起来，交给了警方，希望警方能从中获得有用的线索。比如，牙刷上可能沾有姐姐的口腔上皮组织；杯子上也许能收集到姐姐的指纹；梳子上肯定有姐姐的头发；姐姐常用的笔记本可以鉴定她的笔迹……

鞋柜里，就连姐姐的拖鞋也不见了，警方要动用警犬进行搜索，因此需要姐姐身上的气味。可是，外面持续的大雨并没有丝毫减弱的意思。客厅的窗户挂着窗帘，根本看不到外面的任何东西，但爸爸还是朝窗户的方向望了一眼，然后叹了口气说道：

"这雨，会把所有痕迹和气味都冲刷掉吧。"

"快别说啦！"说着，妈妈站起身来。我以为她只是走到玄关去看看外面的情况，谁知到了门口她拿起一把伞就冲了出去。外婆对她说："快回来！现在出去太危险了。"可是妈妈就像没听见一样继续往外走。

“万佑子身体那么弱，如果昏倒在田地里，该怎么办呀？再有，‘HORIZON’超市的停车场旁边不就有一个大沟吗，平时上面搭着铁板，昨天搜索的时候就没注意那个大沟。如果万佑子掉到那沟里就完蛋了，她又不会游泳！”

妈妈声嘶力竭地吼叫着，等她喊完，友田警官开口了，他的话一方面是陈述事实，另一方面也是安慰我妈妈。他用沉稳而坚定的语气说：“即使外面下着大雨，从今天早上开始，我们警方也出动了一百多名警力继续进行全方位的搜索。”从友田警官嘴里我们还得知，今天警方的搜索范围比昨天扩大了一些，还专门调来了潜水员到大龙河中进行搜索。镇上的各个居委会、学校的老师等也都参与进来，发挥各级的力量寻找万佑子。而且，据警官说，像今天这样的大雨天气，居民们外出的概率比较小，所以警方挨家挨户地询问，没准能得到有用的线索。

友田警官的这一席话并不单单是安慰我们一家人的话。随后不久，确实传来了好消息。因为一个大型台风正在接近西日本的太平洋沿岸，所以三丰市在下午也发布了暴雨警报，结果很少有居民外出。在这种情况下，警方果然问到了昨天在“HORIZON”超市停车场看到万佑子姐姐的人。

柿原风香，和万佑子姐姐以及我念同一所小学，不过她已经上六年级了。如果提到上一年级的我的名字，风香一点印象也没有，因为六年级已经是大孩子了，很少会和一年级的小孩一起玩。但是她却认识万佑子。因为风香是学校的图书委员，负责管理学校的图书室。而上学的时候，万佑子姐姐几乎每天中午都会利用午休时间去图书室看书，所以风香对万佑子姐姐的印象非常深刻。

在万佑子姐姐失踪的八月五日那天下午，风香正在家里看书。而她妈妈在厨房做饭，妈妈说今晚做土豆沙拉，但是家里的蛋黄酱用完了，于是拜托风香出门买一瓶蛋黄酱。

风香从妈妈那儿拿了零钱，出门骑上自行车就朝“HORIZON”超市赶去。来到超市后，风香把自行车停在了左侧入口附近的自行车停车场，而左侧入口实际上距离超市的食品柜台比较远。那风香为什么还要把自行车停在这里呢？因为她在右侧入口曾经有过一次不愉快的经历。那次不知是谁把生鸡蛋打碎在了她的自行车座椅上，她感觉很恶心，所以从那以后她都把自行车停在左侧入口的停车场。

我们镇子里一直流传着一个传说，说有一个精神不太正常的大婶，经常把生鸡蛋打碎在别人的自行车座椅上，然后扬长而去。大家都叫这个人是“鸡蛋大婶”。但对于我来说，那只是个传说，因为从没见过或听说过身边人有类似的受害经历。风香的自行车在“HORIZON”超市的遭遇，让我第一次感觉“鸡蛋大婶”并不是人们瞎编的。

风香说她买完蛋黄酱之后，就马上从超市里出来骑上自行车朝超市在国道一侧的出口骑去。在这个过程中她看见了万佑子。风香说当时万佑子坐在一辆白色汽车的后座上，正隔着玻璃向窗外望。看见万佑子之后，风香朝车里的她挥了挥手。万佑子注意到风香在朝她挥手后，也朝风香挥了挥手。

风香虽然以挥手的形式和万佑子打了招呼，但她并没有停下自行车，也没有靠近那辆汽车。因为五点钟会有一部电视剧的重播，为了赶上看那部电视剧，风香只有一个念头，就是赶快回家。听警察说万佑子失踪之后，风香哭了出来，她还向警官连连道歉说，当时她真不应该留下万佑子就那么走了。

但是，当时万佑子姐姐并没有任何向风香求救的迹象，坐在车里的她似乎很平静。风香流着眼泪坚定地说，如果万佑子当时向自己求救的话，她绝对不会因为要赶回家看电视剧而置之不理。

虽然风香说万佑子当时坐在一辆白色的汽车里，但遗憾的是她对那辆车的车型、牌子一点概念都没有。在警察询问风香之前，她甚至不知道汽车还分为小型乘用车和普通型汽车，两种车型的车牌颜色是不同的。

风香家的汽车是七座的面包车，她只说万佑子坐的那辆白色汽车比她家的车小一点。但符合这种条件的汽车，可以说满大街都是。

不管怎么说，风香提供的线索还是非常重要的。

在那辆汽车的后排座椅上，只坐了万佑子一个人。当时的车窗是关闭的，那么风香能够从外面看见万佑子，说明车窗玻璃没有贴膜。另外，据风香说，车里好像没有摆放毛绒玩具之类的小装饰品，车身也没有贴任何装饰。而且，万佑子在车里还戴着草帽。根据风香提供的这些证言，警方推断熟人作案的可能性比较大。随后警方对汽车展开了调查。

我们家有两辆汽车，爸爸开的普通型汽车是黑色的，妈妈开的小型乘用车是酒红色的。我们家亲戚中开白色汽车的就只有冬实姨妈一个人。可是，冬实姨妈八月五日那天一整天都在公司里，汽车也一直停在公司的停车场。经过调查，警方确认了这一点，冬实姨妈和她的汽车都有充分的不在场证明。

虽然警方在调查冬实姨妈的时候，询问得很委婉，但是，虽然只有那短短一瞬间的怀疑，也让冬实姨妈感到非常不愉快。就连了解情况的亲人对这样的询问都会产生抵触情绪，更不用说那些对此事毫不知情只是开着白色的汽车就被警方喊去问话的人，心里该有多么不爽。

电视机里开始播放体育新闻。

对于棒球、足球什么的，我一点兴趣都没有。在我打工的那家“金色丝带”咖啡厅里，同事们偶尔会临时兴起，约着一起去甲子园球场看夜场棒球比赛。但是，我们店是全年无休的，每天都得营业，所以不可能所有员工同时出去，必须得有人留下来坚守岗位。每当遇到这种情况的时候，我都是愿意留下来的那个人。如果我跟他们说我对棒球比赛不感兴趣的话，肯定会给他们高涨的热情泼上一盆冷水，所以我都会说这个月我手头比较紧，需要挣点加班费，以这样的借口蒙混过关。

其实家里给我寄的生活费足够我用了。看着我一个人留下来工作，沙纪似乎会觉得我很可怜，所以她在走的时候总会对我说一句：“太谢谢你了，这次又辛苦你了。”我真不知道他们为什么要感谢我，因为我觉得那些体育比赛都无聊透顶了。

“即使爸爸下班早，回家也要看棒球比赛，不会陪我们玩的，好无聊啊！”

我忘记了从几岁的时候开始，每年一到棒球赛季，万佑子姐姐就会悄悄地在我耳边说抱怨爸爸的话。现在只要我在电视中看到棒球比赛，姐姐当时在我耳边说话的声音就会不由自主地回响起来。童年有这样经历的我，长大后更不可能去球场看两个多小时的现场比赛了。

我不停地更换频道，找到一个电视台正在播放电视剧。看情节似乎已经接近结尾，一个受病痛折磨的高中女生就要迎来人生的最后时刻。围在病床周围的每一个人都开始回忆自己和这个临终女生一起走过的日子。估计电视台播放这种电视剧的目的是为了增进亲子之间的感情，让亲人之间彼此珍惜，所以，每到暑假，电视台注定会播放一部类似题材的电视剧。电视剧中那位少女的母亲，回忆起女儿第一次站起来学走路的样子；父亲则想起他把女儿扛在肩头一起去看烟花大会的情景。这样催人泪下的故事我不是很喜欢。

喜欢看失去至亲之人的电视剧的人，肯定是从没有体验过失去亲人的那种痛苦感受。

我索性关闭了电视机。

万佑子姐姐失踪后的三天内，警方获得的最有力线索就是柿原风香同学提供的目击信息。

事件当天，下午五点钟左右，在“HORIZON”超市的停车场中，柿原风香同学看见万佑子一个人坐在一辆白色汽车的后排座椅上。而关于万佑子姐姐的线索，就此打住了，之后再也没有任何进展。

万佑子姐姐失踪前的那个下午，我和姐姐一起在神社后山用纸板搭建小房子的情况，倒是有很多人看见了。所以在警察询问万佑子姐姐的信息时，很少有人说出“我不认识她”“我不知道”等漠不关心的回答。毋宁说，很多人都会积极地配合警方的询问，还会主动提供各种线索呢。据说有很多人打电话到警察局提供线索，可是，他们似乎把八月五日下午在大龙地区见到的所有小学女生都当作万佑子了。有人说见到一个像万佑子的女孩子在河边玩耍；有人说在体育馆后门看到了万佑子；有人说见到万佑子在上大龙的一家便利店买糕点……警方对这些信息逐一进行了确认，结果发现都是认错人了。

我们家里一直都有警官“执勤”，但并不一直都是那两位，警官们会轮流来我家上班。可是，一直也没有接到“劫匪”的电话或信件。

万佑子姐姐失踪后的第四天，电视台终于报道了这个事件。

据最后的目击证据显示，万佑子姐姐当时坐在一辆汽车里，所以她极有可能已经被汽车载到了很远的地方。为了在更广的范围内搜集相关线索，进行电视报道是一种非常有效的手段。但是，警方和电视台事先也告诉我们家人，报道之后肯定会招来众多好奇的目光，也会流传出一些对搜索不利的传言。我爸爸妈妈在充分了解了这些情况的基础上，经过深思熟虑，最后还是希望能够尽可能多地获得万佑子姐姐的线索，于是最终决定在电视台播放相关报道。

万佑子姐姐失踪后的第五天，在傍晚的新闻节目中，播放了她的脸部照片。那是当年三月底我们一家人去迪士尼乐园游玩时拍摄的。

在那之前，即使只是去不太远的地方进行当天往返的一日游，万佑子姐姐也常会发烧，所以我们一家人很少出去游玩，在外面过夜的旅行就从来没有过。但是当时，万佑子姐姐向父母提出，结衣子马上就成为小学生了，所以应该纪念一下，咱们还是找个好玩的地方去旅行吧。最后我们一家决定去迪士尼乐园进行三天两夜的旅行。

在迪士尼乐园里，遇到那些要排长队的游乐项目我们就避开，专找人少的项目玩，所以只是悠闲地玩了三个项目，看了两场卡通人物表演。但是，留给我的记忆却是非常美好的，我就感觉自己仿佛已经和万佑子姐姐两个人在梦幻般的世界里一起生活了很久一样。回家之后，我还和姐姐好多次谈起在迪士尼乐园见到的那座城堡。以那座城堡为背景，我和万佑子姐姐还拍了一张合影。电视台上公开的那张姐姐的照片，就是在我们的合影中剪切下来的部分，只剪切了姐姐的脸，然后将其放大。

在电视中看到万佑子姐姐的照片时，我有一种恍如隔世的感觉，虽然只是四个月之前的照片，却仿佛已经过去了很多年似的。万佑子姐姐失踪后的这几天里，我一次也没有迈出过家门。一到下午我就在想，昨天的这个时候我还在和姐姐一起搭小房子；前天的这个时候我还在和姐姐一起搭小房子；三天前的这个时候我还在和姐姐一起搭小房子。就这样，八月五日那天发生的事情一遍一遍在我头脑中被重新唤醒，而八月五日之前的事情，则仿佛变成了很久以前的事情。

“万佑子那么聪明漂亮，肯定很快就会找到的。”

外婆总是装出一副乐观的样子。爸爸每天上午都要去上班，好像那个工作缺了他就没办法开展似的。而剩下的三个女人——外婆、妈妈和我，就时时盯着电视画面，以防错过任何有关万佑子姐姐的新闻报道。有的时候，外婆可能已经感受到了，除了她之外的另外两个女人，经常会陷入一种出神状态，心思已经神游到了和万佑子一起度过的美好时光中。其实，妈妈和我都是在用幻想和回忆来逃避现实。

在报道万佑子姐姐失踪的电视新闻的最后，播音员说了一句：“我们期待知情的观众朋友提供更多有用的信息。”然后就开始播报下一则新闻了。不过都是些无关痛痒的新闻，比如有人专门给动物园的北极熊送去冰块，为它们解暑等。外婆开始催促妈妈去准备晚饭。在万佑子姐姐失踪的第二天，就是因为台风而下大雨的那天，也是外婆做的饭。她用我们家里仅存的食材为我们填饱了肚子。不过她觉得总是她一个人干活，而妈妈一直愁容满面地发呆，这样对妈妈不太好，必须得找点什么事分散她的注意力。

于是，第二天外婆就开始让妈妈给我们做饭。

“如果现在万佑子打来求救电话，我不在电话旁怎么行？如果绑匪打电话来向我要赎金，我没接到电话，那不是糟了？”

对于严格的外婆，妈妈并没有说出类似上面那种反驳的话，也没有流泪，只是静静地走进了厨房中。要买菜的话，不是去杂货店“丸一”就是“HORIZON”超市，可这两个地方都会让妈妈伤心无比，所以她每天都会把要买的东西写在一张纸上交给爸爸，让他出去上班的时候代买回来。

以前妈妈做饭，总会精确地按照菜谱上的方法来。但恐怕现在的她没有心情那么精细地做菜，可即便做的都是非常简单的饭菜，也至少要花上一个小时的时间。不过外婆倒是露出了满意的神色，也许这样一来至少妈妈手头有事情做，会让她暂时从沉痛的心情中稍微解脱出来。而我呢，每天都会在固定的时间里做暑假作业。

在等待饭菜上桌的过程中，外婆又打开了茶几上的相册，里面都是我们一家人的照片。

“当初万佑子还邀请我一起去迪士尼来着。”

外婆一边怜爱地指着照片中的万佑子姐姐一边自言自语地说道。去迪士尼乐园之前万佑子姐姐确实邀请过外婆，可是外婆说那是你们小朋友喜欢的地方，我就不去了。

“也许万佑子早就知道会发生现在这样的事情。”

外婆的这句话就像一只利爪抓住了我的心脏。就在万佑子姐姐失踪前的两个星期左右，我在一部描写绝症病人与亲人生离死别的电视剧中，听到过类似的台词。那是我和万佑子姐姐去外婆家过周末的时候看的。

虽然姐姐特别爱读故事书，但她却不怎么喜欢看电视剧。

她说电视剧里没有城堡、没有王子、没有公主，也没有使用魔法的魔法师。而且演的都是大人世界的事情，即使有小朋友的电视剧，里面也没有什么刺激的冒险。

那个时候，只要是姐姐喜欢的东西，我也会努力地让自己去喜欢，但是，姐姐不喜欢的电视剧却是我十分喜欢的。特别是悬疑电视剧，我可以连续看上两个小时。在我们家里，晚上十点姐姐和我必须上床睡觉，根本没有看电视的时间。所以，我看的电视剧，都是周末在外婆家看的。其实，因为外婆喜欢看电视剧，所以我也被“传染”了。

周末，我和万佑子姐姐去外婆家小住的时候，到了晚上我们俩一般都会坐在客厅的沙发里，掏出各自从家里带来的书看。到了九点钟左右，外婆把厨房都收拾完了，就会端一个托盘出来，上面有茶、有糕点，放在茶几上让我们吃。她也会坐下来，打开电视，享受周末的悠闲时光。

今天的晚饭好吃吗？这个糕点怎么样？你们不用带书来，外婆会给你们买的。其他还想要点什么？

外婆对我们的关心无微不至，什么都问，就是从来没问过我们想不想看电视。她只是一个人沉浸在电视剧的情节中，万佑子姐姐会坐在旁边继续看书，而我呢，不知不觉就会把视线从书本上移到电视机屏幕上。一会儿，我发现外婆已经频频点头打瞌睡了，于是赶快提醒了一句：“外婆，凶手马上就要现身了！”这话立刻让外婆清醒过来，她还会夸奖我提醒得好。接下来，我就很自然地和外婆一起往下看了。

有一次，电视里播放的是一个患了绝症的孩子与家人生离死别的悲惨电视剧。这回，就连万佑子姐姐也放下书开始和我们一起看电视。而且，就见纸巾盒在万佑子姐姐和外婆两个人之间来回运动，她们俩轮流抽出纸巾来擦眼泪。可是，她们俩为什么会哭得那么伤心呢？我感到十分不可思议。电视剧里那个生病的孩子，和我们一点关系也没有啊，而且，电视剧这种东西本来就是人编出来的呀。从小就缺乏想象力的我，根本就不会换位思考，从没想过把自己放进电视剧里，也没想过把电视剧里的人物换成我身边的人。由此可见，我应该是一个不太感性的人。

看来万佑子姐姐可能把电视剧里那个病重的孩子置换成了生活中的某个人，所以才会哭得那么伤心。她会把电视剧里的主人公换成谁呢？换成她自己，还是换成我？即使现在想起这个问题，我还是会不自觉地感到一阵胸闷。在我看来，电视剧这种东西本来就只能存在于编造出来的世界里，把里面的情节带到现实世界中来，实在太费神了。

在电视机的屏幕上映出熟人的脸，是我更加难以接受的事情。

万佑子姐姐的照片出现在电视里，虽然我觉得很不舒服，但那毕竟是迫不得已。可第二天，就连柿原风香也上电视了。准确地说，应该是一个像柿原风香的女孩子。那天爸爸也在家，我们一家人围在电视机旁目不转睛地守候着傍晚的新闻节目。结果，我们看到一个很像柿原风香的女孩子，在室外接受记者的采访。虽然我说那个人像柿原风香，但其实也只看到了她的一双脚而已。为了保护被采访者的隐私，摄影师只拍摄了她的脚。她穿了一双带有白底蓝色花纹丝带的粉红色凉鞋。妈妈一眼就认出，这双凉鞋和万佑子姐姐那顶粉红色草帽是一个牌子的。

“当时妈妈让我去超市买东西，我买了东西，准备骑车回家的时候，在超市停车场中看见万佑子坐在一辆白色的汽车后排座椅上。”

电视台对她的声音也做了处理，已经完全听不出是柿原风香的声音，但根据内容判断，这个女孩子肯定就是柿原风香。从她结结巴巴的语调中，我听出了她面对麦克风时紧张、复杂的心情。没想到因为万佑子姐姐失踪的事件，电视台的人已经开始在我们身边的人身上挖掘报道材料了，不过我感觉妈妈和外婆似乎并不怎么吃惊，在她们看来好像应该多多采访知情人似的。只有当时在场的友田警官脸上显出了紧张的神色。隔了几秒钟后，爸爸似乎也突然意识到了什么，他着急地说：

“凶手看到这则新闻的话，岂不是要把白色汽车隐藏起来！？”

“这么说的话，万佑子的照片……”

外婆的话说了一半突然打住了。她是担心接下来的话会让我承受不了？还是她说着说着自己先害怕了？我根据之前爸爸说的那句话，猜出了外婆没说出口的下半句话。凶犯会剪掉姐姐的一头长发吗？还是把她白皙的脸颊……我不敢继续想下去，因为想到这里已经把我自己给吓哭了。

“不要再吓唬结衣子了！”

妈妈用歇斯底里的声音咆哮着。她这副架势倒是把我吓到了，我的眼泪也流不出来了。但是，心里最害怕的人，恐怕还是妈妈吧。

我们冒着如此大的风险让电视台报道姐姐失踪的案件，虽然得到了观众的热心帮助，警方获得了大量的信息，但有价值的却一个也没有。一直驻守在我家的警官，也在一周后撤离了，临走时他们只留下一句话：“有情况请立即联系我们，我们的电话随时保持开机。”

第二天，有一个人来到了我们家。山本娜美津，我们学校六年级的大姐姐，我们平时都叫她娜娜姐姐。娜娜对妈妈和我说，在万佑子失踪的那天傍晚，她曾见到了万佑子。

八月五日下午，娜娜在学校的体育馆里练习芭蕾舞，结束训练时已经是傍晚六点钟左右了。娜娜姐姐在和另外两个六年级同学一起回家的路上，遇到了我和妈妈。当时我们正在寻找万佑子姐姐。妈妈问娜娜有没有见到万佑子，娜娜摇了摇头，但娜娜说要和我们一起去寻找万佑子。妈妈担心娜娜的家人担心她，于是拒绝了她的好意，让她赶快回家。娜娜她们三个人在回去的路上一边走一边寻找万佑子的踪影。

但是，三个女孩子并没有发现有关万佑子的任何蛛丝马迹。

一个同学到家了，另一个同学也到家了，最后就剩娜娜一个人朝家的方向走去，她家住在县营住宅区附近。就在这时，娜娜听到背后传来了汽车驶来的声音。因为道路并不宽，所以娜娜就停下来站在路边避让汽车。娜娜注意到那是一辆白色汽车，当汽车开到自己身旁时，她无意中看见后座上坐的正是万佑子。

当时，万佑子似乎非常害怕，并用求助的目光望向娜娜。但是，万佑子根本没有办法发出呼救声，因为她的嘴被胶带封住了。娜娜看到这番场景的时候，心中立刻意识到了事情的严重性。但是，娜娜开始犹豫起来，到底是该去追那辆汽车呢，还是该去找人求助？

正当娜娜在路边不知所措的时候，那辆已经开过去的白色汽车突然以很快的速度倒了回来，停在了娜娜身边。驾驶室的车窗玻璃被摇了下来，开车的男子用恶狠狠的眼光盯着娜娜，并低声地说：

“你要是泄露出去，我就杀了你！”

说完，汽车再次朝前方开去，朝县营住宅区的方向开去。娜娜吓得连话都说不出来，回家的路上她只感觉双腿在不停颤抖，都不知道自己是怎么走回家的。然后，关于这件事，她就是一直保持沉默到了今天。但是，娜娜的良心告诉她，绝不能再这样沉默下去，于是她今天鼓足勇气来到我们家，把她经历的事情都说了出来。

娜娜姐姐不愧是以御茶水女子大学为目标的好学生，她的讲述没有一点烦琐拖沓的地方，要点明确，言简意赅，就连我都听明白了。但是，娜娜姐姐说完之后，就扑到我妈妈怀里“哇”的一声大哭起来。

“对不起！对不起！我应该早点说出来的，那样的话，说不准凶手现在已经被警察抓住了，可是我怕……”

后来，娜娜姐姐和她的妈妈一同去三丰警察局向警方讲述了她看到的一切。如果娜娜姐姐第一时间去报警的话，后来的我也许会好过一些……

如果谁也不回家的话，那我一个人总待在客厅里也不是个办法。于是我关闭了一楼的空调、电视机，只留了一盏灯让它把客厅照亮，随后我就上楼去自己的房间了。所谓我的房间，就是以前我和姐姐共同的卧室被一面书架分割成两部分，我们姐俩各自占一间。虽然这个房间并不大，但感觉上也要比我在神户租住的那间公寓宽敞。在房间的一角，被褥整整齐齐地叠好堆在榻榻米上。万佑子姐姐已经帮我晒好了被褥，而且为了方便我晚上用，她把被褥叠好直接放在了榻榻米上，而没有放在壁橱里，姐姐还真是贴心。

长这么大，我在床上睡觉的记忆非常稀少。只有全家人一起去迪士尼乐园旅行那次，在酒店里睡过床。其余时间都是睡的榻榻米。万佑子姐姐成为初中生后，爸爸说要把我们的房间分成两个小房间，让我们单独睡。那个时候，妈妈就曾提议给每个房间都买一张单人床，结果姐姐没有同意。她说，房间本来就很小了，如果再放一张床的话，就不敢邀请朋友到家里来玩了，因为他们根本就没有地方下脚。其实，我没有这样的担心，因为我没什么朋友，所以倒是希望能给我买一张床，可是，妈妈也没有问过我的想法，就直接不买了。于是，我只好继续睡榻榻米了。

我直接坐在了叠好的那一堆被褥上，忽然闻到了一股令人怀念的味道。天气好、太阳高的日子，以前我家的那只猫——布兰卡就爱爬到汽车的引擎盖上团成一团睡午觉。当我把鼻子凑近猫的后背，闻到的味道就和现在闻到的味道很像。被褥也好、猫也好，棉花或皮毛经过充分的阳光照射后，它们会发出类似的气味。话说，那应该是阳光的气味吧。现在的我只要不深深地睡去，那些陈年的记忆就会不断地从头脑深处涌现出来，而且，已经开始从万佑子姐姐失踪事件向我和布兰卡一起度过的日子转移。

所以，之前我一直都躲着猫。不过，这次回家，让那个事件再一次清晰地出现在我的头脑中。

万佑子姐姐失踪的时候，我才念小学一年级，但后来，我无数次反思过那次事件。我想，应该没有什么地方被漏掉了。但是，如今我又开始重新回忆当时的事件，诱发我重拾回忆的契机可能就是后背上感觉到的，犹如被豌豆硌着的别扭感。

好像有一个声音在问我："你真是这家的亲生孩子吗？证明给我看！"

似乎从头脑深处涌出的那些记忆已经不能满足我对真相的渴求，我必须得自己去挖掘一些东西出来。反复涂鸦的那张画布的最下层到底是一幅什么样的画呢？一幅名为《万佑子姐姐失踪事件》的画的最下面，还隐藏着一幅画，但它就像那颗豌豆一样，让我抓不住它本来的面目。如果最下层真有另外一幅画的话，我该从哪里下手开始挖掘呢？

说到这儿，我忽然想起来，我不是也有一直珍藏着的"宝物"吗？

我拉开壁橱的门，在我和姐姐各自的房间中，只有我这间有壁橱。壁橱的上半层格子是用来放被褥的，现在，里面就叠放着几床冬天盖的厚棉被。我忽然明白过来，可能就是因为姐姐的房间里没有壁橱，没有收纳被褥的地方，所以当年妈妈才主张给姐姐买床的。因为有了床之后，被褥就可以直接放在床上了，而不像榻榻米那样，每天都得把被褥叠起来放进壁橱里。

壁橱的下层格子，就是我放私人物品的地方了。当初我把自己的东西分门别类地整理了一下，分别装入纸板箱和塑料整理箱，放在了壁橱里。我先把最靠外的一个装书的纸板箱搬了出来，里面装的全是我买的、收集的漫画书，在这个箱子的最下面，藏着那本《豌豆公主》的绘本。那本来是姐姐的书，但我想据为己有，就悄悄地从她的书架上把那本书抽了出来，藏到了自己的书箱中。

接着我又把脑袋伸进壁橱里，从里面搬出一个更大的纸板箱，纸板箱上赫然印着某种卫生纸的大商标。纸板箱上贴的胶带没有被人撕开的痕迹，说明家里人谁也没有注意过我的这箱东西。在我去神户读大学的时候，甚至想过把这些东西一起带走，但后来还是觉得好不容易开始的新生活，不想被有关那次事件的记忆打扰。于是我决定把它们封存在这个纸板箱中，并贴上了胶带，不想让别人去碰它。

话说那一天，我从杂货店“丸一”要来了一个装卫生纸的大纸板箱，当我把纸板箱搬回家的时候，恰巧万佑子姐姐也刚从外面回来。看见我两只手都腾不出空来开门，姐姐就帮我推着大门，边笑边对我说：

“离大学开学还早嘛，你就开始准备搬家了？看来一个人出去生活，应该还蛮有趣的。你这个纸板箱那么大，应该能把你所有的东西都装进去了吧。如果需要我帮忙，随时说一声就行，不要客气哟。”

我小心翼翼地撕开给纸板箱封口的胶带，打开纸板箱后，从里面拿出一个淡蓝色的塑料整理箱。打开整理箱的盖子，我从里面找出一个笔记本。那是一个 A4 大小的笔记本，封面是天蓝色的，其实那只是一本普通的学生笔记本。不过，封面上用油性记号笔写着几个令我触目惊心的大字——关于万佑子失踪事件的记录。那工整的字迹和万佑子姐姐本人写的很像，不过那是外婆写的。我翻开了那本笔记本……

万佑子姐姐失踪后的三天时间里，外婆都一直坚守在我们家等待着姐姐的消息。但是，因为外公和冬实姨妈一点家务活都不会干，要是长时间把他们爷俩放在家里，那外婆家里一定会出大乱子。所以，从第四天开始外婆就每天奔波于自己家和我们家之间。有的时候她一大早就跑到我们家，下午快做晚饭的时候又赶回自己家；也有的时候下午才来我们家，和我们一起吃完晚饭后再回家。但不管什么时间到我们家，外婆进门的第一件事肯定是先向我妈妈询问事情的最新进展。

我第一次看外婆的那个笔记本，是在警察从我家撤离的第一天，也刚好是姐姐失踪一周后。当时，笔记本左侧的页面已经以日记的形式记录了自八月五日以来万佑子姐姐失踪的相关信息。右侧的页面记录的则是外婆的推论。

娜娜姐姐来到我们家把她那天见到万佑子的情况告诉我妈妈之后，第二天外婆一到我们家，妈妈就立刻把这个重要信息讲给了她。而外婆也当场掏出笔记本，把这个情报记录了下来。她还歪着脑袋思考了一阵，嘴里说："这到底是怎么回事呢？"这个时候，我妈妈已经买了手机，她拿上手机出门买东西了，临走时跟外婆说，有什么新情况的话记得要立刻打她的手机。

"我觉得这是一起顺手牵羊的案件。"

妈妈出门之后，外婆从餐桌移动到客厅的沙发上，她把那个笔记本在茶几上展开，然后就开始对着沙发一角里的我阐述她的推理过程。她说话的语气就和以前我们一起看电视剧时她说"凶手到底是谁呢？"如出一辙。

柿原风香提供证言说，她曾在下午五点前后在"HORIZON"超市的停车场见到过万佑子姐姐，她说："当时万佑子一个人坐在一辆白色汽车的后排座椅上，从表情上看并没有求助的迹象。"

据此，警方怀疑这是一起熟人实施的绑架案。于是开始调查安西家可能存在的仇人。包括父母的交友情况、家族内部的矛盾纷争，都是警方调查的对象。结果警方把我的爷爷奶奶、外公外婆等亲属都查了个遍。可是，他们发现我的爷爷奶奶社交圈子比较简单，根本不会有什么仇人。我外婆的社会活动也不多，得罪人的可能性同样很小。最后是我的外公，虽说日本泡沫经济崩溃后，他的企业处境困难，为了让企业生存下去他不得不采取各种形式的"努力"，但尽管如此，他似乎也没有和什么人结下深仇大恨。

之前外婆还怀疑过凶手是对外公怀恨在心的长塚，但是随着警方的调查，长塚的嫌疑被完全排除掉了。

打那时起，外婆就对"以报仇为动机的熟人作案"持否定态度。于是，她想到了顺手牵羊或临时起意的作案。听外婆这么一说，我的头脑中也联想到曾经在电视剧里看到过的情节：有些特别喜欢孩子可自己又没法生孩子的女人、宝宝夭折的母亲等，当她们见到可爱的孩子时，就会像着了魔一样想方设法地把他们带走。想到这儿，我对外婆的推论点了点头。

有些犯罪嫌疑人会骗小孩请他们帮忙带个路，或者说出一个小孩认识的人的名字，以骗取他们的信任，然后把他们带上汽车，就成功地实施了诱拐。至于万佑子姐姐是怎么被拐走的，我想象不出来，但如果凶手是个温柔的女性的话，那万佑子姐姐多半不会害怕。如果凶手是因为想要一个孩子而作案的话，那她们对诱拐对象应该会非常疼爱。

外婆把这些想法都随意地写在了笔记本的推论栏中。我看得出来，外婆在努力给姐姐失踪事件做最好的推理和解释，并把它们都用文字的形式记录下来，这样做可能是想让她自己的内心好过一点吧。其实，我又何尝不是如此呢，我就曾经在头脑中幻想过万佑子姐姐被带到一座城堡中，现在正过着公主一般的生活。

“为了不让万佑子想家，也许那家伙每天都会给万佑子买‘白玫堂’的芝士蛋糕呢。”

“白玫堂”是外婆家附近一家非常有名的糕点店。万佑子姐姐非常喜欢那家的芝士蛋糕，而我则喜欢那家的巧克力蛋糕。其实万佑子姐姐也喜欢巧克力的味道，所以有一次她曾经跟我提议说：“咱们交换吃一口吧，你尝尝我的芝士蛋糕，我也吃一口你的巧克力蛋糕。”不过，我实在吃不来芝士的味道，所以就断然拒绝了：“不要！我不喜欢芝士！”现在想想真有点后悔，就交换着吃一口又怎么样嘛。即使我不吃姐姐的芝士蛋糕，把自己的巧克力蛋糕分一半给姐姐吃，也是理所应当的啊，因为我们是姐妹啊！

我在头脑中又开始幻想，幻想着万佑子姐姐在城堡中无比开心地一口芝士蛋糕一口巧克力蛋糕的情形。姐姐露出一脸陶醉的表情，眼睛已经笑得眯成了一条缝，眼角处的伤疤已经隐藏到了因为笑而产生的皱纹中……

不过，失踪后的万佑子姐姐真的能过上这样的生活吗？

娜娜姐姐提供的目击信息，全盘否定了外婆的推理和我的幻想。娜娜姐姐见到万佑子姐姐时，已经是傍晚六点多了。比柿原风香见到万佑子姐姐要晚了一个小时左右。而且，娜娜姐姐还说：“开车的是一个恐怖的男人，还威胁我不要说出去，否则就杀了我。而万佑子嘴上贴着胶带，满脸恐惧地坐在汽车的后排座椅上。”

仅仅是把娜娜姐姐说的话变成图像显示在自己的头脑中，已经让我的心脏紧紧地缩成了一小团，我的身体也蜷得更小了。可外婆好像满不在乎，用淡淡的语调继续她的推论。

“像这样诱拐小孩的凶手，应该不会区分男孩还是女孩。不过，从凶手用胶带封住万佑子嘴巴这一点来看，那家伙应该事先做好了准备。没准他已经在暗处观察很久了，早已摸清了万佑子经常出行的线路，这次隐藏在这条路线的僻静之处，等万佑子一个人经过时就下手了。这么说的话，看来凶手还是跟我们家有仇。不过，万佑子并不经常出去玩儿啊，那天不也是一时兴起才出去的吗？”

说到这儿，外婆忽然停了下来，一副若有所思的样子。不过，既然已经推论到这个地步了，我就希望外婆把她的结论全都说出来。其实，按照外婆的推理，我大体也知道她心里在想什么。凶手诱拐的目标并不是万佑子，而是结衣子。万佑子只是阴差阳错地代替我被人拐走了。为此，我心中对万佑子姐姐的歉疚更加深了一层。可是，现在能够待在家里、待在爸爸妈妈和外婆身旁的那种安全感，完全战胜了我对姐姐的歉疚。不过，这种懦弱的表现让我更加讨厌自己。我想对万佑子姐姐说对不起，然后我紧紧地闭上了眼睛。我只感觉之前为姐姐流过的泪似乎都是虚假的，如今那眼泪已经流干，再也流不出一滴来。

外婆一脸严肃地继续整理她的思路，然后开始在笔记本上写下自己的推论。

1. 凶手对安西家或太阳房地产公司怀恨在心。这次是有计划的诱拐行动。凶手事先准备了胶带。

2. 凶手和安西家无仇无怨，偶然见到万佑子，觉得她太可爱了，于是临时起意把孩子拐走了。凶手事先并没有做任何准备。

3. 凶手和安西家无仇无怨，事先计划好要诱拐可爱的小孩，也准备了胶带。

刚读一年级的我，外婆写的很多汉字我还不认识，只能大体猜个意思。不过，“胶带”那个词却一直在我的头脑中打转。啊！我忽然想起来了。那天万佑子姐姐从山上回家的时候，把我们搭建小房子剩余的材料、工具也带回去了，其中就有胶带。当我把这个情况告诉外婆之后，外婆深深地叹了口气，好像在责备我：“你怎么不早点说？”然后，她在刚才推测的三种可能上画了一个大大的叉。

不过，垂头丧气、一蹶不振可不是外婆的性格。她对我说，想去看看当时娜娜最后看到万佑子的地方，希望我能带路。我心想，这么多天来凶手也没有打电话来，估计现在也不会打来吧。另外，虽然我不知道娜娜家的具体地点，但我知道她家就在县营住宅区附近。所以我决定和外婆一起出去，带她去娜娜家附近看看。说实话，这还是万佑子姐姐失踪以来，我第一次走出家门。

一迈出大门，我就感觉整个身体被一团湿热的空气包裹了起来。虽然现在已经是下午五点多，但日照依然强烈，还没走出几步，我的鼻尖就渗出了汗水。这时我才意识到，现在还是夏天啊！万佑子姐姐失踪才刚过了十天时间，季节并没有变啊。可是，待在家里的这段日子，我却感觉时间漫长得像过了好几个世纪，简直恍如隔世。

县道的两侧，有好几条小路以几乎垂直于县道的方向延伸出去。

如今，随着房地产的开发，这些小路之间都盖上了房子，于是小路与小路之间也有更小的路相互连接了。可是当年，在我们大龙地区，田地比房子多得多。那些小路基本都互不相通，几乎每条小路都是死路，小路的尽头要么是住宅，要么是田地。我们所住的“Spring Flower City”就在一条小路的尽头。所以，在从县道到我们小区的小路上遇到的小汽车，大多都是“Spring Flower City”居民家的汽车，要么就是来我们小区走亲访友的熟人的汽车。

我带着外婆离开了县道，拐上了一条小路，那条小路的尽头就是县营住宅区。我们这里的所谓县营住宅区，就是县政府出资兴建的两幢四层的钢筋混凝土公寓楼。我们没走多久，忽然听到一个声音从头顶传来：“结衣子！”我抬头一看，路边有一幢独门独院的两层小楼，二楼的窗户中伸出一个脑袋，正在挥手朝我打招呼，原来是娜娜姐姐。我还没来得及朝她挥手致意，她的身影就从窗口消失了，一转眼，娜娜已经站在了一楼的大门口。

看见外婆，娜娜姐姐问我：“这是你奶奶吗？”我摇头道：“不，是我外婆。”接着，娜娜姐姐就开始向我外婆做自我介绍。显然娜娜也知道当前的情况，她在自我介绍的时候并没有提以后要考御茶水女子大学这件事。不过，她那流利的语言表达和自信的态度，赢得了我外婆的好感。

“你冒着危险讲出了实情，真是太感谢你了！那件事肯定给你留下了不好的记忆吧。不过今天我可能还要问你一些问题，让你回忆起那件可怕的事情，真的很不好意思。”

说着，外婆拜托娜娜带我们到她最后看见万佑子的地方去转转。

“走这边。”

娜娜姐姐脸上没有露出任何不高兴、不耐烦或胆怯的表情。她用手一指方向，就带着我们朝她和那辆白色汽车相遇的地方走去。娜娜一边走一边回答外婆提出的有关万佑子姐姐的问题。从娜娜家往我们来的方向走几十米，就是她目击那辆白色轿车的现场。背对着县道方向沿着这条小路一直往前走下去，最先遇到的就是包括娜娜家在内的八幢独门独院的自建住宅，再往前走就是县营住宅区那两幢四层公寓楼了。过了公寓楼，小路也到了尽头，就是田地了。这条小路的前面和其他道路没有任何相通的地方。也就是说，从后面超过娜娜的那辆白色小轿车，只能是开往县营住宅区的。县营住宅区的两幢四层公寓楼，每一幢有 32 户，两幢一共 64 户住户。若简单地想，万佑子姐姐就是被带到了那 64 户中的其中一户。

当外婆、娜娜姐姐和我三个人从县营住宅区往回走的时候，远远地就看见了手提购物袋的妈妈正朝我们这个方向走来。

妈妈也看见了我们，当妈妈走到我们近前时她告诉外婆，她刚才走路去杂货店“丸一”买东西，回来的路上忽然想到万佑子被最后目击的地方来看一看。

妈妈抬头望向了县营住宅区的那两幢公寓楼，我也学着妈妈的样子向高处望去。那两幢四层的公寓楼可是我们大龙地区最高的建筑物了。我发现公寓楼上很多户的阳台上都晾晒着儿童和大人的衣服。也许，现在万佑子姐姐就在其中一个房间里呢。我想象着万佑子姐姐正趴在某个房间的窗边悄悄向我们这边张望的情形，可不知为什么，这个画面总是无法清晰地呈现在我的头脑中，而且，再往下想象，也想不下去了。

我们全家人都希望能在此找到万佑子的线索，一下子把问题解决了。可是，现实与我们的期望却总是背道而驰……

整个镇子里到处都张贴了万佑子姐姐的寻人启事，上面还附有姐姐的照片。警方也采取了所谓的“地毯式搜索”，对中林镇的每一户人家都进行了走访，可是，似乎也没有获得什么有价值的信息。

爸爸、妈妈偶尔会带着我出门寻找万佑子姐姐的线索。这段时间以来，妈妈的情绪起伏不定，就像小提琴拉出的旋律一样，抑扬顿挫。有的时候，妈妈可以像以前一样平静地过日子；有的时候则会一个人坐在沙发或椅子上长时间发呆。每当出现后面这种情况的时候，爸爸也好、外婆也罢，不管谁在妈妈身边，都会假装随意地说上一句：“你出去走走吧。”其实是想让妈妈出去换换心情。

但是在那个时候，妈妈还是对警方寄予了极大的希望，她相信警察能帮她把万佑子找回来。

就这样，八月结束了，新学期即将开始。

我们小学也得知了万佑子姐姐失踪的事件，因此对学生的安全高度重视，学校规定学生们上、下学必须结伴而行。在暑假的最后一天，学校把这个决定通知到了每个学生家庭。

于是，开学后的每一天，我都必须得和下大龙地区的学生一起上、下学。这些学生中既有万佑子姐姐失踪那天和我们在神社后山一起玩耍的孩子，也有住在县营住宅区的孩子。到时候我该以怎样的表情去见他们呢？该怎么和他们打招呼呢？这个问题让我十分烦恼。为了躲避这些麻烦，我甚至想一个人上下学。

当时的我，对于诱拐这件事并没有什么不安或恐惧，虽然下一个被拐走的人可能就是我。因为我认为，如果凶手的目的只是报复我的父母或外公、外婆的话，那么把万佑子姐姐拐走已经足够了，而把我拐走的话，并不能达到他的目的。另外，如果凶手只是想诱拐可爱的小孩子，那我也是安全的，因为跟姐姐比我一点都不可爱。

万佑子姐姐被拐走，爸爸、妈妈、外公、外婆都痛不欲生，可如果被拐走的人是我，恐怕他们就没那么伤心了。

虽然我感觉妈妈不是那么关心我，但她还是决定不让我跟那些孩子一起上、下学，而是亲自接送我上、下学。因为妈妈认为，学校提出的这个集体上下学的方法根本就没有作用。为什么呢？因为集体上下学首先需要一个集合地点，上学时，学生们从各自家里走到这个集合地点，这个过程都是单独行动；而放学时，学生们从集合地点解散，走回各自的家时也是单独行动。单独行动的过程就充满了隐患。于是妈妈决定上学把我送到学校，放学到学校去接我。她还生气地说，明天要去学校当面找老师，抗议那个形同虚设的集体上下学制度。

但是，第二天，九月一日，一大早我家的门铃就响了起来。原来是六年级的娜娜姐姐来我们家接我上学。从娜娜家到我们家，要路过学生集合地点，走路起码需要十分钟的时间。

“我担心你一个人去集合地点路上会害怕，所以就来家里接你。而且，你一出现的话，恐怕大家都会对你问这问那的，我在你身边的话，可以提醒他们不要乱说话。”

听见娜娜在我家大门口发表了上述“宣言”后，妈妈爽快地就把我交给了娜娜，还对娜娜说：“那结衣子就拜托你了哟。”

我有气无力、怯生生地跟在娜娜姐姐后面往学生集合点赶去。其实我不是不想跟着娜娜姐姐去上学，而是担心遇到其他同学被他们说三道四。我怕有人说：“结衣子，都是因为你，警察才来我们家调查！”“结衣子，现在我怕得都不敢出去玩了。”如果大家这样责备我，我该怎么回答呢？想到这儿，我只感到两肋一阵刺痛，只得弯腰低头跟在娜娜姐姐后面往集合点走。

可是等我到了集合点之后，那里已经有十五名同学在等待出发，加上其中的一些孩子的父母，总共二十来个人没有任何人有责备我的意思。反而他们都用温暖的语言来问候、安慰我：“没事的，会好起来的。”“要开学了，打起精神来！”……可是，不管他们对我说什么，我都只能默默地点头。我不敢抬头面对他们，是因为我要极力控制自己，以免那不争气的泪水流出来。

大多数同学都很懂事，会顾及我的感受，避而不谈万佑子姐姐失踪的那件事。可孩子毕竟是孩子，在我们排成两列队伍往学校走的路上，有个高年级的同学还是提起了姐姐失踪的事情，因为路边的一根电线杆上贴着印有姐姐照片的寻人启事。

“我们家的汽车是银色的，可邻居家的汽车恰巧是白色的，警察把他们家搜查了一个底朝天。”

那个同学说起这件事的时候，语气也是小心谨慎的，我能听出其中的好奇心。就和大家平时谈论电视节目中播放的超自然现象以及后山女妖时的语气差不多。不过，我也能听得出来，他们谈论这个事件，并不是有意针对我。

“你们怎么能当着结衣子的面说那种话！你们没有亲身体验过，所以才能说那些不负责任的话。结衣子和我可是真实体验过那种恐惧的呀。你们知道吗？现在如果有白色的汽车从我身边驶过，我都会怕得要死，那种感受你们能想象得到吗？”

娜娜姐姐这么一说，刚才谈论万佑子姐姐失踪事件的孩子，马上低头向娜娜和我道歉。万佑子姐姐失踪之后，我一直待在家里很少和人接触，可娜娜姐姐不同，因为她是最后一个见到万佑子姐姐的人，所以很多人来向她询问过当时的情况。而且，娜娜姐姐甚至还看过凶手的脸，所以她比我的处境要危险得多。她外出的时候，应该非常害怕，可她还会摆出一副淡定自若的神态，这使我不由得对娜娜姐姐心生敬意。

到了学校后，娜娜姐姐甚至把我送到教室里。与高年级同学相比，一年级的小孩子可能在家里被爸妈叮嘱得更多，所以我的同学中没有人跟我提起姐姐失踪的事情。他们的爸妈可能都已经反复对他们强调过：“不要问结衣子她姐姐失踪的事情，要体谅她的心情。”所以，新学期第一天开学，班上的同学们对我都很客气。甚至有些以前不怎么合得来的同学也会主动、友好地和我打招呼。他们和我聊的无非都是“暑假作业做完了吗？”“储蓄罐又多了多少钱？”之类的无关痛痒的话题。就连我们的班主任也没有提及万佑子姐姐失踪的事情，就跟她完全不知道似的。

万佑子姐姐还没有找到，可我却依然过着正常的生活，这个现实我该如何接受呢？对此我感到十分迷茫。一方面，不知道姐姐的生死，也不知道她在什么地方，而我还像往常一样若无其事地去上学，这样真的好吗？在我的心中产生了无限的愧疚，就像自己抛弃了姐姐一样。但另一方面，每一天学校都会按照课程表正常上课，到了中午会为学生提供午餐，放学前老师会留家庭作业……这些事情都不会以我的意志为转移，所以渺小的我不得不跟着众人的步伐一起随波逐流，虽然我在内心深处觉得抛下姐姐自己过这样的生活对我来说实在太难了。

爸爸在外公的公司工作，所以请假应该比较容易，可是，万佑子姐姐失踪一个星期后，爸爸就开始去上班了。而外婆虽然每天都来我们家，可当她离开我们家回到自己家的时候，姐姐失踪的事件也许会被外婆暂时从头脑中屏蔽掉，这样外婆就可以有短暂的机会回到正常的生活中。

只有妈妈始终待在家里，万佑子姐姐的事情没有一刻不占据她的内心，她始终无法从这个残酷的现实中解脱出来。

开学已经一周时间了，可集体上、下学的制度还在延续。也许只要万佑子姐姐失踪事件没有一个结果，学校就找不到取消这一制度的理由。另外，在学生之间，虽然有娜娜姐姐严加提醒，但每天还是会有那么一两次有人提起万佑子姐姐的事情。有一次听姐姐同班同学说，他们班的座位又调换了，万佑子的座位被调到了靠窗边一列的最后一个位置上；还有一次有人说，万佑子他们班换了一个全校最为严厉的数学老师……虽然这些情况对万佑子姐姐来说都不是值得高兴的事，但是，同学们还能够记得万佑子姐姐，还经常把她挂在嘴边，这一点倒是让我有点开心。

但是，到了九月十日这天，就没有一个人再提起万佑子姐姐的事情了。因为头一天晚上，大家听到一个新闻——失踪五年的弓香被找到了！

外婆的笔记本上也记录了当时弓香被警方找到的新闻，还贴了一些从报纸、杂志上剪下来的相关报道。所有人都不会认为诱拐弓香的凶手和诱拐万佑子的凶手是同一人，大家都觉得两起案件没有任何关联性，只不过这两起案件的共同点很多，这是谁也不能否认的。从失踪时的年龄来看，弓香当时上小学四年级，万佑子上小学三年级；两起案件都发生在暑假期间；她们失踪后，都没有发现任何事故的痕迹；事后也没有人向受害者家属提出赎金要求……虽然是两起毫不相干的案件，但在描述案件的时候，只要把受害人名字隐去，两者几乎如出一辙。

对于弓香的失踪，当年甚至有人说是“神隐”，即被神怪隐藏起来了。而五年后的今天，弓香竟然又出现了，各个媒体绝不会放过这个事件的新闻性，连续多日对其进行了大篇幅的报道。而且更富有戏剧性的是，弓香并没有被拐到很远的地方，也没有跟随凶手辗转于全国各地。这五年来，她就被囚禁在距离自家不足一公里的一座民宅中。那是一幢普通的居民住宅，独门独院的两层小楼。它前面就是一条大路，路上还有公共汽车通过。就在这样一个再普通不过的民宅中，弓香被囚禁在二楼的一个房间里整整五年时间。而且，据说弓香并不只是被关在房间里那么简单，凶手在房间里放了一个大型犬的犬屋，一直把弓香当狗囚禁在狗屋里。据专爱报道小道消息的一些周刊说，弓香被警方解救的时候，她全身赤裸，只有脖子上戴着一个红色的项圈。在报道的旁边，还附有可以催人联想的红色项圈和狗屋的照片。

另外，周刊的报道中还提到，凶手每天只给弓香吃狗粮和牛奶。

诱拐弓香的凶手已经被警方逮捕，他是一名不到三十岁的男子。据说他从小就饲养了一只爱犬，他对这只狗简直视如自己的亲人。当他进入社会开始工作之后，那只狗已经垂垂老矣。终于有一天，那只狗去世了，这让他痛不欲生，甚至辞去了快递配送员的工作。随后他就把自己关在家里闭门不出，有一天他忽然想起来，以前送快递的时候，曾经遇到过一个容貌和自己的爱犬有些相像的女孩儿。于是他决定把这个女孩儿拐到自己家里囚禁起来。他经过仔细观察和周密计划，埋伏在自家的附近，等那女孩儿——笹山弓香从自家经过的时候，成功地把她诱拐到了自己的家里，并剥夺了她的人身自由。据一些小道消息称，那个凶手的名字好像叫户田守。对这样的一个人，大家都没有丝毫尊敬的意思，所以都直呼他的大名。

户田守一直和他母亲两个人一起生活。在他上小学的时候，父亲就因病去世了，母亲在镇上一家做泡菜的工厂里打工，以维持母子二人的生计。当户田守把弓香囚禁在二楼自己的房间之后，就严词命令自己的妈妈绝对不能上二楼。而户田守的母亲也一直没有再上过二楼，因此，她虽然也听说过有一个叫笹山弓香的女孩子失踪的消息，但做梦也没有想到那女孩儿就被囚禁在自己的家里，而且囚禁她的凶手就是自己的儿子。户田守只告诉他妈妈说自己又捡了一只新狗养在二楼，并且命令妈妈每天都要准备牛奶和指定品牌的狗粮，家里绝不能有一天断了这两样东西。户田守不再出去工作，也不再接触任何外人，几乎整天都躲在二楼自己的房间中，只有吃饭的时候才会下到一楼来。每顿饭只用五分钟就解决了，然后又上楼把自己关起来。

但是，有一天户田守的母亲忽然接到一个噩耗，要离开家三天左右的样子。因为她住在外地的一个哥哥因为事故意外死亡了，而这个哥哥只有她一个亲人，所以她必须得去料理哥哥的后事。因为事出紧急，户田守的母亲只站在一楼的楼梯口对二楼的儿子说有急事要出去几天，然后就转身出门了。户田守在楼上大声喊母亲，让她先把这几天需要的牛奶和狗粮买好再走，可是母亲已经走远了，没有听见他的话。

母亲走后的第一天，户田守吃了冰箱里剩的一点食物充饥。家里虽然有米、有面、有罐头，但户田守没有一点生活能力，淘米、煮面都不会，甚至连开罐头器都不会用。第二天，饥饿难耐的户田守决定去离家不远的便利店买点东西回来吃。

在出门之前，他对弓香进行了一番威胁：

“我现在要出去买东西了，你老老实实待在这里。你要是做出什么不安分的举动，回来我可要狠狠惩罚你哟！”

就在户田守出门不久，弓香下定决心要大声呼救。这五年来，户田守只让弓香发出一种声音，那就是“汪”，如果从弓香嘴里发出其他声音的话，她就会受到严厉的惩罚。所以当弓香想要呼救的时候，竟然不知道该喊些什么。想了半天她才一字一顿地喊了出来，而且那声音已经变得异常生硬，根本不像人类的语言。

救、命、啊！救、命、啊！救、命、啊！

听到弓香的呼救，并及时报警的人是户田守邻居家的一位四十多岁的家庭主妇。那位主妇说，之前那么多年她并没有发现邻居家有什么可疑之处，是突然间有人呼救让她吃了一惊，所以就立刻报警了。而且，听到呼救的声音，她也根本没有联想到这件事会和弓香有关系。但是，说不定这也许是她的一种说辞，为自己这五年来都没有发现邻居家的异常而进行的辩解。

连日来在我的周围，弓香失踪事件以及她被囚禁五年的骇人听闻的内容，也成了人们最热衷谈论的话题。因为那个事件就发生在与我们相邻的县里，所以我身边有几个人在谈论这个话题的时候，会先加上一个说明："我是听住在山口县的朋友亲口说的。"这样一来，仿佛可以增加他们所说的内容的真实性。比"我从电视里看到的""我从报纸上读到的"更有优越感。不过，在孩子们中间，好像还没有人把弓香失踪事件和万佑子失踪事件联系起来考虑。其证据之一，就是在每天集体上、下学的过程中，尽管有我在场，同学们还是毫不忌讳地谈论着弓香失踪事件。之前只要有人一提到万佑子姐姐失踪的事情，娜娜姐姐就会立马提醒他住嘴，可是现在，娜娜姐姐变成了搜集弓香事件情报的积极分子。一有什么新情况，她都会第一个讲给同学们听。

在听他们谈论弓香事件的时候，我会不会不知不觉地把弓香和万佑子姐姐的位置互换呢？在我头脑中浮现出来的被害女孩子，虽然她的脸是模糊不清的，但在我的记忆中，她还没有清晰地变成过万佑子姐姐的形象。也许是因为对这件事太恐惧了，人在潜意识中就会停止继续想象。

但是，恐怕妈妈已经把万佑子姐姐和弓香经历的事情重叠在了一起。关于弓香事件的报道达到顶峰的时候，有一天我放学回到家里，一进门就听见妈妈正在用剑拔弩张的语气对着电话大吼。

“你们说一家一家地查，可是每个房间你们都搜遍了吗？阁楼上去看了吗？壁橱打开看了吗？”

电话那头是友田警官。对于妈妈的质问，我不知道他回答了些什么。我主要是看到电话旁边摆着一张友田警官的名片感到好奇，心想，警察还有名片啊？此时我也感到自己的感知似乎有些问题，这样的时候不是关心姐姐的处境，而是对警察的名片产生兴趣，真是太奇怪了。

“从明天开始，我每天都会给你打电话！我不想听你们说什么今天又没有进展！这一天，你们都为万佑子做了些什么，我要你们全部报告给我！”

说完，妈妈就毫不客气地挂断了电话。这几天来，妈妈不仅仅打电话呵斥警方办案不力，她自己也行动了起来。每天下午一到四点，她说一声：“我去买东西了。”然后就出门走了。不管外婆在还是不在，每天到这个时间妈妈都会准时出门，然后要到晚上七点左右才回来。而且，每次回来都只提一个小购物袋，里面装的也多是些无关紧要的物品，难道她就是为了买这些东西出去逛了三个小时吗？有时外婆也感到好奇，就问妈妈：“出去三个小时你都干了些什么？”妈妈则会含糊其词地应付一句说：“走着走着忘了要买什么，就多花了点时间。”

在我们家的时候，外婆一次也没有提过弓香的案件。这也是后来我看了她的笔记本感到吃惊的原因。因为在她的笔记本上，详细地记录了弓香案件的过程，笔记本里还贴了不少相关报道的剪报。所以，简单地分析一下就知道，外婆对弓香案件还是非常感兴趣的，或许她想从中获得一些解救万佑子姐姐的启发。

说不定在外婆的心中，也曾经把万佑子姐姐的形象和弓香重叠在一起。所以，妈妈在想什么、在做什么，外婆多少也能感知到。所以，对于妈妈每天下午出去那么久，外婆并没有责怪她。而是每天下午在妈妈出去之前，她就赶到我们家，以免让我独自一人留在家里。

在妈妈打电话呵斥警察的十天之后，一个无意的机会让我知道了妈妈每天下午出去都干了些什么。那一天，我发现在教室的一个角落里，几个女同学正在窃窃私语。而当她们发现我在看她们的时候，她们回敬我的目光也怪怪的，和开学第一天跟我热情打招呼时的表情迥然不同，有的是躲闪，也有的是鄙夷。我鼓足勇气问了一句："你们在谈什么？"还没等她们开口，恰巧从旁边经过的一个自以为是的男同学帮腔道：

"结衣子，听说你妈妈每天都到'HORIZON'超市去抓变态？周围的大婶们都说，虽然能理解你妈妈的心情，但她的这种做法，是不是有点……"

后来证实，这个男同学说的一点没错。连日来，我妈妈都会到"HORIZON"超市中"卧底"。她要么漫不经心地站在女孩子们喜欢的小糖果货柜旁边，要么躲藏在小女孩内衣柜台附近，暗中观察在这些柜台选购商品的顾客的样子。但实际上，妈妈所做的还不止这些。

有一天下午又到四点，妈妈一如既往地出去“买东西”，在她出门后，我把她去“抓变态”的事情告诉了外婆。我并不是故意打小报告。只是我和外婆在沙发上吃点心的时候，聊着聊着就聊到了那个话题上。

一开始，外婆跟我聊的都是些日常琐事，比如“今天中午在学校吃的什么菜啊？”“你们学校什么时候组织秋游呀？”“语文和数学你更喜欢哪一个？”……可是，不知什么时候，外婆提了这样一个问题：“姐姐失踪的事情，有没有给你在学校带来不好的影响？”

要说不好的影响，姐姐不在身边这件事本身是让我最痛苦的。即使其他同学对我妈妈出去抓变态说三道四的，我也没觉得多难受。不过，“变态”这个词儿，给我带来的冲击还是很大的。难道万佑子姐姐也遭受了和弓香一样的摧残？

想到这里，姐姐和弓香的形象终于在我头脑中重叠到了一起。我也终于能够理解妈妈大声训斥警察、每天下午外出三个小时抓变态的行为了。于是，带着确认的口吻，我问外婆：

“妈妈出去买东西，总是去那么久。可是并没买多少东西回来嘛，她到底出去干什么了？”

我想外婆可能早就注意到了妈妈的异常举动。不过，她的回答只猜中了一半。外婆说：

“你妈妈呀，可能又把你姐姐失踪那天她走过的路走了一遍，而且是每天走一遍。”

外婆的意思是说，每天下午四点多，妈妈先走到神社后山，然后再把杂货店“丸一”、“HORIZON”超市、县营住宅区附近等万佑子姐姐被人目击的地点转一遍。转完这一大圈才回家。外婆接着又说：

“虽然我没有仔细问过你妈妈她出去都干了些什么，但如果把我放在她的立场上，相信我也会和她干同样的事情。”

“您也会去抓变态吗？”

原本外婆脸上是一副同情妈妈的表情，可是，听到我说的“抓变态”三个字，外婆的脸立刻僵住了。

“什么？你说什么？”

虽然外婆大体猜出妈妈每天是沿着事发当天的路又走了一遍，但是，她没有仔细去分析妈妈在每个重要地点所做的具体事情。我以为外婆生了我的气，于是连忙用辩解的语气解释说这是班上一个男同学告诉我的。然后我又补充了一句：

“不仅他一个人知道，其他几个女同学也都说看见了。”

晚上七点多，等妈妈一回家，外婆就质问她我说的那些是不是真的。妈妈一脸理所应当的表情点了点头。

“警察找不到的话，就只有我自己去找喽。”

妈妈从提包中取出一个巴掌大小的笔记本，把它展开在桌子上。之前她展开的那一页上记录着：

“‘HORIZON’超市，下午五点十分，糕点柜台，一个三十多岁的男子买了五袋附赠‘魔法少女米璐璐’卡片的小蛋糕。此人中等身高、中等胖瘦、短发、没胡子、圆脸、小眼睛、不戴眼镜。橙色 T 恤衫、卡其色多包短裤、绿色腰包。除了小蛋糕之外，他还买了盒装方便面、瓶装碳酸饮料，还有一些熟食（煎饺、炸鸡）。离开超市后他骑自行车沿国道向南走了。”

今天只记了这一个人。往前翻看这个小笔记本，我发现妈妈每天都会记录两三个“可疑分子”。

“自己亲自走一下，我才发现，从杂货店‘丸一’到‘HORIZON’超市，以孩子的速度大约需要走半个小时。但是，杂货店老板娘和柿原风香都说在五点左右看见了万佑子。从这一点判断，万佑子离开杂货店后，立刻就被人带上车载到了‘HORIZON’超市。风香见到万佑子坐在汽车后排的时候，可能是她刚被载到超市。万佑子一定以为，一会儿那人从超市里出来就会送自己回家，所以她并没有感到害怕。”

说着，妈妈把笔记本翻到了最后一页，原来她笔记本的最后面还记录着其他内容。这些页面被纵向分成了三栏，其中的记录以数字为主。比如：

9 月 ×× 日　福原 33B2581　丰田卡罗拉、白色

一眼就能看到，这里记录的是汽车的信息，从车牌号、品牌到颜色，都详细地记录在案。妈妈下午四点开车离开家，首先到神社后山我们玩耍的地方，然后她开回到杂货店“丸一”门前的路边停下来，她会一直停到四点四十五分左右。

这段时间，她会把这里停过的所有汽车的信息都详细记录下来。

“电视中都已经报道了犯罪嫌疑人作案的汽车是一辆白色小汽

车，凶手肯定也看到了报道，那他现在可能不会再开那辆白色汽车出门了。”妈妈还给我们解释了一句她的推理。

妈妈不仅记录了杂货店“丸一”附近停的汽车，还把娜娜姐姐家附近以及县营住宅区停车场里停放的汽车都做了记录。而且，这一带的汽车，她都是专门用红笔记的。一过四点四十五分，妈妈就开车离开杂货店，赶往“HORIZON”超市，再把那里停车场中汽车检查一遍。看其中是否有之前已经记录在案的车。这项工作完成后，她再进超市里“抓变态”。

“风香在超市停车场见到万佑子大概是五点钟，而之后娜娜在她家附近见到万佑子是在六点半左右。这一个半小时之中那歹徒在和万佑子做些什么？如果一直把万佑子留在汽车里，这么长时间里被人发现的风险是很大的。”妈妈又在自言自语地分析着。

自从风香提供了目击证言之后，警方就在“HORIZON”超市的停车场里立了一块告示牌，向民众征集目击线索。但一直以来都没有获得像样的线索。

“可是，那歹徒为什么一定要载着万佑子来超市呢？莫非他有非买不可的东西？我向超市工作人员进行了询问，请他们帮忙查一下八月五日那天超市新上架的商品有哪些。结果发现有咖喱汤料、食用调和油和附赠‘魔法少女米璐璐’卡片的小蛋糕。这小蛋糕是不是嫌疑最大？如果有大男人买这种东西，是不是很奇怪？”

妈妈又把笔记本翻回到记录可疑人物的页面，并递给我和外婆看。我仔细一看，发现其中的每一个人物都购买了那种附赠“魔法少女米璐璐”卡片的小蛋糕。

“对了，结衣子，你好像也有魔法少女的铅笔还是什么文具来着。”

妈妈这么一说，我赶快去儿童房取来了我的铅笔和尺子。我上幼儿园的时候，每个星期日上午电视台播放的《魔法少女》是我最爱看的动画片，每个星期日我都会早早地起床守着电视等它开始。上了小学之后，长大了一点，就没那么热衷了。我拿来的铅笔和尺子，是幼儿园毕业时发的纪念品。外婆拿过我的尺子，眯着她那双老花眼上下打量着。妈妈在一旁开口说道：

“大男人怎么会买这种东西！买小女孩喜欢的东西，不是变态是什么？”

外婆叹了口气说：“那你也不用亲自去超市蹲点啊。你可以把这种可能性报告给警察，让他们去调查呀。”

之前一直兴奋不已为我们讲解她的推理的妈妈，一下子沉默了，眼睛中流露出寂寞、无奈的神情。好像在无声地诉说着：“你怎么就不能理解我的心情呢？”但是，我也有不能理解妈妈的地方，她为什么就不能听听外婆的话呢？

“弓香那孩子……还能活着，真好！现在被保护起来进行治疗，真好！凶手被警察逮捕了，真好！但是，那孩子以后还能过正常、幸福的生活吗？我倒不是说她被囚禁的这五年来所受的精神创伤，而是周围的人将会用什么样的眼光看她，恐怕不会再把她看作一个普通人了吧。一想到那个女孩子被一个变态的怪男人囚禁五年，恐怕任何人都会产生些奇怪、龌龊的联想吧。话说回来，媒体为什么非要把狗屋、狗食之类的细节都曝光出来呢？这不等于掐断了那孩子回归社会的路吗？”

“快住嘴！”

外婆阻止妈妈继续说下去，是因为有我在场，她怕妈妈的话给我造成心理阴影。可是，这回妈妈却直接转向我，对着我说：“结衣子，如果有同学跟你搞恶作剧，把你推到了臭水沟里，老师肯定会当着所有同学的面严厉地批评他。但是，此时你肯定也会因为同学们异样的眼光而感到浑身不自在吧。”

一想到同学们个个都捂着鼻子，嘴里小声说“臭死啦！臭死啦”的情形，我不由得使劲点了点头，看来我非常赞同妈妈的话。与此同时，我也开始担心，担心弓香以后还能不能再回到学校上学。

“话虽如此，但我觉得你不可能在警察前面找到万佑子。”外婆好像有点头痛，她一边揉太阳穴一边对妈妈说。

“你的意思是让我什么都不做，就在家里等着？弓香也就被囚禁在离家不到一公里远的地方，足足有五年的时间，可警察找到她了吗？”

“但是，春花你也不能对所有人都抱有怀疑态度，自己去做那样的侦察呀。去杂货店‘丸一’买东西的大多都是咱们本地的老顾客，你想想，在你在门外记他们的车牌号的时候，他们心里会是什么感觉？肯定不高兴啊。把他们得罪了，他们以后怎么可能再帮我们找万佑子？”

妈妈又一次陷入了沉默，不过，这次是因为理解了外婆的话。

“那我到底该怎么做呢？”妈妈用求助的眼神望着外婆问。

“前几天我就感觉到你的行为不太正常，没有及时阻止你，我也有不对的地方。总之，这种事情让你一个女人去做是不好的。首先在这个社会上男人瞧不起女人，另外，女人也爱说女人的闲话。你最好先和忠彦商量一下，你们两个人一起行动比较好。”

“可是，忠彦白天没有时间啊。”

“你们可以改变一下搜索方式嘛。实际上，就连小学生都知道你在超市里‘抓变态’，那恐怕全镇的人都已经知道了。凶手肯定也知道了，所以说不定他已经有所戒备了。”

妈妈被外婆说服了，从那以后她就不去万佑子姐姐被目击的地方转悠了，也不去超市“抓变态”了。还和弓香被发现之前一样，妈妈的行动仅限于在爸爸下班之后和爸爸一起在下大龙地区“散散步”同时寻找有关万佑子姐姐的线索，不过，就连这个行动也没有持续多久。

为什么没有持续多久呢？妈妈向外婆说明了其中的原因，我概括了一下，大体如下：

自从妈妈和爸爸两个人开始搜索以后，妈妈发现爸爸比她还积极。有的时候天都黑了，他还不回家，有时拿着手电筒跑到神庙后山去寻找，有时到县营住宅区附近或公路两旁搜索。后来甚至发展到悄悄地跑到别人家建筑物的背后查看有没有可疑的迹象，或侧耳倾听，看能否听得见万佑子的声音。当一个人非常热情地干一件事的时候，会让周围的人冷静下来看待他的行为。外婆在看悬疑电视剧的时候，也会入戏很深，会跟着情节的发展做出自己的推理，而我在一旁看着外婆胡乱推理的样子，真是打心里想笑。可是，当妈妈出去记车牌、“抓变态”的时候，外婆作为旁观者就能冷静地制止她的行为。如今，积极热情的一方变成了爸爸，而妈妈就相对冷静了下来。

看着爸爸的样子，妈妈心里非常担心。因为住宅建筑物的背后大多是家家户户的浴室。因此，从背后窥探别人家，这种行为本身不就有“变态”的嫌疑吗？一天晚上，当爸爸带着妈妈在县营住宅区一幢居民楼背后的沙地上“沙沙”地前行时，一家人似乎察觉到了外面有人的动静，立刻“砰”的一声关闭了浴室的窗户。那“砰”的一声，充满了厌恶的情绪。从此以后，妈妈决定以后再也不带爸爸出来进行夜间搜索了。

对于妈妈的这个决定，外婆没提出任何反对意见。

后来，爸爸买了一台笔记本电脑和一台打印机，他打算打印很多份道歉信，同时在信中征集万佑子的目击线索，然后在娜娜姐姐家附近以及县营住宅区挨家挨户地分发道歉信，希望得到他们的谅解和帮助。其实，这个办法也是妈妈想出来的。而且，妈妈说空手去送信不太好，再奉上一份小礼物才显得有诚意。本来妈妈打算去商业街的商店里买礼物，可爸爸提议说还是去超市买吧，因为发送的数量比较多，怕商店里备的货不够。妈妈觉得爸爸说得有道理，就决定去“HORIZON”超市买礼物。

买礼物那天是我陪妈妈去的。上一次来“HORIZON”超市还是万佑子姐姐失踪当日池上太太带我一起来的。

妈妈还是按照老习惯，把汽车停在了超市右侧入口附近，从那里进去最先到达的就是食品柜台。进入超市之后，我发现货架上的商品已经有了微妙的季节变化，虽然外面的气温还不低，我们在学校为运动会进行训练的时候也还穿着短袖T恤，但夏天毕竟已经走到了尾声。

“要不要顺便买点点心？”

说着，妈妈就牵着我的手朝糕点货架走去。妈妈停在了附赠“魔法少女米璐璐”卡片的小蛋糕前。“你有什么想要买的点心吗？”妈妈嘴里虽然这样问我，但她的视线却没有放在我身上。我知道她又在寻找变态，于是我也不自觉地环顾了一下四周，可是并没有发现任何可疑的身影。

如果此刻万佑子姐姐也在身边就好了，那样我们就可以每人选一样自己喜欢的点心了。以前妈妈带我们姐俩来超市的时候，姐姐总能很快决定要买的点心，而我总会思前想后地纠结半天。遇到这样的情况，妈妈总会催促我快点选。可是今天的情况却有所不同，我很快就选好了要买的点心，但妈妈却耐心地对我说：“不用那么着急，慢慢选，一定要选你最喜欢的哟。”当时的我以为妈妈是因为疼爱我才让我慢慢选，但现在回味一下发现并不是那么回事。她是打着让我慢慢选的旗号，好有更多时间搜寻“变态”。而且，假装和我一起买东西，同时“抓变态”，也不会遭别人的白眼。

选购完点心和送人的礼物，在收银台付过钱之后，妈妈就带着我朝超市的服务台走去。万佑子姐姐失踪时遗落的草帽当初就被保存在这里。恰巧，今天在服务台值班的工作人员还是那天的那位阿姨。虽然我已经记不太清她的长相，但看到她胸口名牌上的“山口”两个字，我就记起来了。我告诉妈妈，这位就是姐姐失踪那天在服务台值班的阿姨。妈妈连忙向山口小姐道谢，就好像姐姐的帽子是她捡到的一样。然后还连珠炮似的询问山口小姐那天发生的种种事情。这可让山口小姐一脸为难，因为她当时并不知道发生了什么事，也根本没有见过万佑子姐姐，所以她只能不停地向妈妈点头致歉，说她不太清楚。即便是这样，妈妈还是说："如果你想起什么，请马上和我联系。"然后掏出笔记本撕下一页纸，把我们家的地址、电话号码写得整整齐齐递给了山口小姐。

那个周末，我就和爸爸、妈妈三个人，提着装有见面礼——香皂和道歉信的纸袋，在娜娜姐姐家附近以及县营住宅区挨家挨户地敲门分发。很多人家打开门后，看到我们一家三口站在门前都感到莫名其妙，露出一脸讶异的神色。可是，当我把纸袋递上去，并鞠躬说"拜托您帮忙留意我姐姐的消息，给您添麻烦了"的时候，他们都会恍然大悟，然后和颜悦色地安慰我们说："打起精神来！"或者"很快就会找到的，别太担心了。"

也许就是看到了这样的情景，妈妈才做出了一个决定——看来寻找万佑子，还是让结衣子出面最好办。

chapter

4

迷路

外婆的笔记本是从八月五日记起的，可是，两个月过后，每天就只有四个字了——“没有进展”。一开始，关于万佑子姐姐失踪的事件、弓香的案件，我周围的人每天还会谈论几句，但是，随着季节的变换，人们聊天的兴趣似乎也发生了变化。学校的运动会结束后，当我们换上长袖衣服之后，学校的同学中几乎就没有人再提起万佑子姐姐的事情了。

在学校中、镇子里，对万佑子姐姐的关注似乎消失了。上、下学的路上，我们会路过镇公所，镇公所门前的告示栏里依然还贴着印有姐姐照片的那张寻人启事，但是，照片已经褪色。每当看见那褪色的照片，我的心中就升起一阵寒意，似乎感觉万佑子姐姐也正在随着那张照片渐渐消失。

即使在我们家里，万佑子姐姐的存在感也在慢慢变淡。虽然爸爸或者妈妈每天还会给警察打电话询问搜索情况，但他们已经不会自己出去寻找姐姐了。不过，他们当然不会就此放弃的。在十月的第一个星期日，学校运动会之后，我们举行了一次家族会议，爸爸、妈妈、爷爷、奶奶、外公、外婆全到齐了。

那次运动会是我上小学后第一次参加的运动会，那一天也是我为自己而活的一天，有一种久违的感觉。万佑子姐姐不在，只有我一个人参加运动会，可是，爸爸、妈妈、外婆、奶奶却都赶到现场来为我助阵，真是让我受宠若惊，要知道，奶奶只有每年过年的时候才会露一次面。所以，我浑身充满了干劲，下定决心一定要好好努力！

万佑子姐姐失踪之后，上语文课我学生字的时候，上音乐课学乐器演奏的时候，我都非常努力。因为那些都是姐姐非常擅长的，现在姐姐不在，家里只剩下我一个孩子，我觉得我必须努力学好这些，以填补姐姐不在的空缺。所以，在学这些东西的时候，我的头脑中都会意识到姐姐的存在。换句话说，我的努力都是姐姐在背后鞭策我的结果。可是，唯有运动会这天不是这样的。

姐姐参加运动会的时候，每年我都会去给她加油。一般都是我、妈妈和外婆三个人去给姐姐助阵。学校会在运动场边上为不同年级的亲友助威团准备遮阳的帐篷。我们三个人会早早地赶到运动场，坐在万佑子姐姐那个年级的帐篷的最前列。但运动会开始之后，我们并不会像其他人一样为孩子们呐喊助威。因为整个运动会上，姐姐出场的时候仅限于开幕式的团体舞，后面的比赛项目她一个也不会参加。

“万佑子跳得不错嘛，你的节奏感很好。”

在中午吃便当的时候，或者下午回去的时候，外婆短短地评论这么一句，整个运动会的话题就算结束了。

但是，我参加运动会的时候，情况就大不一样了。开幕式的集体舞，我不算出众，但是赛跑和推大球比赛却是我的强项，我还被选为我们班接力赛的选手。

在最开始的短跑比赛中，在跑道上飞奔的我听到了妈妈、外婆兴奋的加油声："结衣子！加油！结衣子！加油！"第一名的奖品只是一张小奖状，但是午休的时候当我把这种小奖状拿给妈妈看的时候，妈妈竟然露出了笑脸，她高兴地对我说："你太棒了！"

妈妈能笑真是太好了！我心中一个硬硬的疙瘩终于解开了。

因为万佑子姐姐的失踪，我们全家人都陷入了极度的悲伤之中。但是看着爸爸、妈妈日渐憔悴的样子，我更是心如刀割。可尽管如此，在我们的日常生活中也并不是一点逗人开心的笑料都没有。看电视的时候，经常不经意就调到了某个正在播搞笑节目的频道，我一般都会有意避开这些频道，赶紧调到其他频道去。电视频道可以自己去选择，但是，在学校的时候，班里那几个幽默的男生经常会讲些令人捧腹的笑话，这个我就没法逃避了，毕竟嘴长在别人脸上，他们想说什么我是没法阻止的。

虽然我的心中一刻也没有放下对万佑子姐姐的思念，但是，遇到搞笑的事情我还是忍不住会笑。可是接下来就不那么轻松了，笑过之后我会立刻产生对姐姐的歉疚感甚至罪恶感，然后极度想哭。很多次穿行于这两种极端的感情之间后，我开始学会让自己内心中原本的意识退居次要位置。就像给自己戴上了一副具有过滤功能的眼镜，身边发生的一切就像另外一个世界中的事情。当听到逗人发笑的笑话时，我让自己觉得就像听到外语一样，完全不能理解。所以，当大家都在笑的时候，我却能做到一个人面无表情。当然，我也从来没有给别人带来过欢笑。

但是，我在运动会上的表现和成绩却让妈妈笑了。爸爸看到我得的奖状也很开心。奶奶还略带嘲讽、半开玩笑似的跟大家说："忠彦那家伙，从小到大的运动会，也没有第一个冲过终点的经历。”外婆则会抚摸着我的头自豪地说：“春花小时候就很能跑呢。”

当我参加接力赛的时候，家人为我呐喊助威的声音就更大了。当我顺利地把接力棒交给下一名队友完成我的任务之后，我不自觉地望向了妈妈他们所在的遮阳棚，结果看见妈妈正在高举双手朝我挥舞。从远处看，妈妈的脸上似乎正闪烁着快乐的光芒，也许那是太阳光的反射吧。

我也能让妈妈这么高兴啊！

于是我下定决心，在万佑子姐姐被找回来之前，不管是学习还是体育，我都要尽自己最大的努力去做好。

运动会结束的那天傍晚，爷爷和外公也赶来和我们会合，我们在商业街的一家中华料理饭店订了一个包间。因为妈妈说吃饭的时候不想受外人打扰，所以拜托外婆订了一个包间。餐桌上摆满了各种豪华的中国菜，不由得让人食指大动。

推杯换盏之间，外婆把我今天在运动会上的精彩表现绘声绘色地描述给了白天没来的爷爷和外公听，一时之间，让我觉得这次聚餐仿佛是专门为我举行的“庆功宴”。但没过多久，大人们的话题就转到了万佑子姐姐身上。

为了尽早找到万佑子姐姐，接下来到底该怎么办呢？外公首先开口，他说，为了得到有关万佑子的有力情报，咱们发布一个悬赏告示如何？为提供关键性线索的人提供一笔酬金。至于悬赏酬金的多少暂时不定，可以是 100 万日元，也可以是 300 万日元，到时和警方商量后再定夺。随后，爸爸也提出了一个建议，他建议每个月的五日，我们到“HORIZON”超市门前发放宣传单，宣传单的内容当然是征集有关万佑子的信息。妈妈同意了爸爸的提议。到时候，也请太阳房地产公司的职员来帮我们发宣传单，人多力量大嘛。

大人们谈话的时候，似乎忘记了我的存在，而我呢，只好一个人默默地吃着各种美味佳肴。没有一个人说：“结衣子，你也来帮忙寻找姐姐吧。”

像在超市门口分发宣传单这样的工作，我也是可以胜任的。对于大人们无视我的存在，我感到十分不舒服，可是，在场的都是长辈，又有爷爷、奶奶、外公这些以前很少和我交流的人在场，我也就不敢把心中的不满表达出来了。

如果当时我表达了我的不满，结果会怎样呢？

大人们的回答可能是：“结衣子，你什么也不用做，就耐心地等待姐姐回来就行了。”

也可能是：“结衣子，那你也来帮我们寻找万佑子姐姐吧。”

不管大人们会给出什么样的回答，但恐怕只要我当时表达出心中的不满，把我也想帮忙寻找姐姐的心情说出来，也许妈妈就会把她心中的计划公之于众了。

外婆的笔记本中也记录了悬赏征集情报、分发宣传单的新主意，但完全没有记录妈妈的计划。看来妈妈并没有告诉外婆，由此可见，妈妈对她的计划也没什么把握，也怕造成更坏的后果。可是，即使我现在能够洞察出妈妈当时的心态，又有什么用呢？对于已经发生的事情来说，现在想什么都是“马后炮”。

我合上了外婆的笔记本。

这里是我的房间，但我感觉又不是我的房间。家具、书桌、小装饰品等，还是我以前用的那些，和我住在这里时没有什么不同。我考上大学离开家之后，屋里没有增加任何东西，也没有减少任何东西。现在这个房间几乎和我离开它时保持着一模一样的状态。在我离开家的这一年半时间里，这个房间就像进入了时间停止的状态。

在万佑子姐姐失踪之后，我们共用的房间中也经历了类似的情况。姐姐刚失踪不久，房间中她的东西仍然静静地待在原地，好像要向我们证明万佑子姐姐还在。所以，姐姐书桌上的任何东西我们都没动过，她书架上的任何一本书我们也没有抽出来过。

但是，在我和姐姐共用的这间儿童房中，我使用的部分在一点点地发生变化。书桌上的小书架放上了一个小储蓄罐，运动会过后，一个写着我名字的小奖状占据了书架中央的位置。还有很多老师打过对号的作业题纸，我不知该丢掉还是该保留，就把它们暂时放进了书桌上的一个纸箱中，而且作业题纸越积越多。另外，我的铅笔越用越短、橡皮越用越小，不得不削新铅笔、换新橡皮。以前我和姐姐一起买了不少的铅笔和橡皮，只有我的存货在不断减少。

万佑子姐姐的东西还和她在的时候保持着同样的状态，这一回，完全没有改变的状态，让我感觉到了姐姐的不在。所以，待在家里的时候，尤其是待在儿童房的时候，那种苦闷的感觉几乎让我透不过气来。

就是在那个时候，妈妈买了一只小猫回来。

一天，我放学回到家的时候，来开门迎接我的妈妈略带兴奋地对我说："结衣子，你来看！"然后就牵着我的手把我拉进了客厅。

在三人沙发的一角里，我看见了一个毛茸茸的白色小东西。我还以为那是万佑子姐姐冬天的毛线帽呢，走近了才看清楚，原来那是一只蜷缩着的小白猫。

“您怎么买了一只猫？”

听我这么一问，妈妈连忙竖起食指放在嘴边，对我“嘘”了一声，然后小声说：

“别把它吵醒，不要大声说话！”

于是，我又压低了声音问了一遍刚才的问题。

妈妈回答道：“今天我去商业街买秋天的衣服，结果在商场对面的一家宠物店里看见了这个小家伙，最后就把它买了回来。”

我发现沙发的旁边斜靠了一个装衣服的纸袋，其中是一件给我买的风衣。尺码非常合身，款式也与以往妈妈给我们姐妹买的不同。以往妈妈给我们姐俩买衣服的时候，都是按照姐姐的风格来买的，我也不得不穿那种“淑女风格”的衣服。可这次，妈妈给我买的却是一件休闲运动风格的风衣，出去玩耍的时候也能穿。以前妈妈给我们买衣服的时候，都是一下买两件，可这次她只买了一件，她当时会是怎样一种心情呢？也许她比平时任何时候都更加强烈地感觉到了万佑子姐姐的不在，那该是多么难过的一件事啊。

我把衣服叠好装回了纸袋中，可能是摆弄纸袋时发出的“沙沙”声惊动了小猫，它打了一个大大的哈欠睁开了眼睛。看到它的正脸我才发现，那小猫额头宽、眼睛大，从某个角度看和万佑子姐姐的脸庞非常像。我想，如果用魔法把万佑子姐姐变成小猫的话，估计就长这个样子。妈妈充满爱意地抱起了那只小猫，对我说：

“怎么样？很小吧，它才出生两个月。”

“两个月”这个词立刻让我的大脑中产生了某种物理或化学反应。难道妈妈把这只小猫当成了万佑子姐姐转世吗？想到这儿，我简直快要窒息了。因为我突然意识到“转世”意味着什么。虽然转世那个想法只在我头脑中出现了一瞬间，但我还是深深地责备自己，在心里说：

“万佑子姐姐没有死！没有死！没有死！……”

妈妈对小猫说：“走，该吃饭了。”

妈妈抱着小猫走进了厨房。厨房的地板上有一个可爱的粉红色猫食碗。妈妈先把小猫放在地上，再把袋装猫粮倒进碗里，小猫就咔嚓咔嚓地大嚼起来。

我们家的橱柜里虽然还有万佑子姐姐的碗，可是已经有段时间没人用它了。妈妈在做饭的时候，要少做万佑子姐姐的那一份。姐姐失踪之后，我们家里就有一块空间和一些物品进入了时间停止的状态，为了打消这部分时间停止给人带来的恐惧感，妈妈需要一个能发出声音、会动的东西。

妈妈一天的大部分时间都待在家里，尤其是我上学之后，只有她一个人在家，我感觉到，她需要一个东西来替代万佑子姐姐。同时我也感觉到，我无法替代万佑子姐姐的位置，无法填满妈妈心中的空洞。

代替万佑子姐姐的，是那只小猫。

忽然，我那原本已经干涸的泪腺，现在又湿润了。

万佑子姐姐失踪，看来还是我的错……

妈妈以前在娘家的时候就养过猫，所以她照顾小猫得心应手。她经常会坐在沙发里，把小猫放在膝盖上，然后用手指轻轻地从小猫的耳朵后面一直挠到它的脖子下面。小猫则从喉咙里发出微弱的喵喵声，脸上一副很享受的样子，还不时用脸蹭妈妈的手。就这样，不一会儿，小猫就闭上眼睛渐渐地睡着了。

妈妈轻轻地抚摸着睡着的小猫的后背，我看见她的嘴是微微张开的。感觉从她嘴里有三个字呼之欲出，那就是“万佑子”。可是，出乎我的意料的是，妈妈竟然把脸转向了我，说：

“必须得给这个小家伙取个名字啊。你来取好了，就给它取一个你喜欢的名字吧。”

妈妈的话真的是令我大吃一惊。那不是妈妈最喜欢的小猫吗？让我给小猫取名字，那意思就是这个小猫是给我的？那小猫不是万佑子姐姐的替代品吗？也正因为这个，不能给那小猫取名叫“万佑子”，也不能叫它和“万佑子”相近的名字。因为万佑子姐姐终究有一天要回家的。到时候如果万佑子姐姐知道这个小猫叫她的名字，她心里会怎么想呢？所以，到底该给这只小猫取个什么名字呢？

小白猫，就叫它“小白”如何？太俗气了吧……那么，白、白、白……

表示“白”的意思的词有……

万佑子姐姐的声音忽然回响在我的脑海中。对了！姐姐曾经给我读过的一本书中，出现过一个表示“白”的外国词。啊！我想起来啦！是《狼王传》（*Lobo the King of Currumpaw*，作者：欧内斯特，加拿大人——译者注）。那个故事中有一只美丽的白色母狼，她是狼王的妻子，她的名字就叫“布兰卡”。

“布兰卡，这个名字怎么样？是‘白’的意思。”

“啊，多好听的名字啊！我还以为结衣子肯定给它取个‘小白’之类的名字呢，看来是我小看你了。布兰卡，真不错，就这么定了。”

说着，妈妈双手捧起团成一团熟睡的小白猫，把它放在了我的膝盖上。当时我在家里穿的是短裤，小猫就直接趴在了我裸露的腿上。它那毛茸茸的触感和温暖的体温，立刻就传到了我的肌肤上，令我心头一紧，那微痒的感觉不禁让我打了个寒战，腿上、手臂上都起了鸡皮疙瘩。

“不用害怕，你可以轻轻地抚摸它。”

我小心翼翼地把手轻轻放在小猫的头上，让手指沿着它的脊背慢慢向后移动。那柔软、顺滑的感觉从指尖传到了我的心中。

“做得不错嘛，看来你肯定能把它照顾好。结衣子，如果晚上你害怕一个人睡的话，从今天起可以和布兰卡一起睡。”

“真的可以吗？”

“当然可以啦！名字是你给它取的，你又那么喜欢它。”

说着，妈妈把她给布兰卡买的各种用品展示给我看，同时还教了我一些照顾小猫的方法和经验。妈妈告诉我，小猫的厕所在楼梯下的走廊上，它的床就放在我的房间中。然后，妈妈又拿出一个塑料的橙色篮子，那是只宠物篮，妈妈就是用它把布兰卡从宠物店提回家的。但是我想，如果只是为了装小猫的话，用个小纸板箱就行了呀。但妈妈解释说，以后万一小猫生病了，带它去宠物医院的话，还是提这个篮子方便些。篮子就暂时放在我们儿童房的壁橱里。

从那晚开始，儿童房里就不只有我一个人了，布兰卡会陪在我身边。原来，买那只小猫并不是妈妈用来填补自己内心的空洞，而是因为怕我孤单。想到这里，我越发觉得布兰卡可爱，坐在沙发里，我把身子弯下去轻轻地用鼻尖去碰腿上的小猫。

当我的鼻尖碰到布兰卡的后背时，我闻到了一股刚晒过的被子一般的气味，那是一股阳光的味道，顿时，让我整个胸腔都跟着温暖起来。

小白猫布兰卡是我的朋友。

在万佑子姐姐失踪事件发生三个月之后，我们学校的集体上、下学制度依然持续着。不过，不管是学校还是家长，除了个别地方之外，对于孩子们外出玩耍倒是没做太多限制。所以，每天下午放学，大家一起走到集体解散地点之后，除了我之外的小朋友们大多三五成群、呼朋引伴地相约去玩耍，只有我一个人独自往家的方向走，既没有人邀我去玩，我也不主动找别人玩。这个学期开学的第一天，娜娜姐姐还曾专门到我家来接我上学，她坚持接送了我挺长一段时间。不过，随着时间的流逝，当大家都不再提起万佑子姐姐的事情时，有一天，娜娜姐姐对我说："已经没事了，看来大家都不会再当着你的面提伤心事了。"从那以后，我就一个人上、下学了。

话虽如此，却没有人敢去神社那边玩，因为学校明令禁止同学们去那一带玩耍。于是，住在下大龙地区的孩子们，都喜欢跑到县营住宅区的小公园里去玩。县营住宅区只有两栋四层居民楼，在一栋和二栋之间有一个很小的公园，要说儿童游乐设施，就只有一个滑梯和两个秋千。因为那里始终处于大人的眼皮底下，所以没有家长反对孩子去那里玩。

不过，住在县营住宅区的孩子宣布，只有住在那里的人才能去那个公园玩。我也不知道是真有这个规定，还是那些孩子自己编造的。但不管怎样，后来只要没有受到县营住宅区孩子的邀请，其他地方的孩子就不能去那个公园里玩。

在万佑子姐姐失踪之前，经常和我在神社后山一起玩耍的孩子中也有几个就住在县营住宅区。不过，这几个孩子虽然会邀请其他同学去他们那个公园玩，但从来没有邀请过我。也许他们担心我的父母不会允许我出去玩，所以就没人敢邀请我，再者说，我也从来没有表达过想和他们一起玩的愿望。不，也许是我自己一直以为爸爸、妈妈不允许我出去玩。

外婆来我们家的频率也降低了不少，基本上一个星期只来一次。妈妈也不会长时间外出寻找万佑子姐姐了，而且她的精神状态看起来也稳定了不少。

一个人放学回家的我，脚步也不像以前那样沉重了。只要我一按自家的门铃，开门来迎接我的不再是妈妈一个人，还有布兰卡。大门一开，布兰卡就会抬头用一双水汪汪的大眼睛望向背着书包的我。它还会从喉咙里发出温柔的喵喵叫声，像是在跟我寒暄：“你回来啦！”然后就挤到我的脚边用身体蹭我，我先把布兰卡抱起来，再换鞋带它进客厅已经成了我每天的习惯动作。然后，我会先把布兰卡放下来，再把书包摘下来，然后肯定是妈妈的嘱咐：“先去把手洗干净哟！”我就乖乖地去卫生间洗手，布兰卡也会跟来。我会暂时忍住抱起布兰卡的欲望，把手洗干净，回到客厅，迅速吃完妈妈为我准备的下午点心，然后就把一直在我脚边等待的布兰卡抱起来放在膝盖上，轻轻抚摸它脊背上的毛。

听着布兰卡发出很享受的叫声，我的心情也会无比地放松。接下来，要么我和它一起在沙发上躺着休息一会儿，要么陪它玩小皮球。虽然我曾经想过带布兰卡去外面玩，但妈妈说它还小，太容易走丢了，所以就不让我带它出门。因此，我和布兰卡在一起度过的时光都是在室内。看着像绒球一样滚来滚去的小白猫，时间会过得很快，转眼天就黑了。虽然放学后没有和同学一起出去玩，但有布兰卡的陪伴，我从没感觉过孤独或无聊。

当然，睡觉的时候，布兰卡也和我在一个房间里。每天晚上，我都会把布兰卡抱进儿童房，它睡觉的小垫子在一个墙角。我把它放在小垫子上，它就条件反射式地蜷起身子开始睡觉，然后我再钻进自己的被窝。可是，经常到半夜我一觉醒来的时候，发现布兰卡已经睡在了我的枕边，也不知道它是什么时候过来的。在黑暗之中，我的脸感受着布兰卡的气息，当我再次闭上眼睛准备入睡的时候，耳朵深处似乎听到了给我读童话的万佑子姐姐的声音。

布兰卡绝对不是万佑子姐姐的替代品。虽然我心里一直这样想，但布兰卡来到我们家还不满一个月的时候，我就已经开始把万佑子姐姐的身影和布兰卡重叠到了一起。

一天，当我放学回到家后，却再也没有见过布兰卡。

布兰卡的宠物篮至今仍放在我房间的壁橱中。为什么要把这么一个再也用不上的东西一直保存在家里，我也不太清楚其中的缘由，也许它是一个“证据”吧，证明布兰卡曾经在我们家里生活过。除了这个宠物篮之外，我们家里就再也没有任何东西跟布兰卡有关了。

我把宠物篮从壁橱里拿了出来。那篮子根本不像是一个有着十三年历史的东西，篮身的塑料没有一点老化的迹象，也没有褪色的痕迹。妈妈当初就是用这个宠物篮把布兰卡提回家的，可是，我一次也没有看见过布兰卡在这篮子里的样子。篮子白色塑料提手的中间部分却略微变成了黄色，因为当初我提过它，我手心的汗水浸湿了提手。

宠物篮上面是两扇盖子，打开一扇盖子就可以把小猫装进其中。一扇盖子是透明塑料制成的，可以透过它观察篮子里小猫的动向。另一侧的盖子则是黄色不透明塑料制成的小储物盒。提篮子带小猫出门的时候，小储物盒里可以装猫食或项圈之类的小东西。可是在我的记忆中，似乎一次也没有打开过这个储物盒，于是我打算打开看看。

结果里面放着布兰卡的项圈。那是一个带有天蓝色花纹的粉红色带子，上面还系着一个银色的铃铛。那正是布兰卡的项圈。我一直以为布兰卡离开我的时候，也把那个项圈带走了呢，没想到它竟然被藏在宠物篮的小储物盒里。如果我知道布兰卡的项圈还在，可能早就把那个宠物篮扔掉了，留一个项圈就足够了。不过，我真的会把那篮子扔掉吗？

那个项圈是布兰卡来到我们家一个月之后妈妈买回来的。当时我还问过妈妈，也不让布兰卡出门，给它买项圈有什么用？妈妈则略带兴奋地回答，看那个项圈有点像项链，挺好看的，就买回来了。说完，她就把那项圈系在了布兰卡的脖子上。布兰卡那带有光泽的白毛把粉红色的项圈映衬得更加漂亮，这个项圈和它很配。因为我早就习惯了布兰卡不加任何装饰的样子，所以，我眯着眼睛看着戴了项圈的布兰卡，心想，如果不戴可能更好看一些。不过，看了半天之后，我也感觉戴着项圈更好一点。

但是我心中还有个疑问，那项圈上就不必挂个铃铛了吧。项圈本身是专为幼猫设计的，带子很薄又柔软，宽度大约只有一厘米。可是项圈上挂的那个铃铛，直径足足有两厘米大小，我觉得和这么小的猫相比根本不成比例嘛。妈妈把铃铛挂在项圈的后面，也就是让那铃铛一直在布兰卡的脖子后面，这样虽然不影响小猫吃东西、搔痒痒，但是布兰卡每走一步，那铃铛都会发出叮当叮当的声响，让它很不自在，甚至有点惊慌失措。我感觉布兰卡带着铃铛太可怜了，就跟妈妈提议说，应该把那铃铛取下来。可是妈妈却说：

“听见铃铛响，就知道布兰卡在哪儿，我才能放心。”

即使看不见布兰卡，只要听见铃铛的声音就知道它在附近，妈妈这种担心布兰卡的心情我能理解，所以也就没再说什么。刚戴上项圈的头半个小时里，那铃铛的响声着实让布兰卡的眼睛中充满了惊恐。可是半个小时过去了，布兰卡似乎也习惯了铃声的存在，它的情绪又恢复了往常的平静。不知是布兰卡特别聪明，还是所有的猫都具有类似的习性，当它知道铃声的来源就在自己身上之后，它就会有意放轻、放慢自己的动作，以避免让铃铛发出太大、太剧烈的声音，渐渐地，它自己就习惯了。

我拿起那个带铃铛的项圈，在空中摇了摇。在这个完全没有其他声音的房间中，那铃铛的声音清脆悦耳，仿佛随风飘摆的风铃发出的声音。这也许是我产生的幻觉吧，因为我太想回忆起当时布兰卡戴着它时发出的声音，而人越是执着地想象一种东西，就越容易产生幻觉。

寻找消失的布兰卡，那铃声是唯一的线索。布兰卡没有留下任何照片，但只要看到这宠物篮和项圈，就足以唤醒我当时的记忆。

一天我放学回到家，当大门打开的时候，来迎接我的只有妈妈一个人。不仅布兰卡没有出来，就是那熟悉的铃声我也没有听见。我朝屋里喊了一声布兰卡的名字，可是没有任何回应。这让我感觉到情况有些不对，于是我不安地抬起头望向了妈妈，妈妈则皱着眉头着急地对我说：

“布兰卡跑出去不见了！我出来晾衣服，心想这短短的一会儿工夫让它到院子里走走应该不会有什么问题，可结果它还是不见了。”

听到这个消息，我都快掉下泪水了。不过妈妈低头安慰我说：

“我们出去找找吧。听说出生半年之内的小猫，活动范围最多不会超过几百米，应该很快就能找到。而且，布兰卡的项圈上不是有个大铃铛嘛，只要它一动我们就能听见声音。快！去把书包放下，到屋子里把宠物篮提出来。咱们一块出去找布兰卡。”

我点了点头，然后飞快地跑进屋里，放下书包，提起宠物篮就和妈妈一起出门了。

“你喊喊它的名字。我喊，它不一定理我。但你喊，它肯定会有回应的。”

不仅仅是喊名字，只要我跟布兰卡一搭话，它肯定“喵”的一声回应我，而且只回应我。肚子饿了吗？困了吗？想不想一起玩？要上厕所？只要我一问话，布兰卡一定会抬头望着我，嘴里还“喵”地叫一声。不同的“喵”声，代表不同的含义，也只有我能听懂它的意思。这是布兰卡第一次出家门，肯定高兴得不得了，所以不知不觉就跑远了，但它那么小还找不到回家的路，说不定现在正躲在哪个角落里瑟瑟发抖呢。也许它正急切地等待听到我的声音呢，心中在喊：“结衣子，快来救我！”

于是，我用足了力气大声喊道：“布兰卡！”没有回应。可是，妈妈似乎察觉到了什么，紧张地“啊”了一声，然后说：

“那个方向好像有铃铛的声音，你听到了没有？”

我什么也没听见，可既然妈妈说她听见了铃铛的声音，我就紧跟着妈妈走了过去。走了五十米左右，我们停住脚步，我又喊了一声“布兰卡”。然后妈妈说：“好像在那边！”就这样，我跟着妈妈离开了“Spring Flower City”，渐渐来到了县道上，最后竟然不知不觉走到了县营住宅区附近。

“我听那铃铛的声音好像跑到了楼房的后面。妈妈在这里等你，结衣子，你绕到楼后面去看看。也许布兰卡会从后窗跳到居民的家里，所以你要仔细听房子里面有没有铃铛的声音，再从窗户往里面看看。”

为什么要让我一个人去，我没有多想，也没有时间细问妈妈。

在搜寻布兰卡的过程中，我似乎找到了当初寻找万佑子姐姐的感觉，只是拼了命地找，根本不会多想。按照妈妈的吩咐，我提着宠物篮想绕到县营住宅第一栋楼的背后，结果在小公园那儿遇见了几个熟人。

“结衣子，你怎么跑这儿来了？”

围拢过来的有和我同一年级的同学，也有比我大的校友，总共六个人。他们的视线从我的脸移到我手中的宠物篮，然后又从宠物篮移到我的脸。

“我来找我的猫。”

听我这么一说，那帮人的脸上都表现出了浓厚的兴趣，然后你一言我一语地问起来。什么猫？什么颜色的？有多大？它叫什么名字？……当我告诉他们布兰卡还只是一只几个月大的幼猫时，他们的好奇心就更加强烈了，都说要帮我一起寻找。我想，与其说他们是想帮我找猫，倒不如说是他们在这个小公园里玩腻了，想找点新鲜的事情做。

布兰卡！布兰卡！孩子们呼唤小猫的声音此起彼伏，我们把小公园和住宅楼的周围找了个遍，也没见布兰卡的踪影。就连一楼人家在楼后放的洗衣机、储物柜下面我们都找过了，依然没有任何发现。过了一会儿，包括娜娜姐姐在内的几个六年级学生恰巧也到小公园来玩。

他们看到我手里提的宠物篮都感到好奇，娜娜姐姐问我发生了什么事，我把之前的经过告诉了他们。结果娜娜姐姐提出一个新的方案，她建议对于一楼的住户我们挨家挨户地按门铃，一个一个地询问他们有没有看见我的小猫。在我点头表示同意之前，娜娜姐姐已经拉起我的手把我带到了正对小公园的二栋一楼的 101 室门前，并按响了门铃。

我只要站在娜娜姐姐身旁就好了，不用我做任何事情。

一楼的住户中，开门出来的人基本上都是和我妈妈年纪相仿的家庭主妇。其中还有人认识娜娜姐姐，开门看见娜娜姐姐和我之后还会热情地打招呼说："这不是娜娜吗？你有什么事吗？"

"我们在找一只小白猫，请问您看见过吗？"娜娜姐姐问。

所有人都摇头表示没看见，但并没有人向我投来奇怪的眼光。就在一栋、二栋的一楼所有住户都被我们问完之后，我妈妈出现了。

妈妈单手提着一个"丸一"杂货店的购物袋。我告诉妈妈这些同学帮忙寻找布兰卡的经过，妈妈非常感激，一边连声道谢，一边从购物袋里拿出一大盒巧克力糖递给娜娜姐姐，请她帮忙把这些糖果分发给孩子们。一看还有糖果吃，帮忙找猫的孩子个个都欣喜不已。

"谢谢大家了！以后，希望你们多和结衣子一起玩啊。"

听我妈妈这么一说，大家都用力地向我点了点头，尤其是那几个和我同级的孩子，点头更加用力。他们还纷纷安慰说："布兰卡肯定很快就能找到的""结衣子以后常来小公园玩啊"……这一趟虽然没有找到布兰卡，但我的心里却感觉暖暖的。和大家道别之后，我就和妈妈手拉着手回家了。

"有没有从房间里面传出铃铛的声音？你们有仔细听吗？"

妈妈这么一问，我就把自己和娜娜姐姐一起挨家挨户询问的经过讲给了妈妈听，然后我还补充了一句：

“大家都说没看见小白猫。而且我也没有听见哪个房间中传来铃铛声或布兰卡的叫声。”

看妈妈的表情，她好像在思考什么，但很快，她就变成笑脸对我说：

“很了不起嘛！我还以为你会在楼房后面瞎转悠呢，没想到你竟然敢挨家挨户地敲门询问。不愧是上了小学的孩子，真是能干！托了布兰卡的福，你又长大了不少。”

听妈妈这么表扬我，我心里乐开了花。我并没有告诉妈妈，其实我只是站在娜娜姐姐身旁一句话也没说，都是娜娜姐姐的功劳。当妈妈问我：“你有没有向开门的人道谢？”我只是点了点头。实际上，道谢的话也都是娜娜姐姐说的。不过，在妈妈表扬我的过程中，我的心中莫名其妙地涌起了一股自信，我相信自己，下次如果再遇到这种情况的话，我自己一个人也能做好。

我跟着妈妈回到家，我们先在院子里巡视了一圈，没有布兰卡的踪迹，于是只好回屋了。妈妈叫我先去洗手，正当我在卫生间洗手的时候，突然从厨房中传来了妈妈的一声惊呼：“啊！”我都没来得及冲掉手上的肥皂泡沫就急匆匆地跑到了厨房，结果看见布兰卡正在妈妈的怀中。

“原来它在那个地方睡着了。”

说着，妈妈用手指了指刚才布兰卡睡觉的地方。原来，在厨房通往后院的门旁有一个箱子，那箱子和墙面之间有一个十厘米的空隙，之前布兰卡就睡在那里。布兰卡在妈妈的怀里刚刚睁开惺忪的睡眼，打哈欠一样张着大嘴轻轻地“喵”了一声。它睁着眼睛一直盯着我，于是妈妈把它递到了我的手中。我一下紧紧地把布兰卡揽进了怀中，好像分别了很久一样。刚才我心中还有些抱怨，想跟妈妈说要是先在家里仔细找找就好了，可是，就在拥布兰卡入怀的那一刻，我心中的所有牢骚都消失得无影无踪了。

在万佑子姐姐刚刚失踪的时候，我心里会想：昨天姐姐还在的嘛；一周之后，我会想：一周之前姐姐还在的嘛……最后和姐姐在一起的情景不断地在我的脑海中浮现出来。可是，四五个月过去之后，再想万佑子姐姐的时候，我就会想：一年前的这个时候，我和姐姐一起做什么来着？回忆的时间点越来越遥远，景象也越来越模糊。

那时我在和姐姐一起玩什么？一起聊些什么？一起读什么书？

十一月的一节美术课，老师说要给我们上一次有趣的课。上课的前一天，美术老师通知我们第二天上课的时候每个人都要带一本自己最喜欢的绘本来。我选的书是《豌豆公主》。美术课是下午上，所以，中午午休时间，大家都拿出自己带的书交换着看。这种情况下，大家感兴趣的往往是那些不出名的作品，因为没听说过，所以才会觉得好奇。其他不少同学都带了安徒生的童话书，可是，却没有一个人听说过我这本《豌豆公主》。

“让我看看！”“让我看看！”我的身边围了很多女同学，一时之间，我竟然小小地体验了一把“众星捧月”的感觉。在学校里，这种感觉我可是头一次体会到。因为《豌豆公主》的故事很短，所以，大家很快就读完了。可是，读完之后没有一个人说这本书有意思。大多数人的意见是："没看太明白。"让大家感到失望，我觉得我又犯了一个错误，心中充满了愧疚。可是，我觉得那个故事挺有意思的呀。就在这时，不知谁问了一句，结果又燃起了大家对这个故事的兴趣。

"铺那么多层褥子，真的还能感觉到下面的豆子吗？"

这句话一出，周围的同学都跟着不住地点头，似乎都想知道问题的答案。然后他们就七嘴八舌地议论起来。有人说，我真想回家试一试。也有人说，我家没有那么多被褥。还有人说，妈妈一定不会允许的……不管是谁，眼睛里都闪烁着兴奋的光芒。这时，有一个同学把问题抛给了抱着绘本的我：

"结衣子，你试过吗？"

我大大地点了一下头。我迫不及待地想告诉他们，我确实做过那个大家都感兴趣的实验。

"我用的不是豌豆，而是一个玻璃球。上面铺了好几层被褥，最上面还铺了两层羽绒被。万佑子姐姐还……"

我的话突然停了下来，那是因为我意识到自己提到了万佑子姐姐的名字。而我的话无法继续下去则是因为我回想起了和万佑子姐姐一起度过的美好时光，眼泪不自觉地流下来，让我无法再说出一个字。

当我的一滴眼泪掉在课桌上的时候，周围的女同学都迅速地向后退了一步。长大之后，任何人都能明白，人流眼泪可能并不是因为眼前。但对于小学一年级的孩子们来说，她们还无法理解这一点。

我周围的同学都以为造成我流泪的原因就在我周围半径一米的范围之内。所以她们纷纷向后退，想跳出这个圈子。有一个人动作慢了点，被留在了这个圈子之中，于是她连忙向圈子外的同学解释道：

“万佑子被拐走的事，不是我说的。是结衣子自己说的。”

我没有责怪任何人的意思，万佑子这个名字确实也是我自己说出来的。可是，周围的同学却都在责怪我，说是我自己把自己弄哭的。此刻，我不知道该如何是好，只好抱着绘本跑出了教室，暂时离开这个地方。可是，我该去哪儿呢？我能去哪儿呢？如果是别的同学说我的坏话，我可以去老师办公室，向老师诉说我的委屈。可是，刚才同学们并没有说我的坏话呀。我想，整件事情都是由《豌豆公主》这本书引起，还是不要再让它出现在同学们面前比较好。我应该换一本书，于是朝学校的图书室走去。

在上语文课的时候，老师教过我们去图书室借阅图书的方法。以前，万佑子姐姐几乎每天都去图书室读书，而我和姐姐不同，在我的印象中，我似乎一次也没去过图书室。我抱着《豌豆公主》进入图书室后，穿过柜台直接朝书架走去。这时，柜台后的一个声音向我飘来：“先把书还了，才能借新书。”原来是图书室管理员同学。通过她胸前戴的名牌，我知道她是六年级的姐姐，但她名字的汉字我认不全，只知道一个“原”字。

我吞吞吐吐地告诉她，这是我从家里带来的书，不是图书室的，因为美术课需要一本课外书，我想借一本。说话的时候我之所以没有哭出来，都是对面那个姐姐一直用温柔的目光望着我的缘故。本来引起误会的责任在我，但没想到那个姐姐却主动向我道歉，说她误会我了。她还说，如果我告诉她想要哪方面的书，她可以帮我找。

至于该借什么书，我的心里也没谱。但忽然之间，小猫布兰卡的形象浮现在我的脑海中，于是我瞬间拿定主意，告诉姐姐我想借《狼王传》。

那姐姐到书架里转了一圈，很快就把《狼王传》拿到了我的眼前。她问我姓名和班级，要帮我填借书卡。

“我叫安西结衣子，一年级二班。”

当我说出自己的名字时，那个姐姐突然停住了笔，抬头盯着我看。然后用说不出是尴尬还是歉疚的表情对我说：“不好意思。”这个时候，我才根据她胸前的名牌上那几个不认识的汉字猜出她的名字，原来她就是柿原风香。就是在万佑子姐姐失踪当天下午，在“HORIZON”超市的停车场见到姐姐的那个柿原风香。她跟我说“不好意思”，我不知道该怎么回答她，所以只能接过书默不作声地转身离开了图书室。甚至都忘了跟她说声谢谢，毕竟人家还帮我找到了书、填了借书卡。

在美术课上，我按照《狼王传》中的形象画了两匹狼，但不管从哪个角度看，这两匹狼都像是两只猫。但不管怎么说，总算是把美术课的时间混过去了。放学之后，因为学校依然实施集体放学制度，所以我向下大龙地区的学生集合点走去。结果看见了柿原风香姐姐，她手持一面旗子，旗上写着一个地区的名字，她是那个地区学生的领队。

为了补上我对风香姐姐的谢意，我向她挥了挥手，而风香姐姐也微笑着朝我挥了挥手。这个过程被娜娜姐姐看在了眼里。当我们排队离开学校，走到指定解散地点的时候，娜娜姐姐凑过来对我说：“今天我陪你一起回家。”在路上，娜娜姐姐问我：“你刚才为什么要向柿原风香挥手？”

我就把中午我在图书室经历的事情跟娜娜姐姐说了一遍，只是没讲风香对我说“不好意思”那一段。

“关于万佑子的事情，她没跟你说什么吗？”

我默默地摇了摇头。

“柿原风香这个人不太可靠。她没什么朋友，所以经常会撒谎，以吸引大家的注意。她说什么自己曾经遭到‘鸡蛋大婶’的袭击，自行车座椅被洒上生鸡蛋，‘鸡蛋大婶’本来就是一个传说，谁也没见过。所以风香说的多半是她瞎编的。”

说着说着，娜娜姐姐把脸凑近了我，而且压低声音说：

“我们六年级的女同学之间都在传一件事情，我觉得告诉你也没关系。就是风香说的，你姐姐失踪那天下午，她在‘HORIZON’超市停车场看见万佑子的事，我们觉得也是她瞎编的。”

听到这话，我就感觉好像有一柄铁锤重重地砸在了我的脑袋上，一瞬间我的头脑中一片空白。为了理解娜娜姐姐刚才那番话的含义，我花了好长一段时间。面对如此严重的事件，怎么可能还有人会撒谎，我一时不太敢相信娜娜姐姐的话是真的。我就这样低着头沉默不语地和娜娜姐姐并排往前走，走了一段之后我突然想起一件事，并不自觉地惊叫了一声：“啊！”然后对娜娜姐姐说：

“可是，我姐姐的草帽确实落在了‘HORIZON’超市的停车场里啊。”

“所以她才会编那样的瞎话呀。”娜娜姐姐毫不犹豫地回答道。

接着，娜娜姐姐又给我讲了她的推断。她说诱拐我姐姐的凶手可能不止一个人，而是个团伙。这个犯罪团伙非常狡猾，为了扰乱警方的侦破，他们也多路分兵，一路人挟持万佑子离开，而另一路则可能在远离真正逃走路线的地方故意丢下万佑子的一些物品，以转移侦察人员的注意力。而偶然了解到万佑子的帽子出现在超市停车场的柿原风香，认为万佑子曾经出现在那里，于是就编造了一个她在超市停车场见过万佑子的谎话。

“可是，风香怎么会知道万佑子的草帽出现在超市停车场的事情呢？”我问。

“你忘了？风香的一个姨妈还是姑妈来着，不就在那家超市工作嘛。”

娜娜姐姐那肯定而沉稳的口气，具有十足的说服力。就在远远能看见我们家房子的时候，对于娜娜姐姐的话我已经相信了九成。

“这些事情我可以跟妈妈说吗？”

新得到的这个信息让我心里十分不安，我想告诉妈妈，可是又担心不太好，于是想征求一下娜娜姐姐的意见。听到我的问题，娜娜姐姐连忙把食指竖起来放在嘴唇前。她小声跟我说：

“如果你把这些事情告诉你妈妈的话，你妈妈肯定要通知警察，到时警察就要找风香来对质。不过，我想警察可不是吃素的，风香那样的小把戏也许警察早就看穿了，只是不愿意和她计较罢了。如果风香被戳穿了，就没有人再注意她了，到时说不定她又会编出什么骗人的故事来。以后如果风香来找你问你姐姐的事情，千万不要告诉她，你还要立刻来向我报告。”

在我点头的时候，我们两个已经走到了我家门前，娜娜姐姐和我挥手告别。我遵守了和娜娜姐姐的约定，没有把她说的有关风香撒谎的事情告诉妈妈。但是，也许告诉妈妈会好一些。因为那个时候妈妈还没有完全放弃去“HORIZON”超市“潜伏”。

从娜娜姐姐那儿听说风香撒谎的一周之后，虽然还没到十二月，但是在集体上下学的队伍中，圣诞节已经成为大家的重要话题。和比我大的孩子在一起，虽然可以听到更多的新闻、获得更多的知识，但其中也有一些让我幼小的心灵体验到了现实的遗憾。比如，这个世界上根本不存在什么圣诞老人，就是我在那个时候知道的。

不过，我觉得早点知道不存在圣诞老人的事实，也许是个好事。如果没有圣诞老人，那么圣诞节礼物都是爸爸、妈妈为我们准备的。可是今年的圣诞节，万佑子姐姐不在，爸爸、妈妈是不是就会把买礼物的事忘得一干二净了呢？或者即使想着要给孩子买礼物的事，也懒得去买呢？我不知道自己今年还能不能得到圣诞礼物，但心中莫名地涌起一阵悲伤，因为我觉得圣诞老人不来了、万佑子姐姐消失了，都是由于我的过错造成的。

同学们都满心期待地聊着有关圣诞礼物的话题。虽然对于圣诞礼物我已经死了一半的心，但说实话，心中还是有那么一点点小小的期待，希望能得到圣诞礼物。不过，与圣诞礼物相比，我更希望在圣诞节之前万佑子姐姐能够平安归来。

心中想着这些，不知不觉就走到了家门口，我一抬头，看见妈妈正站在大门口，她手里还提着那个装猫用的宠物篮。看见我回来之后，妈妈皱起眉头，焦急地说：

“布兰卡跑出去了。”

妈妈还说她已经把家里翻了个遍，结果布兰卡没在家里。于是她就提着宠物篮外出寻找布兰卡，结果在县营住宅二栋203号的阳台上看见了布兰卡。可是，她去按203号的门铃时，似乎没人在家，老半天都没人来开门。

“这次结衣子你再去看看。听见你的声音，没准布兰卡自己就下来了。”

在我点头之前，妈妈就把宠物篮塞进了我的手里。我只得放下书包，提着篮子朝县营住宅区的方向走去。虽然我心里很紧张，但我还是安慰自己说，知道房间号码就好办多了。只要像上次娜娜姐姐那样，敲开门，问问主人就可以了。

来到县营住宅区后，我运了一口气，才把头抬起来望向了二栋楼。只有四层高的住宅楼没有电梯，在大楼两端各有一个外置楼梯。我找到了203号的位置，然后转到大楼背后，想看看203号的阳台。从大楼的背后看，每一层楼都有一个长条状连通的大阳台，只不过每一户之间都有隔断，大阳台被分割成了若干个小格子。布兰卡可能是从楼梯跑上了二楼，然后沿着阳台的外沿爬进了203号的阳台里。当我望向203号的阳台时，映入眼帘的是那里晾着的一块非常醒目的毛毯。毛毯上的图案是一个动画片的主人公，我看过那个动画片。在电视播放《魔法少女米璐璐》之前，还播放过另外一个叫作《魔法少女马尔龙》的动画片。毛毯上的图案就是魔法少女马尔龙。

我瞪大了眼睛往阳台上望了半天，也没有发现布兰卡的身影。

我沿着楼梯走上二楼，按响了 203 号房的门铃。开门的是一位老奶奶。其实，该说的台词我早就在头脑中反复练习了无数次，可是，当大门打开，里面有人出来时，之前练好的台词一下就都忘光了。

“我在找一只小白猫，它在您家阳台上吗？”

仅仅说出这一句话，我的手心里就已经攥满了汗水。令我紧张的心稍微放松一点的是，眼前这位老奶奶并没有露出奇怪的表情，她说：“喔，原来是找小猫啊。”虽然从大门口看不到阳台的样子，但我能察觉到，奶奶是刚把毛毯晾在阳台上的。

“说不定那小猫喜欢在我们家阳台上晒太阳，我去帮你看看。”

说着，奶奶转身朝里屋走去，是去阳台帮我找小猫，大门也没关，就这样敞开着。我竖起耳朵仔细聆听着，看能不能听见铃铛的声音，可是没有听到铃铛的声音。听到的只有电视机的声音。我一听就知道，电视里正在播放外婆喜欢的那部侦探剧。这时老奶奶从阳台回来了，她说：

“我仔细找过了，没有发现小猫。它可能还藏在这栋楼里，但是很快天就要黑了，诱拐小孩的凶手还没有抓到，所以你还是早点回家吧。”

说这话的过程中，奶奶似乎认出了我。因为我曾经来居民楼里发过征集目击信息的宣传单和小礼物，所以奶奶以前应该见过我。

于是，奶奶用同情的目光看着我说：

“真是可怜啊……我不知道你为什么会来我们家找猫，估计是你妈妈告诉你猫在我家阳台上，让你来的吧。那样的话，你还是快回家吧，不用找，小猫也会回去的。”

我不知道奶奶这么说是安慰我，还是驱逐我离开，只觉得她的口气有些生硬。我灰溜溜地低下头，转身离开了。就连道谢和再见的话也没有说出来，那是因为我正使劲咬着嘴唇，否则的话我肯定会哭出来。

我哪还有力气去敲其他人家的门。我看见小公园里有几个和我同年级的孩子在玩耍，为了不让他们发现我，我尽量快速地、悄无声息地绕开小公园离开了县营住宅区。我一口气跑回家，按响门铃之后，妈妈穿着围裙、手里拿着炸鱼的长筷子跑来给我开门。

“怎么样？找到没有？”妈妈一边询问我找猫的情况一边惦记着厨房里做的菜。“快进来。”我进来之后，妈妈赶紧关上了门，对我说了一句：“你先等等。”然后就跑回厨房做她的菜去了。

我随手把宠物篮放在了门口的鞋柜上，这时我才注意到自己的手心里全是汗水，黏糊糊的感觉很不舒服，我得先洗洗手。走进卫生间，拧开水龙头，我突然听见了铃铛的响声。难道是我产生了幻觉？我又仔细听了听，果然听到了铃铛的响声，而且就是从隔壁浴室传来的。我拉开浴室的门，这次听到了布兰卡的叫声，是从盖着盖子的浴缸中传来的。

它怎么会在浴缸里呢？还盖了盖子。我小心翼翼地打开浴缸的盖子，首先确认里面有没有水，还好，水早就放光了。只见布兰卡在浴缸里抬着头用委屈的眼光望着我。我连忙抱起它，在怀里好好爱抚了一阵，然后把它抱进了厨房。

“肚子饿了吧？晚饭马上就好了。要不你先吃点点心吧。”

说着，妈妈回过头来看了我一眼。可是，当她看见布兰卡时，吃惊得瞪大了眼睛。

“你在哪儿找到它的？”

我告诉妈妈是在浴缸中找到的布兰卡，结果妈妈先是一副吃惊的样子，说怎么会跑到那里去呢？然后又装出一副安心的样子，说幸好浴缸里面没有水。可是，我却觉得布兰卡没有可能自己爬进浴缸里。

当人长大之后，就会忘记自己上一年级的时候在想些什么，对于那个年纪的小孩子的智商，也往往会低估。

拿我自己来说，如果没有发生万佑子姐姐失踪事件，我对一年级的记忆恐怕也只能保留运动会上自己的“英姿”。至于哪个汉字是在几年级学的、哪个数学问题是什么时候学会的，一概都想不起来了，最多只知道是小学时期学的。

长大以后，当我们想象小学一年级学生的样子时，一般不会联想到自己小时候的样子，而是会以已经符号化的小学生形象为基础，根据自己的需要进行随意的加工创作。因此，在成年人的印象中，一年级的小学生都是天真纯洁的、不会独立思考的、大人说什么就信什么的“简单生物”。

我妈妈也不例外，她也会把我想成头脑不灵活的小孩。尤其是像我妈妈这种小时候生活条件好、在万事无忧的条件中成长起来的人，恐怕小时候根本没有说过谎，也没有做过出格、调皮的事，更没有发现大人的谎言并戳穿他们的经历。所以，在她的记忆中，多半认为她小时候是个单纯的孩子。

因此，像我这样一个连学习都不太在行的孩子，在妈妈眼里自然也是个笨小孩，当然不会那么容易看穿她的谎言。

平时，我家浴缸的盖子都会盖得严严实实，不会留缝隙。为了更好地保温，那浴缸盖子是木头的，足有五厘米厚，对我来说都相当重。所以，当我第一眼看见布兰卡在浴缸里时，就感觉不可能是它自己移开盖子跳进去的。关键是布兰卡进入浴缸后，那盖子又严严实实地盖好了，不可能是小猫跳进去后，它自己把盖子盖好的。所以我马上就明白了，那是妈妈把布兰卡关进浴缸里的。如果我追问妈妈的话，她可能会说当我外出寻找布兰卡的时候，她在院子里找到了布兰卡，但是她要在厨房做炸鱼，如果小猫来厨房捣乱会很危险，所以她暂时把布兰卡关进了浴缸里。她如果那样解释的话，我也没有办法再说什么。

但是，我确信是妈妈把布兰卡关进浴缸，然后撒谎说布兰卡出去跑丢了，让我外出去找它。

那个时候我确信妈妈说了谎，也许应该当场就把话说穿，可是，因为害怕妈妈生气责骂我，就没有揭穿她。现在回想起来，也许那个时候我就已经模糊地察觉到了妈妈的真正目的，可是，后来发生的一些事情又打乱了我的思路，让我觉得自己可能想多了。而且，为了不让大人误认为我是爱耍小聪明的小孩，所以，在那个时候我决定假装什么也不知道。

而且，当时我没有追问妈妈还有另外一个原因，当时回到家后，我的心里还有一些无法化解的紧张，因为去县营住宅区寻找布兰卡的经历，是我长那么大最为别扭的一段体验。

又过了一段时间。在集体放学回家的途中，有人说想看看我家的小猫。

那天下午放学后，住在下大龙地区的孩子从学校排队走到解散地点一哄而散的时候，娜娜姐姐叫住了我，不过她并没有提出看猫的事情。提出要去我家看猫的是一个和万佑子姐姐同年级的女孩子。听她这么一说，在场的还有几个孩子也都跟着起哄说："我也想看！我也要看！"最后，一共有五个人跟着我到了我家。

当妈妈听到门铃为我开门的时候，我身后的一帮同学似乎把她惊呆了，不过只有短短的两秒钟。两秒钟后，她就摆出了一副笑脸，招呼她们到屋里来做客。

"如果你们昨天说要来家里玩的话，今天我就给你们烤蛋糕了。"

说着，妈妈拿出了在外面买的曲奇饼等小点心，还泡了红茶摆在客厅的茶几上，招待我的这些朋友。

"小猫呢？"

娜娜姐姐这么一问，我才意识到，怎么今天布兰卡没有出来迎接我？我赶紧问妈妈布兰卡哪儿去了，妈妈也故作吃惊状，说它可能又跑出去了。然后一边呼唤着布兰卡的名字一边上二楼了。小朋友们只好你看看我、我看看你，不知所措，索性开始吃茶几上的点心。虽然这么多人一起来我家玩，但和我说话的也只有娜娜姐姐一个人。她问我：

“布兰卡经常自己跑出去玩吗？”

我说我从没见过布兰卡出门，只是听妈妈说在她晾衣服的时候会带布兰卡到院子里去玩。就在这时，妈妈抱着布兰卡沿着楼梯走下楼来。

“原来它在我们的房间里睡着了。”

因为已经进入初冬，我家客厅的茶几下面也换了一块秋冬用的长毛地毯。妈妈就把布兰卡放在了地毯的一角上。只见布兰卡眨着刚睡醒的大眼睛抬头望着我，然后张嘴打了一个大哈欠，接着“喵”地叫了一声，就慢慢地朝我走了过来。今天有这么多小孩子在这里，可布兰卡却能从中认出我，我感到非常高兴，这也让我在这群孩子中间挺直了腰杆。

“真可爱呀！”小朋友们异口同声地赞美着我的小猫，然后不约而同地都围了过来。有的孩子一看就养过猫，用老道的手法抚摸着布兰卡的下巴下面；也有的孩子可能没接触过这样的宠物，怯生生地伸出一根手指去碰布兰卡的尾巴。听着大家赞美布兰卡的言语，我感觉就像赞美我一样，得意得心中有种痒痒的感觉。在大家和布兰卡玩耍的过程中，有人发现我家电视柜里有迪士尼动画片的录像带，就说：“咱们看动画片吧。”于是，她们放下小猫，开始播放《爱丽丝梦游仙境》。我把布兰卡放在腿上，也和大家一起看起来。大家被动画人物的搞笑动作和语言逗得前仰后合，还不时抓起一个小点心放进嘴里，再喝上一口红茶。这一刻，是这么长时间以来我最开心的一个瞬间。不过，进入冬天，天黑得早了，动画片只看完上半集小朋友们就说要回家了。我和妈妈一起把她们送出大门。娜娜姐姐非常有礼貌地向我妈妈道了谢，又说了再见。其他孩子也都学着娜娜姐姐的样子跟我们道了别。

“下次再来我家接着看后半集动画片呀！”

听我这么一说，小朋友们都笑着说：“嗯，过几天再来找你玩。”她们走后，我们关上大门，我抱起脚边的布兰卡回到了客厅，结果发现沙发上放着一顶学生帽。一开始我以为是我的，可翻过来一看，里面写的不是我的名字。

我得赶紧给她送去，趁她们还没走远，我心里想着，就拿着帽子追出了门。一出门就看见她们几个人在不远处一边聊天一边慢吞吞地走着。我追了几步，甚至就能听见她们说话的声音了。

“结衣子家真的养了一只猫啊。”

“好可爱的小猫。”

“总觉得那只猫有点像万佑子。”

“我也这么认为。想想还真有点恐怖呢。”

听到这儿，我停住了脚步，没有再去追她们，而是拿着帽子一个人回家去了。看着客厅茶几上剩下的糕点渣和空茶杯，它们本应该散发着刚才快乐时光的余温，可现在，它们却变成一种空虚感的证据，刺眼地摆在我的面前。

刚才听到的那段对话，不停地在我的头脑中打转。

布兰卡可能确实有点像万佑子姐姐，但是哪里恐怖了嘛？！看到万佑子姐姐被她们当幽灵对待，我感到万分难过。那个说恐怖的同学，如果她下次再来我家玩，我绝对不会让她碰布兰卡了。不过同时我也感觉，那帮孩子不会再来我家玩了，虽然还剩半集动画片没有看完。

她们来我们家，就是想证实一下我是否真的养了猫。可是，她们为什么要确认这一点呢？这么说来，我忽然想到，今天来我家的同学中除了娜娜姐姐外，其他几个都住在县营住宅区。她们之中还有的是曾经帮我一起找猫的人，她们应该知道我家养猫的事啊。可为什么还会怀疑呢？难道她们认为我家根本没养猫，我只是提着一个空的宠物篮去她们那里找猫？我这样做有什么目的呢？

目的就是……为了寻找万佑子姐姐。

这样说来，是妈妈有意将布兰卡藏起来，然后让我以寻找小猫的名义去她怀疑的人家打听虚实，看能不能找到万佑子姐姐的线索。对了，今天我放学回家的时候，布兰卡也没有出来迎接我。要不是娜娜姐姐恰巧来我家玩，恐怕妈妈又会让我出去找猫了吧。而且，今天妈妈的计划没能实施，估计明天她会故伎重演。

这个时候妈妈已经把饭菜摆上桌，喊我一起吃饭。这段时期，爸爸已经恢复了正常工作，还像以前一样经常加班，所以我们一般不等他回来就先吃饭了。坐在餐桌旁，我做好了惹妈妈生气的心理准备，问道：

“妈妈，其实您不是让我去找布兰卡，而是去找万佑子姐姐，对吧？”

可能是因为吃惊吧，妈妈瞪大了眼睛，放下了手中的筷子。

“有人跟你说了些什么吗？”

虽然没有人直接跟我说破，但是来家里玩的那几个同学的言行已经让我看透了这一点，而且，把责任推到她们身上会让我感觉轻松一点，于是我默默地点了点头。如果是我一个人猜测的，妈妈可能还会编出一些理由来搪塞我，但她以为是高年级同学给我说破了真相，所以也就放弃了辩解，她点头承认了。妈妈接着说道：

“把一切都交给警察，让我静静地在家里等待结果，妈妈真的做不到。”

妈妈之前承诺不再去超市搜索“变态”了，但随即她就想出了新的计划。她从远处观察情况，发现可疑的地方之后，再派我去近距离侦察。可是，怎么才能敲开陌生人家的大门呢？得需要一个借口，寻找小猫就是个不错的借口。

之前我去的那家住着一个老奶奶，怎么看也不可能把她和“变态”联系到一起啊。可妈妈为什么还会让我去她家打探情况呢？对了，我想起了奶奶家阳台上晒的毛毯。因为那毛毯上有魔法少女动画片里的角色。估计妈妈提着杂货店“丸一”的购物袋远远地观察县营住宅区的时候，这块毛毯引起了她的怀疑。

“虽说阳台上晾的衣物不一定都是大人的，但魔法少女的毛毯还是太可疑了。”

妈妈对魔法少女的形象竟然如此地执着，我都不知道该说什么才好了。现在分析起来，我大体也能理解那位老奶奶用魔法少女图案毛毯的原因。奶奶阳台上晾的毛毯图案是“魔法少女马尔龙”。但是，《魔法少女马尔龙》是一部已经过气的动画片，当时正在播放的是《魔法少女米璐璐》。

在我自己独立生活之后才知道，当一部动画片全部播放完之后，以动画片中人物形象设计的商品，也会随之降价。我在神户租住的公寓里，有一些贴着降价标签的鱼肉松，鱼肉松的包装盒上就印着可爱的动画人物。说实话，那些动画片我根本就没看过，应该是已经过气的动画片。它们都是我在大超市里买的。

要不是因为我家门口就有一家“十元店”，那么包括刷牙缸在内的各种小日用品我都会到大超市里去买那些带有过气动画人物的，因为它们便宜。我又没有男朋友，也没有人会到我的住处来，所以关于日用品，只要功能齐备，我才不会在意它的颜色、图案呢。

因此，那位老奶奶会用“魔法少女马尔龙”图案的毛毯，其实原因很简单，就是因为它便宜。可是，对于除了食物以外的所有日用品都要去商业街大商场里购买牌子货的妈妈来说，她是不会联想到这个层面的。

“说实话，县营住宅区和周边的一些人家，我真想一家一家地去搜索。我要把这些地方的每一个角落都翻个遍，包括他们家里的所有壁橱和柜子。可是，妈妈不能这么去做。而且，就算我拜托警察去做，警察也没有权力挨家挨户地这样搜查。再有，对于娜娜提供的证言，好像警察也不太相信。可是，他们也没有更有力的线索。我觉得娜娜那么有礼貌又懂事，不像是会撒谎的孩子，警察说她的话不可信，恐怕只是他们不想挨家挨户搜查的借口。所以，妈妈就只能指望结衣子你了。”

妈妈所说的话，我并不百分之百地理解。但是，既然妈妈希望我这样做，我就应该帮助妈妈。布兰卡一次次地爬到我的膝盖上，我一次次地把它推开放到了地上。妈妈已经戳破了她的真正目的是让我打着找猫的名义去找万佑子姐姐，所以，她就没有必要再把布兰卡藏起来了，也不用再跟我撒谎了。

“话虽这么说，你去的时候也没有必要每一家都按门铃。如果敲开了门，里面有人邀请你进屋的话，你绝对不能进屋。你只需要在门口听一听有没有你姐姐的声音，有没有小孩的动静，或者留心一下是否有可疑的地方。然后就记下门牌号码迅速回家，记住了吗？”

因为妈妈的真正目的已经被戳穿了，所以她才会给我讲这些注意事项。如果我还一直被蒙在鼓里，相信是去找猫的，那妈妈在送我出门的时候，肯定也不会和我说这些。可是，不管妈妈的目的是让我去找万佑子姐姐，还是去找猫，她都是把我送到了诱拐犯身边，就相当于把我推进了火坑。我不知道妈妈有没有意识到这一点，但如果被拐走的人是我的话，妈妈绝对不会让万佑子姐姐冒着风险去找我。

可当时的我并没有想到这些，每次都是按照妈妈的指示，提着宠物篮乖乖地出门。从这一点上看，之前我一直坚持认为小学一年级学生的智商并不是大人想象的那么糟糕的论点，应该撤回了。

我把布兰卡的项圈装回了宠物篮盖子上的储物盒里。回想当年，我提着这个宠物篮，到底走访了多少户人家，我自己也数不清了。那段时间，妈妈不仅仅观察县营住宅区和周边居民晾晒的衣物，她还继续着在“HORIZON”超市搜寻“变态”的工作。不过，这个时期她的行动已经不像之前那样露骨，她不会再站在货架旁边盯着别人选购商品。妈妈的行动变得很低调，也很诡秘。

妈妈好像找了一个助手。虽然妈妈肯定会苦口婆心地央求人家，但估计还是给了对方钱的。因为那个人就是“HORIZON”超市的工作人员，如果超市知道自己的职员协助顾客做那种事情，一定会把这个职员开除的。冒如此大的风险，如果没有什么好处的话，相信对方是不会干的。妈妈找到的那个助手名叫山口，就是万佑子姐姐失踪当天在超市服务台值班，把姐姐的帽子交给我的那位小姐。

山口小姐会把“魔法少女米璐璐”相关新商品进货的时间事先透露给我妈妈。得到这个情报之后，妈妈会在新商品上架当日假装去超市买东西，然后远远地观察新商品的货架，看有没有可疑的人购买。另外，山口小姐还有一个任务就是观察服装商品区。因为从服务台可以清楚地看到整个服装区。

山口小姐不用管魔法少女之类的东西，她只需留意那些购买小女孩衣物用品的顾客。只要她觉得某位顾客不适合买小女孩的衣物，她就会暗中尾随这位顾客离开超市，记下顾客的车牌号码和离去的方向，再向我妈妈报告。

得到山口小姐的情报之后，妈妈就会亲自进行甄别、选择，如果其中有人住在县营住宅区或附近，妈妈就会对其重点侦察。

当我提着宠物篮在县营住宅区和周边人家“找猫”的时候，开门的大多是老年人。在“HORIZON”超市的工作人员山口小姐的眼中，可能这些老年人也属于不适合购买小女孩衣物用品的人群。她将这些人的情报报告给我妈妈，我妈妈就从其中选出重点侦察对象，然后把我派往这些人的家里去侦察。恐怕山口小姐还没有孩子吧，而且她小的时候可能没有跟祖父母一起生活过。

以前，周末我和万佑子姐姐去外婆家住的时候，基本上什么东西都不用带，因为外婆已经把所需的一切都帮我们买好了。另外，即使不去祖父母家住，有些祖父母也会购买儿童衣物用品然后用快递直接送到孙子、孙女家里的。这么简单的事情，山口小姐也没有想到，她认为老年人购买小孩子的东西很奇怪。而且，可以说我妈妈和山口小姐的情况一样，是她把我派到了这些老人的家去侦察。

不过，也有另外一种可能性，虽然妈妈知道老年人买儿童用品也存在一定的合理之处，但她也没有其他目标可以选择，所以只要有情报，她就会派我去确认。再有，如果目标真是一个“变态男”，可能妈妈也不敢把我派过去，但去那些老年人那里，她的心里会相对放松一点。总之，她的想法是即使得不到期待的效果，还是让我去确认一下好一点。应该就是这么回事。

但是，并不是所有老年人都会和蔼亲切地对待我。有一半的老年人打开门，听说我在找小猫之后，会把家里的各个角落都找寻一边，然后遗憾地告诉我没有找到。每当遇到这样的爷爷、奶奶，我的心里都会感到愧疚，因为我对他们撒了谎。到了年底天气很冷的时候，有的老爷爷还会送我暖手炉，嘱咐我回去的路上别冻坏了。也有的老奶奶一边安慰我一边递给我两个橘子或煎饼。说实话我的心里非常感动。可是回到家我把这些礼物拿给妈妈看时，妈妈说下次一定不能再要别人的东西，然后随手就把那些礼物丢进了垃圾桶。

第二年开春之后，天气变暖，天黑得越来越晚。我再去别人家里“找猫”的时候，有些人会挽留我多待一会儿。本来他们就是购买小女孩衣物用品的人，多半对自己的小孙女都非常疼爱，所以见到我这样的小女孩也会很亲切地对待。关于我要“找”的小猫，他们往往用一句“没有看见”就一带而过了，然后就开始和我聊天。问我几岁了，得到我的回答后，有的人会惊喜地说：“啊！和我孙女一样大。”接着就开始滔滔不绝地讲起了他的孙女。有人还说不知该送点什么礼物给远方读书的孙女，让我帮忙出出主意，问我平时在学校里都做什么，喜欢什么样的动画人物。面对这些问题，我都会尽量详细地给他们解答。

这些都应该算是愉快的经历，剩下的另一半人给我留下的才是痛苦的经历。有的人打开门后，只冷冰冰地甩出一句：“不知道！”然后还用鄙夷的眼神上下打量我。也有的人开门后很不客气地对我说：“你快回去吧！”然后就“砰”的一声关上了门。这个经历发生在万佑子姐姐失踪一年多以后的秋天。

被人关在门外那件事发生不久，有一天在上学的路上我发现没有一个人跟我说话。在教室里，以前和我一起玩的女同学，也躲得远远地看着我，而且几个人窃窃私语。当我走过去要跟她们搭话的时候，她们一起夸张地大叫一声：“啊！”然后做鸟兽散，飞奔出了教室。过了一会儿，我透过教室的窗户看见那几个女生又聚在了一起，依然在那窃窃私语。可是，她们小声说话时，并没有恶作剧得逞时的得意，更没有人偷笑，她们几个都是一脸严肃的样子。由此，我感觉到她们是从心里想躲着我。

她们怎么会突然变成这样呢？我不知道到底发生了什么。

万佑子姐姐失踪的第二年四月，春假结束，新学期开始，我也升入了二年级。学校也推出了新规定，集体上下学的制度被取消了。万佑子姐姐刚失踪的那段时间里，没有家长对学校的集体上下学制度提出异议。但是随着时间的流逝，家长之中就出现了反对的声音。有的家长说早上孩子集体上学的时间和自己上班时间有冲突，希望取消这个制度；有的家长说放学后要接孩子去上补习班或特长班，而集体放学制度耽误了孩子不少时间……总之，越来越多的声音要求学校取消这一制度。本来，集体上下学的制度并不是我们家要求学校制定的，可是，学校想取消这一制度的时候，却打电话给我父母，希望他们率先提议取消这一制度。同时，校方还和我父母谈了新学期里学校对万佑子采取的新措施。

四年级一班的花名册里依然保留着万佑子的名字，可是却不会像三年级那样再在教室里为万佑子保留课桌，也不会再给万佑子安排辅导老师。此时我的心态也变得有些奇怪，一方面，为万佑子姐姐在学校的存在感不断消失而感到难过；另一方面，大家可怜同情万佑子的态度逐渐变得淡薄这一点，却让我感到空前的放松和安心。课间休息时，和同学们一起玩躲避球游戏，他们会像以前一样毫无顾忌地用球砸我。玩其他游戏时，他们都会一视同仁地对待我。因万佑子姐姐失踪事件而笼罩在我头上的阴影仿佛已经散去了。

万佑子失踪事件也好、弓香失踪事件也罢，已经不再是学校里大家谈论的热门话题，甚至可以说已经基本上销声匿迹了。大家谈论的一般都是电视节目、电视剧或好玩的玩具、游戏。那段时期，最热门的话题就要算诺查丹玛斯的大预言了。在万佑子姐姐失踪整整一年的八月五日，我们一家人又出去贴新的寻人启事，分发悬赏征集情报的宣传单。但大家似乎已经对我们所做的事情习以为常了，一直到暑假临近结束，都没有哪个孩子会提起万佑子姐姐失踪的事情。随着那个事件在人们头脑中渐渐淡去，我也逐渐地回归到一个普通的孩子，又能融入同学当中去了。

可是，开学后的某一天，我突然变成了大家躲避的对象。

我主动和同学说话，他们无不转身离开，我若追上去，他们就会跑开，所以我根本没有机会问他们躲避我的原因。如果我再死缠不放去问他们理由的话，我真怕他们直接骂我一句："讨厌！"所以也就没有勇气再去追问了。以前，有娜娜姐姐保护我，她告诫学校的所有人，不分年级、不分男女，都不能说我的坏话、都不能躲着我。可是，娜娜姐姐已经小学毕业了。不过，我们班里也有一位像娜娜姐姐一样敢站出来保护我的人，虽然他说话的声音没有娜娜姐姐那么大。他叫岛田，据说他爸爸是一名中学教师。一天下午，在放学之前召开的班会上，岛田同学发言了：

"伊藤让全班同学都不理安西结衣子。伊藤，你为什么那么说？请你跟结衣子道歉！"

我觉得岛田同学可能在家里对着镜子练习过这段话，今天他当着老师和所有同学的面，说得非常流利。这个时候，我才知道煽动大家躲着我的"主犯"是伊藤同学。我和伊藤是二年级才分到一个班的，平时我觉得她挺爽快的呀，属于有话直说的那种人，真想不明白为什么她要煽动全班同学都躲着我。这时，伊藤同学"哇"的一声大哭出来。

"可是，可是结衣子怀疑我奶奶是诱拐犯！"

难道我跟妈妈的计划泄露了吗？我的心脏都快停止跳动了。可是，班主任老师似乎比我还着急，她匆匆忙忙地结束了班会。现在回想起来，对于像我这种家里遭遇了特殊情况的孩子，学校应该把我安排在一个老练的班主任负责的班级里。可是二年级时我所在的班级的班主任，是一个大学刚毕业的年轻女教师。而且，她对我家发生的事情可能只是一知半解，所以基本上不太用心处理我的事情。

“这个问题等放学之后我单独和安西、伊藤两位同学谈。但是，不管有什么理由，都不可以不理自己的同学，大家清楚了吗？”

班主任能够这样提醒同学们，我心里面已经非常感激。只有岛田同学似乎还不太满意老师的处理方法，但其他同学好像都已经开始反省自己的错误了，脸上带着各种各样的表情朝老师点头。

放学之后，我对班主任老师解释说，我去县营住宅区的伊藤奶奶家，是为找我家走丢的小猫。但伊藤同学反驳说，她听家里大人说，我找猫只是表面的借口，实际是在寻找诱拐姐姐的凶手。我到她奶奶家去搜查，就等于怀疑她奶奶，因此她很生气。事实确实如伊藤同学说的那样，因此我低着头一直不敢抬起来。

“你真的只是去找小猫吗？”

老师又耐心地问了我一次，我大大地点了点头。可是，在点头的过程中也没敢抬起头来看着老师。

“就是嘛，谁家的大人也不会让孩子孤身一人去寻找凶犯的呀。”

老师这么一说，伊藤同学也点了点头，可她的脸上并没有理解或宽容的表情。但是，老师、伊藤和我的谈话就此结束了。伊藤没有向我道歉，甚至还在心里恨我，可这时老师已经抓起伊藤的手和我的手，勉强将我们两个人的手握在了一起。我能感觉到伊藤的手一点力气都没有。从第二天开始，班里的同学就没有那么露骨地躲着我了，但是，我也无法再次融入大家玩耍的圈子里了。大家这样的排斥和之前躲着我又有什么区别呢？

班主任老师并没有就此事和我的父母进行沟通。难道她认为我能一手解决所有问题吗？难不成，她真的相信我是去找猫了？或者，她知道伊藤同学说得比较正确，但觉得这个问题处理起来太麻烦，就假装我真的是去找猫了。只要没有成年人对我的妈妈发出警告，我就永远无法从找猫的行动中解脱出来。因此，后来我再打着找猫的旗号去别人家敲门的时候，就多是悲惨的经历了。

“这次怀疑到我头上了！给我滚开！”

有一次，当我敲开了一个孤寡老人的家门时，里面出来的老爷爷当面把我痛骂了一顿，据说他年轻的时候还曾是一位教师呢。他不仅骂了我，还敞开着大门转身回屋给我家打了个电话，他把刚才骂我的话又跟我妈妈喊了一遍。老爷爷的语气实在太恐怖了，吓得我不禁当场尿湿了裤子。恰巧，那层楼里住着一位我的同班女同学，她刚好出来看见了发生的一切，第二天，我的糗事全班都知道了。

事情正在逐渐发生变化，全班同学已经不单单是躲避我那么简单，我还开始成为大家刁难、戏耍的对象。我朝着“校园暴力中被欺负的孩子”扎扎实实地迈进着。使我陷入如此悲惨境遇的始作俑者当然是妈妈，但是，对于学校发生的事情我从没跟妈妈说过，也从没因为此事对妈妈发过脾气。因为我觉得，妈妈越是掺和，事态就会越严重。

能够给我安慰的只有布兰卡。那个时期，布兰卡已经长大，“小猫”的称呼已经无法搭配它的体型，但它依然像小时候一样爱撒娇。每当我感到难过、心酸的时候，布兰卡总会用它那双水汪汪的大眼睛鼓励我：“打起精神来！”然后把它温暖的身体借给我依靠。

与被人孤立相比，被同情更好一点；可是当被大家刁难、戏耍的时候，我会觉得被人孤立更好一点。可是，悲惨的境遇是没有底线的。刚升入三年级不久，发生的一件事情让我觉得被同年级同学欺负更好一点。

我也升入了三年级，万佑子姐姐就是读三年级的时候失踪的。之前已经慢慢变淡的万佑子姐姐的形象，又一次清晰地出现在了我的脑海中。现在的我要比当时的万佑子姐姐高出一块，体重也比她当时重。可是，当我打开姐姐当年读过的书时，我发现我根本无法流利地读下去，因为很多汉字我都还不认识。

镜子中映出我自己的形象，可是我无论如何也无法把自己的形象和姐姐的形象重叠在一起。在我身上，我找不出一处和姐姐相似的地方。这样的我和万佑子姐姐，即使不发生那悲惨的事件，恐怕也不会成为非常亲密的姐妹吧？虽然我喜欢万佑子姐姐，可是她未必会像我喜欢她那般喜欢我。越思考越痛苦的事情，可我为什么还要有意去思考呢？难道是因为我想把万佑子姐姐的一切从我的记忆中剥离出去吗？

所以，我受到了惩罚。

自从老爷爷打电话训斥了我妈妈之后，妈妈就再没让我提着篮子出去找过猫，有半年的时间我没碰过那个宠物篮了。可是，一天放学回家后，那个久违的宠物篮又放在了大门口。看见篮子的瞬间，我全身的神经不禁都紧绷起来，身体也僵在了原地。可能是听到了我回来的脚步声，妈妈打开了大门，她对我说：

“拜托你了，结衣子！这是最后一次了。我终于发现了最可疑的凶手。”

妈妈这次指定的不是县营住宅区的人家，而是那附近几户独门独院的人家之一，那家和娜娜姐姐家只隔三户人家。房主姓广永。据说在万佑子姐姐失踪那天，就是这家的女主人在“HORIZON”超市的停车场见到了万佑子的草帽，并把草帽送到了超市服务台。

“我查过了，他们家只有两口人——女主人和她三十岁出头的儿子。昨天，我听说‘HORIZON’超市新进了一批魔法少女图案的靠枕，就到超市里去观察。结果广永太太就买了那种靠枕，你不觉得很可疑吗？所以啊，你到了她家也不要按门铃，只溜到房子背后悄悄打探一番就可以了。而且，今天不知道怎么的，布兰卡确实不见了。”

看妈妈的样子不像在说谎。于是我默默地点了点头，伸手接过了宠物篮。转身离开家的时候，我做了三次深呼吸，然后走向了我已不知去过多少遍的地方。

我来到了门前挂着“广永”二字木牌的人家前，她家门前有一个停车位，可是并没有停车。从那个空的停车位我可以看到她家的后院。我感觉她家的后院不大，悄悄溜进去在里面转一圈估计也用不了一分钟时间。于是，我东张西望地观察了一下周围的动静，发现似乎并没有人，就大着胆子蹑手蹑脚地走进了她家的后院。后院里荒草丛生，还真是个藏猫的好地方。

突然，我的背后传来了铝合金推拉门拉开的声音。我后背的汗毛一下子就竖了起来。

“你在这儿干什么？”

我战战兢兢地回过头来，看见后门处站着一个男人。

“我在找我家的小猫。”

眼前这个男人的形象和我头脑中想象的变态的形象差距比较大，所以我勉强还能用正常的声音回答他的问题。

“是白色的吗？”

“是啊！”

在我向他说明布兰卡的特征之前，他就先说出了猫的颜色，这令我非常吃惊，说明他真的看见了我的布兰卡。于是我大声说“是”的同时还用力地点了点头。看到我的反应如此强烈，那个男人双手抱在胸前望着天空若有所思地想了一下，然后像突然想到了什么似的，拍手说了一声：“啊！”随后接着说道，

“对了，刚才我看见我妈妈在厨房用剩饭喂一只白猫，不知道是从哪儿跑来的。现在它应该还在我们家里。要不，你到我们家里来找找？”

说这些话时，那男人的脸上现出了和蔼的笑容，我一点都没有怀疑，跟着那男人就进了他家。我嘴里呼唤着布兰卡的名字，那男人也跟着我呼唤，他一直把我领到了他家厨房。我留意看了一下他家的水槽、餐具柜，小女孩的用品一样都没有。

跟魔法少女有关的东西，我也没发现。与这些事相比，我头脑中想得更多的是我的布兰卡。

“咦？你听到没有？刚才餐具柜上面好像有猫的叫声。我把你举起来看看柜子上面怎么样？”

说着，他就向我伸出了手，我并没多想，自然也没有躲避。那男人在我背后，将双手伸到了我的腋下，然后一下子把我举过了头顶。我看了一下，餐具柜上面并没有布兰卡的身影，我告诉他上面没有，可是他却迟迟不放我下来。不但如此，他还双手用力地把我抱进了怀里，这时我才意识到自己正处于一种不正常的状态中。我只感觉全身的毛孔都打开了，汗水呼的一下子都涌了出来。我真想用力地大喊：“救命啊！”可是，不知道为什么我的喉咙怎么也发不出声音来。只感觉自己的身体和意识已经发生了分离，声音要从眼睛里发出来，眼泪是从耳朵里流出来的。就在这时，忽然传来了用钥匙开门的声音，接着，我才感觉自己的身体落在了地板上。好像是那个男人的母亲回来了，还没等我的身体反应过来，那男人已经把宠物篮塞到了我的手里，然后我就感觉自己被推推搡搡地推出了刚才进来的那道后门。

我艰难地迈开颤抖的双腿，好不容易离开了这户人家。不知走了多久，我才走到大路上，这时，我看见从县营住宅区的方向走来两个同年级的女孩子。老远，她们就指着我说：“看！她在那儿！”我真想拔腿就跑，可是腿就像灌了铅一样一步也挪不动了。她们俩走到我面前的时候，用略带兴奋的语气对我说：

“结衣子，我们正要去找你呢。布兰卡上树了。”

我摇摇晃晃地跟着她们俩走到了县营住宅区的小公园，结果在那里的一棵大杨树上，果然看到了布兰卡的身影。布兰卡也看见了我，还没等我叫它，它就“喵”的一声蹿下树来，跑到了我的脚边。当我抱起布兰卡之后，眼泪就再也控制不住了，汩汩地从双眼里涌了出来。

喷涌而出的感情让我哭出了声来，好久没有这样痛快地哭过了。“太好啦！”耳边传来那两个女孩子的声音。

这样，我的“找猫”生活就此结束了。

chapter

5

归来

我打着找猫的名义寻找万佑子姐姐、搜索凶手的生活，前后持续了一年多时间。这么长时间以来积累在我心中的压力、委屈、悲伤、愤怒，只有这一次我当着别人的面发泄了出来。

那一天，住在县营住宅区的两个同年级女生陪着我走回了家，我抱着布兰卡，她们其中一个帮我提着宠物篮，具体是谁提的篮子我已经记不清了，因为当时我也没有多余的精力去留意这些。那次找猫行动终于算是平安结束了，可我本来的目的是要寻找姐姐、调查凶手的啊。

“明天见！”把我送到家后，那两个女孩子跟我道了别。说实话，同学们上一次对我如此温柔地说话，我已经记不得是什么时候了。目送她们离开之后，我告诉妈妈我在广永家没有发现万佑子姐姐的线索，可妈妈似乎很不甘心。不过，关于广永家儿子要强行摸我身体的事情，我对妈妈只字未提。虽然我是去侦察，但妈妈曾经说过不允许我进别人的家中。这次又不是人家强行把我拉进去的，而是我自己进去的，我怕说出来妈妈会责怪我，因此就把这件事给隐瞒下来了。

虽然我的侦察没有任何收获，但妈妈还不死心，她接着对广永家展开调查。只要锁定了一个目标，就连我妈妈这种和街坊邻里交往很少的人，也能弄到不少情报。好像多半情报都是从杂货店“丸一”老板娘那里打听来的。其中，关于广永家儿子的信息大多都是些不好的传闻。

广永家的儿子中考时因为没有考上理想的名牌私立高中，从那时开始就一蹶不振，把自己关在家里不出来见人，这样的“宅男”生活他已经过了十五年以上。广永太太的丈夫在工作中死于一场事故，她和儿子靠丈夫的抚恤金、保险金和慰问金过活，日子还过得去。但未来他们作何打算呢？儿子都这么大了，没有工作也不接触社会，一直“宅”在家里真是个令人头疼的问题。

不过，到此为止，这还算不上什么不得了的情报，接下来的才令人吃惊。

据说广永太太的儿子在上初中时，可是令所有老师都高看一眼的优等生。他自己也觉得自己高其他同学一等，所以在课间休息的时候，他对同学说话也总带有居高临下的语气。这让同学们都有点讨厌他，渐渐地，他就被孤立了。他自己也不屑去读当地的公立高中，他认为只有名牌私立高中才配得上他的才华。可是没想到，考高中的时候竟然名落孙山，这个失败给他造成的打击太大了，从此他就把自己关在家里闭门不出了。可尽管如此，他的内心中依然存在向世人炫耀自己才学的欲望，据说五年前，学生们放暑假的时候，广永一个人走出了家门去逛神社。他把当时在那里玩耍的小孩子召集起来，告诉他们自己正在搞一个科研课题，希望这些孩子能够帮忙。然后就开始给他们讲宇宙的知识。

他还向这些孩子吹嘘说，他身体有病，每天只能外出两个小时，所以没有办法读大学，但是，他把自己写的科学论文发给美国的一所知名大学后，得到了世界一流教授很高的评价。那些小孩子对这些信以为真，个个都津津有味地听他“讲故事”。可是后来有一天，他谎称自己家里有一颗陨石的残骸，邀请一个小女孩到他家去看，小女孩不是很愿意，他就要强行带小女孩回家。幸好让附近的大人看见了，他才没有得逞。打那以后，他就再也没有在孩子们面前出现过。

得到这个情报后我妈妈非常生气，她抱怨说为什么万佑子姐姐失踪的时候没有人向她提起广永家儿子的事情。如果她知道广永家有这样一个儿子，她肯定会马上通知警察。妈妈一生气，倒是把我吓出了一身冷汗，我以为我在广永家发生的事情泄露了呢。可是过了几天，警察并没有来找我询问那天的情况，也没听说广永家的儿子被捕的消息。

又过了一个月的时间，已经进入梅雨季节。周末我去外婆家住了一天，这还是我第一次一个人去外婆家住。万佑子姐姐失踪之后，外婆也曾邀请我去她那里住，可是妈妈从来没有同意过。妈妈说如果我走了，家里就只剩她和爸爸两个大人，她会感觉很空虚。对于她的这个理由，外婆似乎相信了，就没有勉强。可是现在我回想起来，妈妈不让我去外婆家，估计是不想让外婆知道她让我出去“找猫”的事情。

不过，这次妈妈同意我在外婆家住一天，背后也是有隐情的。我去外婆家的这一天里，爸爸、妈妈要做些什么，他们完全没有告诉我，外婆也没有跟我透露。除了爸爸、妈妈之外，只要家里有第三个人，他们就不会多说什么。但是，从大人们谈话的内容中，我似乎听到了一些蛛丝马迹，我隐约感觉到他们好像获得了有关万佑子姐姐的某些重要情报。

“妈妈他们是要去接万佑子姐姐吗？”在外婆家，我和外婆、冬实姨妈三个人一起吃晚饭的时候，忍不住问了外婆一句。

“真是那样就好了。外婆也不太清楚。不过，如果明天万佑子能回来的话，咱们得多高兴啊！”

“你可别乱说，妈妈。”冬实姨妈打断了外婆的话，她接着说道，

“不要让结衣子产生太高的期待，那样不太好。而且我们也不知道她爸爸、妈妈到底要去干什么。”

我妈妈属于心里有事就会马上说出来的“直肠子”类型，而冬实姨妈跟我妈妈相比更是有过之而无不及。可今天她为什么如此遮遮掩掩的？难道是警方发现了身份不明的女孩尸体，明天爸爸、妈妈要去认尸？这么恐怖又悲惨的事情，他们当然不能告诉我。

“让孩子往好的地方想，不是挺好嘛。”

外婆用执拗的口气和冬实姨妈争辩着，同时转过脸来征求我的意见说：“你说是不是？结衣子。”可是，我该怎么回答外婆呢？我有点不知所措，只好放下筷子低下了头。看见我消沉下来，冬实姨妈有点不好意思了，她可能以为是她说的话让我难过了，所以赶紧转移话题说：“结衣子，吃完饭到我房间来，我陪你玩游戏，怎么样？”以前，我和万佑子姐姐一起到外婆家小住的时候，冬实姨妈虽然也会和我们一起吃饭，但从来没有陪我们玩过。今天算是破天荒的第一次。

“好啊！”还没等我开口，外婆先拍着手表示同意了。估计她是

想看悬疑电视剧，可又担心在现在这种情况下让我看侦探、悬疑电视剧，会不会给我带来什么不好的心理影响。所以冬实姨妈一说要陪我玩，外婆立刻就解放了。

第一次跨进冬实姨妈的房间，那一瞬间我被惊得目瞪口呆。原本是一间日式风格的房间，竟然挂着豹纹的窗帘，地上摆着豹纹的坐垫，床罩是带有光泽的紫色绸缎面料。屋里的装潢风格简直可以用“摩登”两个字来形容。另外，屋里还有呛人的香水味，可能是为了遮掩香烟味吧。因为我看见一个骷髅造型的烟灰缸里，烟蒂堆积如山。这里真的是冬实姨妈的房间吗？这里真是外婆家里的一个房间吗？我突然陷入了一阵轻微的混乱。这时，冬实姨妈看穿了我的疑惑，“咯咯咯”地笑了起来，对我说：“有什么大惊小怪的？”说着，她把散落在坐垫上的衣服随手收拾了一下，给我腾出一个空的坐垫来。

虽然平时冬实姨妈在衣着和化妆上比较时尚，但我怎么也想象不到她的房间竟然会是这个样子。

她和我妈妈可是亲姐妹，但为什么两个人的差别会这么大呢？

“最近，我都没有买新游戏。结衣子，你平时都玩什么游戏？”

她问得是那么理所当然，好像每个小孩都会玩游戏一样，可说实话，电子游戏这东西我一次也没碰过。我只得实话实说，告诉姨妈我没玩过电子游戏。结果冬实姨妈的反应更夸张，她大瞪着眼睛足足看了我五秒钟，然后说：“怎么可能！”又愣了十秒钟后她似乎想到了其中的原因，自言自语地说了一句：“唉，也难怪。”然后对我说：

“我就知道你妈妈不会让你玩电子游戏。不过今天放假，姨妈教你玩《超级玛丽》怎么样？”

就连从没玩过电子游戏的人，也听说过《超级玛丽》的大名。我略带害羞地点了点头。可姨妈却说：“咦？游戏卡放哪儿去了？”然后就开始在电视机旁边的一个黑色塑料盒子里乱翻起来。

“啊！原来在这儿呢。”

冬实姨妈抬头望了望书架顶上，那里有一个和刚才一模一样的塑料黑盒子。冬实姨妈环顾了一下四周，估计是想找一个垫脚用的凳子。整间屋子里只有化妆台前有一把椅子，可是上面却堆满了小山一样的衣服，也不知道是洗过的还是等着要洗的。看了一眼那把椅子后，姨妈好像放弃了用它垫脚的念头。她转过头来对我说：

“结衣子，我举你上去，你帮我把那个黑盒子拿下来。”

听到“举”这个字，我不禁打了一个寒战，不过对方是我的亲人——冬实姨妈，于是我就点头走到了书架前。可是，当姨妈把手放在我腋下的时候，我的身体还是不自觉地像触电似的一震，心脏怦怦怦地加速跳起来。这是一个闷热的梅雨季节，但是我感觉背后淌下的汗水却是冰冷的，那明显不是因为闷热而出的汗。

冬实姨妈并没有发现我的异常，只听她“嘿”了一声，双臂一用力就把我举了起来。

在我双脚离开地面的瞬间，我感觉腋下的双手一下子加了很大的力量。虽然我心里明白那是冬实姨妈的手，可还是感觉自己已经无法呼吸。我根本没有力气向那个黑色盒子伸出双手，可是却不知从哪儿来的一股劲儿让我自己扭转过身来，挣脱了姨妈的手。我沿着姨妈的身体滑落到了地板上。瘫在地板上的我不停地喘着粗气，眼泪也跟着哗哗地流了出来，仿佛是要把身体里的某种东西都排解出来。我极力想让自己平静下来，想把眼泪收回去，可怎么也做不到。外面“沙沙”地下着细雨，而相比之下，我的哭声要大多了，既然止不住我索性就“哇哇”地大哭起来。

“怎么了？我把你弄疼了吗？”

冬实姨妈紧张地询问我怎么了，可我也只能不住地摇头，嘴里一个字也说不出来。看到我这个样子，姨妈就没有继续追问下去。她轻轻地推着我的背把我扶起来，让我坐在坐垫上。姨妈坐在我的身旁，她并没有抚摸我的头或拍拍我的背，只是坐在我身旁，不过，她也没有去开电视和游戏机。

当我的呼吸渐渐平稳下来，哭声和外面的雨声差不多细微的时候，冬实姨妈终于开口了：

“虽然已经快两年时间了，但悲伤的感情总是不会变淡，看来结衣子你是真的喜欢你姐姐。如果事情换到我和我姐姐身上，结果会怎样呢？”

接着，冬实姨妈开始给我讲她姐姐——我妈妈的事情。

“在结衣子你的眼中，可能你妈妈也好、姨妈也好，都是一样的大人，而且都已经是‘阿姨’级别的人了。但实际上，你妈妈那个年纪的人和我这个年纪的人相比，还是有很大差别的。”

冬实姨妈说，我妈妈那个年纪的人都会无意识地把自己当作这个世界、这个时代的中心。

“我小的时候，以为只有我姐姐是这样的性格。”

她说我妈妈把“自己永远是正确的”当作了这个世界中的一个常识。她不承认多样化价值观的存在，她觉得与自己想法不同的人，肯定都是错的。对此，她深信不疑，并且时常将这套理论挂在嘴边。

“唉！这也是没有办法的事情。我姐姐在最任性的年纪，当时社会的大环境、我们家的小环境都给了她一个非常宽松的条件，让自我和任性的性格有机会在她的身体里滋生。”

那个时候的我，对于冬实姨妈的话应该有一半以上是理解不了的。不过，冬实姨妈说她小的时候就经常被我妈妈训斥，比如“你该学习了！”“把碗筷收拾好！”“这件衣服是奇装异服，不能穿！”这样的场面我倒是能想象得出来。因为万佑子姐姐也经常这样提醒我，不过她说话的语气肯定要比妈妈温柔多了。

“也许，靠啃老生活非常滋润的我，没有资格那样评论我的姐姐。可我们就不是那种关系非常亲密的姐妹。尽管如此，如果我姐姐失踪了，还有可能被人拐走的话，我也会感觉很悲伤。我也不知道其中的理由。原本感情这种东西也是不需要理由的。想哭的时候，尽管哭就是了。结衣子，你在爸爸、妈妈面前就一直在克制自己，不想当着他们的面哭吧？”

此时，我已经停止了哭泣，但还是没法开口回答姨妈的问题。我感觉自己似乎也不应该点头。

“算了，我这么问你，估计你点头也为难，摇头也为难。还是不问了。”

说完，冬实姨妈打开了电视机和游戏机，屏幕上显示出了游戏的画面。画面中出现的不是《超级玛丽》，因为《超级玛丽》的游戏卡还躺在书架顶上的黑盒子里呢。画面中出现的是一对一的格斗游戏。

“来，结衣子，你选这个人。”

冬实姨妈帮我选的是一个穿着中式短裙的女孩子，而她选的是一个浑身肌肉的壮汉。然后她把操纵手柄递给我一个，教我如何操作。

“这个按钮是出拳，这个按钮是踢腿，跳起是……哎呀，算了，不用想太多，你乱按一气就行了。”

我试着按了一个按键，结果屏幕中的女子“啊”地叫了一声，同时打出一记直拳。冬实姨妈握着操纵手柄说：“那我们开始喽。”然后我不管三七二十一就是只管乱按手柄上的按钮。我越按越快，这个过程中我甚至忘记了呼吸。只见屏幕中的女子和那个壮汉缠斗在了一起。不知过了多久，那壮汉貌似体力不支，先是跪了下来，然后上半身也轰然倒地。

“我赢啦！”我不自觉地发出声来。

“再来一个回合怎么样？”

冬实姨妈一说，我立刻点头同意。这个游戏让我入了迷，在疯狂格斗的过程中，万佑子姐姐的身影暂时从我头脑中消失了；找猫时的辛酸记忆也不见了；就连爸爸、妈妈要去做的“神秘”事情，我也抛到了脑后。

第二天将近中午的时候，爸爸、妈妈来外婆家接我。昨晚，我和冬实姨妈几乎玩了一个通宵的电子游戏，天快放亮的时候我才钻进被窝，是门铃的声音把我吵醒的。蒙眬地睁开眼睛，我发现窗帘缝隙射进来的光异常闪亮，我以为昨晚电子游戏玩得太多，自己出现了幻觉呢，心想晚上怎么会有这么亮的光呢？实际上已经接近中午。我揉了揉眼睛，透过窗帘缝隙仔细看了看外面，这天的天空湛蓝无比。

如果万佑子姐姐今天能回来的话……不知为什么我的心中涌起了这样一种预感。于是我连忙从被窝中爬出来，穿着睡衣就跑到了大门口。但是，门外只有爸爸和妈妈两个人。

“见到万佑子了吗？”外婆焦急地问妈妈。

妈妈默默地摇了摇头。这本应该是一个遗憾的消息，可不知为何外婆反倒舒了一口气。看来，爸爸、妈妈真的是认尸去了。

“你们也累坏了吧。快进来休息休息吧。”

听到外婆这话，妈妈鞋也没脱就迈进门来一下子抱住了外婆，放声大哭起来。外婆则像安抚小孩子一样轻轻抚摸着妈妈的脑袋和后背，嘴里还不停地说：“好啦，好啦，没事的。”我呆呆地望着妈妈和外婆，这时，一旁的爸爸才注意到我的存在，他对我说：

“结衣子，你姐姐还活着。”

在我的记忆中，这是爸爸说过的最靠谱的一句话。

当我想再次拿起外婆的笔记本翻一翻的时候，一旁的手机忽然响了起来，收到一条短信。都已经半夜十二点多了，这个时候还敢发短信“骚扰”我的人除了一些不良行业的宣传人员之外，就只有打工的同事沙纪了。

“在老家好玩吗？”沙纪在短信里问道。

不好玩。因为家里没有一个亲人在。而且，那些深藏在脑海深处的记忆，又被一点点挖掘出来了。

“我玩得挺好，谢谢！”这是我回她的信息。

如果不撒谎的话，还得费劲编理由。发完之后，我就把手机放在了一边。我忽然想到，假设我要把小时候的经历告诉沙纪的话，我该怎么开头呢？

“今天在车站我遇到了万佑子。”先发一条这样的短信可以吗？

不管沙纪知不知道我小时候的经历，她看到这样的一条短信，应该都不会产生什么多余的联想。她只会按照字面意思来理解，单纯地认为我只是见到了姐姐而已。不过，我想了解的是，当爸爸、妈妈看到我发的这样一条短信时，会是怎样一种反应。不是短信的形式也行，比如，因贫血晕倒的我醒来之后没有回家，而是直接去了妈妈住的医院，当面告诉她：“我在车站遇到了万佑子。”她会有什么反应呢？或者我回家之后，爸爸在家，我们两个人围着餐桌吃晚饭的时候我告诉他：“我在车站遇到了万佑子。”他的脸色会怎样呢？

“啊，是嘛。”我感觉他们的回答还是会来老一套。

在父母面前，我从来没有称呼姐姐为“万佑子”，一般都叫“姐姐”或“万佑子姐姐”。如果这次我用“万佑子”来称呼姐姐，他们会感觉到其中的变化吗？

有人在神社的牌坊前发现了一个女孩。

警方将这个消息告诉我们家是在八月五日上午的九点多。那一天，刚好是万佑子姐姐失踪两周年的日子。爸爸、妈妈决定，这一天我们要在“HORIZON”超市十点开门后，到停车场去分发寻人启事，我也要一起去。爸爸看着窗外的天空说：“今天又热又晒啊。”

于是妈妈就拿出防晒乳液开始给我涂。

就在这时，客厅里传来了电话铃声。本来今天去超市发宣传单的还有冬实姨妈和太阳房地产公司的几名员工，所以我猜多半是他们当中的谁打来的电话，也就没太在意。但是，妈妈正好在给我的脸蛋涂防晒乳液，电话铃声响起的时候我感觉她的手指颤抖了一下。

离电话最近的人是坐在沙发上的外婆，她说：“我接。”然后就要起身。可爸爸却阻止了外婆，说：“还是我来接吧。”然后就三步并作两步地抢到电话旁拿起了听筒。

“嗯，是的……感谢一直以来你们的协助……什么？！真的吗？……好的，我马上就过来。”

前半段我并没有认真听，爸爸的回话我也大体能猜到。可是，后半段爸爸的反应引起了我的警觉，他说话的声音突然变得紧张起来，好像听到了什么不祥的消息。说完，爸爸慢慢地放下了听筒。而我则怯生生地扭头去看爸爸。这时我发现外婆、妈妈都在紧张地盯着爸爸看。

“今天早上，有人在神社的牌坊前发现了一个女孩。是神官的老婆在打扫卫生时发现的。”

外婆双手捂着嘴，用快要飙泪的表情望着妈妈。妈妈则用一种充满期待、恐惧、惊喜和惆怅的复杂眼神盯着爸爸。似乎大家都已经在心里确信那个女孩就是万佑子姐姐。万佑子姐姐回来啦！以前我一直在想象，如果真有这一天的话，我一定会高兴得跳起来，可是现在，我的双腿就像变成了石头一样，让我固定在地上一动也不能动。只有爸爸刚才的话在我的头脑中不停地打转。虽然我被惊得无法动弹，但还是有一种类似于兴奋的喜悦在我身体里迅速蔓延开来。

我已经做好了外出的准备。我觉得爸爸、妈妈一定也会带我去警察局的。

外婆好像也是这样想的，她满怀期待地说："我们一起去接万佑子吧。"但是，爸爸说今天只有他和妈妈两个人去。而且，那个女孩现在不在警察局，发现她的时候身体非常衰弱，所以已经送到医院治疗去了。

不管是外婆还是我，都很失望，但我心里多少也能理解，以现在这个状况来说，这么多人一起去看万佑子姐姐也不合适，再说了，那个女孩子的身份也没有确定，并不一定就是万佑子姐姐。所以外婆对我父母说："还是你们两个先去看看情况吧。"这句话好像也是说给她自己听的。

"如果不是万佑子的话，你们也不用太失落。"外婆把爸爸、妈妈送到门口时提前安慰他们说。

但是，随后外婆就给冬实姨妈打了个电话，告诉姨妈今天发宣传单我爸爸、妈妈就不去了。然后又说了一句："你先别告诉别人啊，万佑子好像找到了。"我能感觉到，外婆实在难以隐藏内心的喜悦。结果我从听筒里听到电话那头冬实姨妈用接近责备的口气说：

“万佑子当然活着呢！”

外婆把电话挂断之后，我把目光投向了依偎在我脚边的布兰卡身上。

“布兰卡，也许是托了你的福呢。过来！”

说着，我带着布兰卡进了厨房，它的猫食碗里还有吃剩的猫食，但我还是又给它倒了满满的一碗。布兰卡凑上去闻了闻，然后就把整张脸都埋进“猫食山”里开心地吃了起来。看着布兰卡的样子，我感觉这个好消息就是它给我们家带来的。

万佑子姐姐回来之后，看见布兰卡会说什么呢？我想象着姐姐回到家第一眼看到布兰卡时的样子。当然，在我的想象中，万佑子姐姐的样子还和桌子上摆的照片中的一样，还是两年前的那个样子。

因为发现的那个女孩子并不确定就是万佑子姐姐，所以我们决定还是按计划去超市发宣传单。冬实姨妈确实保守了秘密，没有向来帮忙发宣传单的那几位公司员工透露万佑子姐姐可能找到的消息，大家还是在烈日下挥汗如雨地分发着宣传单。看着这十来位叔叔、阿姨卖力的样子，我心中很是感动，也有些不好意思。我也跟着大家一起发，有的接到宣传单的人，也会客气地鼓励我一声：“加油！”每当这个时候，我都想对对方大叫：“我姐姐已经找到了。”但是我会强迫自己咬紧嘴唇，把到了嘴边的话又咽了回去。然后继续发我的宣传单。

没用两个小时，宣传单就发完了。外婆恭恭敬敬地向那几位帮忙的员工鞠躬道谢。冬实阿姨则给每位员工发了一个红包，跟大家说：“辛苦各位了！这是一点心意，大家买个盒饭吃。”然后，冬实姨妈又去了一趟“HORIZON”超市的经理办公室，告诉经理我们的活动结束了，向他道了谢。出来后姨妈牵着我的手，说：“走，咱们去超市买点午饭回家吃。”

“不知道你爸爸、妈妈什么时候回来。我感觉那女孩肯定就是万佑子。”

姨妈说着，把一盒寿司拼盘和两个汉堡包放进了购物篮。然后又拿了一些糕点和冰淇淋。还给我买了碳酸果汁，平时妈妈从来不给我买碳酸饮料喝，说小孩子喝那个不好。

我们回到家开始吃超市买来的午饭，我忽然想起了爸爸说的“衰弱”那个词儿。我还不知道这两个汉字怎么写，对于它的意思也是一知半解，但似乎以前和外婆一起看电视剧的时候听到了。在我的印象中，“衰弱”应该就是身体很瘦、很苍白的意思。想到这儿，我不禁放下了筷子。万佑子姐姐现在很衰弱，而我却吃着各种美食，这样好吗？我又想起来，弓香被囚禁的那几年，每天只能吃狗食……疼痛的感觉在我心中一阵翻滚。

虽然我放下筷子的动作很突然，但外婆好像已经察觉到我心中想的事情，于是安慰我说：

“结衣子，你不用难过。等姐姐回来的时候，我们做一桌好吃的饭菜等着她。我还要给你们买‘白玫堂’的蛋糕。”

我对外婆点了点头，心想，我也得用零花钱给姐姐买点什么才行。然后我又拿起了筷子。当我快把一个成人汉堡包吃完的时候，爸爸、妈妈回来了。要在平时，我吃半个那么大的汉堡包就已经饱了，可这天却吃了整整一个。

“怎么样？”爸爸、妈妈刚一进门，外婆连喘口气的机会都没给他们。

“是万佑子。”回答的人是爸爸。

外婆高兴得一下子把我抱在了怀里放声大哭起来，也不管我的嘴角上还沾着汉堡包的酱汁。

万佑子姐姐找到了！

我以为第二天爸爸、妈妈肯定会带我去看姐姐，但是事情并没有那么简单。非常幸运，尽管万佑子姐姐身上没有外伤，但好像被发现时已经好几天没有吃饭，身体非常虚弱，所以需要住院治疗一段时间。

据说万佑子姐姐被发现的时候，还穿着两年前失踪时的那套衣服。都两年了，她居然还穿着那时的衣服，可以想象她是有多么瘦弱。

从那以后，爸爸、妈妈每天都要在警察局、医院和家之间来回跑，可我和外婆却不能跟他们一起去。不知道是医院有限制，还是爸爸、妈妈暂时不想让我们去看万佑子姐姐。爸爸、妈妈在跟外婆解释的时候，我也坐在外婆身边聆听，结果万佑子姐姐迟迟不能出院的原因除了身体太衰弱之外，好像还有其他问题。

据说万佑子姐姐从被发现到现在，一句话也没说过。即使爸爸、妈妈站在她面前，她也只是呆呆地望着他们，连自己的父母都认不出来了。医生怀疑万佑子姐姐可能丧失了一部分记忆。

“不知万佑子经历了什么恐怖的事情。”外婆哽咽着说道。

听了外婆的话，我不禁又想起了弓香被囚禁的经过。然后头脑中就出现了万佑子姐姐被扒光了衣服塞进狗屋里的画面。我赶紧使劲摇了摇头，想把这个画面赶出脑子。

“万佑子能生还，就已经非常不错了。万佑子回来之后，我们可能要花些时间来接受她，希望大家多付出一些耐心。”爸爸说。

万佑子姐姐被发现之后，爸爸、妈妈就经常两个人一起出去。回来负责向外婆说明情况的任务，就落在了爸爸身上。妈妈每次都只是咬着嘴唇坐在爸爸身边一言不发。听爸爸说明情况的时候，我倒是从没见外婆落过泪。而且，除了爸爸讲万佑子姐姐的情况之外，外婆也很少提起有关姐姐的话题。

万佑子姐姐被找到，原本应该是件高兴的事，可是看到家里现在的状况，我隐约感觉到一种不安。另外，我们又遇到了一个新情况，现在家里人外出都有了困难 。

因为媒体已经报道了万佑子姐姐失而复回的事情。

斜对门的邻居池上太太、杂货店“丸一”的老板娘等在万佑子姐姐失踪之后帮忙找人的一些热心人，都提着水果等慰问品来我家祝贺。“万佑子能找回来真是太好了。”他们在大门口向我妈妈道喜。另外，这段时间我家的电话也变得多起来，大多是爸爸、妈妈的亲朋好友打来问候的。每次接电话的时候，爸爸、妈妈都恭敬地向对方表达了谢意。

可是，没过多久，再来按门铃的、打电话的，就多半是媒体记者了。爸爸、妈妈只告诉他们万佑子已经被安全保护起来了，其他的就再不多说一个字了。

再有，一直没有听到警方找到凶手的消息。

警方也在积极搜寻万佑子姐姐被送到神社过程中的目击信息，但好像并没有什么进展。于是一些八卦小报、周刊的记者就展开了丰富的想象力，说万佑子姐姐是神隐了两年，现在和两年前失踪时一模一样又出现了。他们断定这是一种超自然现象。

看到这些报道之后，我反而觉得神隐什么的至少比被囚禁在狗屋里好多了。一想到那令人作呕的变态男形象，我觉得与其抓住凶手还不如找不到凶手的好。

但是，对我来说，最大的问题并不是这些。

万佑子姐姐被发现的两周之后，爸爸、妈妈终于同意带我去医院看望姐姐了。外婆也非常想去，但妈妈说，还是先让结衣子一个人去，并承诺近期就带她去，外婆才心有不甘地点头。

在带我去医院的前一天，爸爸、妈妈告诉我，万佑子姐姐还是基本上不开口说话。所以，他们嘱咐我到医院后不要大声说话，也不要表现得太兴奋，更不能冲过去拥抱姐姐。

心里想着明天就能见到万佑子姐姐了，我躺在被窝里说什么也睡不着。脚底下感受着布兰卡的体温，我在头脑中一遍又一遍地预演着明天和万佑子姐姐见面的场景。虽然听说姐姐已经认不出爸爸、妈妈，但我总觉得姐姐应该能认出我来，对此，我的心中满怀期待。也许我是对的。

我真想把这两年来经历的痛苦往事全都忘记，只想起那些当年和万佑子姐姐一起度过的快乐时光。忽然，我想到了一个主意，于是连忙起身打开了房间的灯。

我应该带一本姐姐最喜欢的书去医院看望她。

哪本书最合适呢？想来想去，我只想到了《豌豆公主》。毕竟我和姐姐还做过“豌豆实验”的嘛。这个想法让我足足兴奋了一个晚上，基本上一夜无眠。天一亮我就把自己的想法告诉了妈妈，可是被无情地否定了。

“这个是最要不得的事。”妈妈严厉地对我说，根本不给我辩解的机会。

我失望地跟着爸爸、妈妈去了医院。但是，就在我跨入病房的一瞬间，一个难以置信的事情发生了。

“结、衣、子……”

虽然这个声音比昆虫扇动翅膀的声音大不了多少，但我确确实实地听到了。但是，眼前发出这个声音的女孩子到底是谁？我一时无法做出判断。

一般来说，当我们在识别一个人的时候，主要先看哪些部分？

斜靠在病床上的这个女孩子，有一头长发、皮肤白皙、身体瘦长，从这方面看她具有我记忆中万佑子姐姐的特征。但是再看脸上的五官，却和万佑子姐姐不同，可也不能说就是完全不同的两张脸。眼前这个人的眼睛似乎更大一些，不过，虽然我还是个孩子但也能理解，人脸瘦削之后，眼睛是会显得更大。我又仔细地看了看她的鼻子和嘴巴，又感觉好像就是这样的吧。如果把眼前这个人的脸和我记忆中的万佑子姐姐的脸重叠在一起，好像也差不多。变化的地方似乎也能接受。

已经过了两年时间，相貌有所改变也是可以理解的。

关于相貌上的差别，我就这样说服了自己。可是，关于相貌以外不一样的地方，我就没法那么简单地说服自己了。至于到底哪些地方不同，我自己也说不上来。“结衣子”那一声呼唤，我似乎也没听出什么异样。可是，原本应该是让我感动到流泪的一声呼唤，在我听来却好像是一个陌生女孩在叫我的名字，我的内心完全没有一点震撼的感觉，也没有任何记忆被激起。总之，这个声音没有任何能够感染我的内在力量。

听到女孩子开口说话之后，带我们来病房的护士赶快叫来了医生。病房里立刻变得忙乱起来，可是我却比之前放松了不少，因为大家的注意力已经从我身上移开，转到了病床上那个女孩子身上。如果这时妈妈说：“结衣子，姐姐认出你了！”然后推着我的背把我推到病床边，我该用什么样的态度来面对眼前这个女孩子呢？如果我站在原地默不作声，会不会让爸爸、妈妈失望？

他们可能会在心里责备我说：“万佑子回来了，你不开心吗？”“姐姐连我们都不认识，却认出了你，你不想对她说点什么吗？”

“医生，万佑子她……”关于那个女孩子刚才叫出我名字的事情，爸爸、妈妈想跟医生多交流一下，可是，那个女孩子又闭上了嘴，而且好像不舒服的样子躺回了床上。于是，爸爸、妈妈对医生说了句：“我们明天再来。”就拉着我匆匆地离开了病房。我在现场，也许是他们这么快就离开的原因之一。虽然我也是患者的亲人，但毕竟还是个三年级的小学生，估计医生也不会当着我的面聊患者的病情。

回家的路上，爸爸开车，这一路上没有一个人开口说话。

我不说话也就算了，因为平时我也沉默寡言，可为什么今天连爸爸、妈妈也都一言不发呢？这让整个车里的气氛十分压抑。我们的汽车刚到家，外婆就从屋里冲出来迎接我们，而她也是刚从自己家赶过来。

“我就是想问问万佑子的情况。我刚来，你们正好就回来了。”

外婆说着，一手搭在我的肩膀上，把我带进了门，让我坐在沙发上。然后她去厨房准备饮料，她给爸爸、妈妈冲了冰咖啡，给我倒了一杯果汁。所有这些工作，外婆没用五分钟就做好了。

布兰卡趴在我的膝头上，我只顾低头爱抚着布兰卡的脊背，不想抬头看任何人。

“看见你姐姐了吗？”

直到外婆问我，我也没有抬头，只是微微地点了点头。在医院的时候，面对那个女孩子我无法开口说出我心中的疑问，可是，作为一个小孩子，也许我还是应该实话实说，哪怕回家之后再说呢，也应该说出来。可是，如果我说出来，肯定会让爸爸、妈妈震怒，一顿训斥估计是躲不掉的，可那样即使悲伤，但至少我心中会畅快一点，不过从另一方面来看，万佑子姐姐的归来给爸爸、妈妈带来了空前的喜悦，如果我去破坏他们来之不易的喜悦，我也会有负罪感。本来，既然爸爸、妈妈都已经确认了万佑子姐姐，我也没有资格进行否定。要让我挺起胸膛对爸爸、妈妈说：“我比你们更了解姐姐！”我还没有足够的自信。

这时我抬头看了一眼外婆，因为我一言不发外婆看起来非常失望，于是我又把目光投向了爸爸、妈妈。他们领会了我的意思，爸爸又像往常一样，开始向外婆“汇报工作”。

“万佑子认出了结衣子，叫了她的名字。”

爸爸按照时间顺序像流水账一样讲述了我进入病房前后发生的一切。也许是平时我没有注意到，但是在我的印象中，我和爸爸的眼神很少交会在一起。可是这次，当我看爸爸，而他也看我的时候，我非常少见地在他的眼神中看到了一丝生气，虽然只有短短的一瞬间。他接着对外婆说：

“我觉得那可能是万佑子无意识中叫出的名字。”

“什么意思？”外婆眼中噙着泪水问道。

“孩子之间的感情可能有我们看不见的某种深层联系，所以见到结衣子的时候可能唤醒了万佑子头脑中的某些记忆。我们本以为亲子之间的联系是最为亲密的，但也许这个世界上还存在着只有姐妹之间才能彼此相通的感情。”

外婆的眼睛中闪烁着兴奋的光芒，刚才爸爸那番话好像让她听到了一个奇迹似的，外婆轻轻抚摸着我的头对爸爸、妈妈说：

“让万佑子出院吧，在医院住着还不如回家。她和结衣子在一起可能还恢复得快一些。而且，我也想早一点见到万佑子。”

刚才光说什么小孩子啦，姐妹啦，其实我感觉外婆在心里可能也在幻想万佑子姐姐见到她喊“外婆”时的情形。从表情上也能看出外婆的脸上充满了期待。所以，即使我对医院的那个女孩心存怀疑，而且，即使心中已经想好了不至于让爸爸、妈妈生气的表达方式，但还是无法说出口。我只能在心中把那些话悄悄地说给布兰卡听。

我想到的说法是："那件睡衣完全不适合她嘛。万佑子姐姐一直穿的那个儿童服装品牌的粉红色睡衣，就是带蕾丝花边和缎带的那件，根本就不适合这个女孩子。"

但是我又发现，一直三缄其口的还不止我一个人。外婆高兴得合不拢嘴，一直在那儿说："太好了！太好了！"只有爸爸还附和她两句。妈妈就一直不开口，像看一出无聊的电视剧一样静静地看着外婆和爸爸两个人"表演"。

也许心存怀疑的人不止我一个。想到这儿，我这一天的心情稍微轻松了一点。

"那个女孩子真的是万佑子吗？"

一直在我脑中徘徊却无法说出口的这句话，有一天终于被外婆说了出来。

我第一次去医院之后的第三天，爸爸、妈妈终于同意带外婆去了，同时也带上了我。

在接近病房的时候，外婆已经隐藏不住内心的激动。可是，当她第一步迈进病房看见斜靠在病床上的女孩子的时候，外婆的眉头稍微皱了一下，这个细节被我发现了。而且，那个女孩子也并没有叫"外婆"。

外婆肯定也觉察到了异样。我感觉自己找到了强有力的同盟，可我还没来得及高兴，就见外婆露出了笑容，走近那女孩子说：

“万佑子，我是你外婆呀，你妈妈的妈妈。你能回来真是太好了！你的脸色也比我想象的好很多。”

那女孩子好像什么也没听见一样，只是呆呆地盯着外婆看，外婆装作并不介意的样子，嘴里说着：“好、好。”然后就退到了爸爸、妈妈身后。我开始怀疑自己，刚才看见外婆瞬间的皱眉是不是自己的错觉。我也礼貌地跟那个女孩子打了个招呼，可是这次她看见我就没有什么反应了。到此为止，可能爸爸、妈妈觉得已经完成了让外婆和万佑子姐姐见面的任务，就草草结束了这次见面，带我们回家了。

在回家的车中，外婆终于忍不住说了心中的疑问：“那个女孩子真的是万佑子吗？”当时我坐在汽车的后排，就在外婆身边，我真想跟着补一句：“我也怀疑。”可是在我开口之前，先传来了妈妈暴怒的声音：

“不要说这种傻话！”

坐在副驾驶座位的妈妈并不是对着后视镜说这番话的，而是直接回过头来对外婆说的。

“那孩子就是万佑子！是可能和两年前有所改变。但是，如果她经历了常人难以想象的残酷生活，脸上变了点模样也没什么好奇怪的。眼前这个孩子就是我的女儿，我是她妈妈，我比谁都清楚！

“因为是我怀胎十月，忍着剧痛把她生下来的！如果您再说这样的傻话，以后万佑子回家的话，我也不许您再见她！”

“哎呀，对不起！我不是那个意思。”

外婆为了安抚怒气冲天的妈妈，主动道了歉，这时妈妈才深深地喘了一口气，把上半身扭了回去。但是，妈妈还是一直喘着粗气，从座椅靠背的侧面，我可以看见妈妈的肩膀还在剧烈地起伏着。这时，外婆开始用平静的语气解释道：

“都两年时间了，警方没有任何线索，突然有一天发现了一个来路不明的女孩子，虽然你们说是自己的孩子，可是警方能够立马相信吗？而且那孩子还失去了记忆。虽然这个女孩子和两年前的万佑子有点像，但是不是需要查一下齿形和血型呢？我刚才是想说这个。”

“那您直接这么说就行了啊，干吗说她不是万佑子呢？以前万佑子没有蛀牙，没去过牙科医院，所以关于齿形没有任何记录。但住院这段时间，医生给那孩子查了血型，是 A 型。我和忠彦都是 A 型血，这还有什么可疑的吗？”

外婆似乎接受了妈妈的说法，但我却吃了一惊。因为那时的我一直认为万佑子姐姐是 O 型血，看来是我记错了。

我和万佑子姐姐不是在一家医院出生的。万佑子姐姐是在县立三丰综合医院出生的。妈妈怀万佑子姐姐的时候，在一家小妇产医院做产检都没有任何问题。但是，妈妈的一个朋友说，产妇在分娩过程中如果遇到子宫破裂等紧急情况，小妇产医院就无能为力了，容易出危险，所以建议妈妈去县立三丰综合医院生孩子。妈妈是第一次生孩子，再加上那位朋友说得很吓人，为安全起见，妈妈最终还是决定去综合医院生。姐姐出生之后，不知从何时，社会上开始流行去高级私人妇产医院生孩子的风气。妈妈在电视中看到现在的产妇都住在像城堡一样豪华的高级私人妇产医院中，吃着法国厨师亲手料理的美食，再想想自己生万佑子姐姐时的“寒酸样子”，觉得自己亏大了。而且，家里又不是没钱住那样的高级妇产医院。所以，妈妈在怀我的时候，就决定要去高级私人妇产医院生产。这些都是万佑子姐姐和我懂事后，妈妈告诉我们的。不过妈妈在说这些话的时候，一般也都会做一个铺垫，先说：“当然我也知道，因为生你姐姐的时候没有发生什么意外，所以我才敢这么说。如果生你姐姐的时候，就出现大出血之类的紧急情况，我肯定还是会选择在综合医院生结衣子。”

妈妈当时在县立三丰综合医院生万佑子姐姐的时候，给新生儿查血型是自愿的，妈妈觉得在新生儿身上扎针、采血很痛，就没给万佑子姐姐查血型。而且，她觉得自己和爸爸都是 A 型血，所以万佑子姐姐一定也是 A 型血，根本没必要检查。但是在高级私人妇产医院生我的时候，为新生儿查血型是必须检查的项目，所以，没有办法，我一出生妈妈就知道了我的血型。我的血型竟然是 O 型！那个时候，我的爸爸、妈妈才知道，原来 A 型血中还分为 AA 型和 AO 型，而且，即使父母都是 A 型血，生出来的孩子也可能是 O 型血。另外，在万佑子姐姐和我的成长过程中，爸爸、妈妈发现我们姐俩的性格不太像他们 A 型血的人，既然我是 O 型血，所以他们推测万佑子姐姐也是 O 型血。我也就跟着认为姐姐和我一样是 O 型血。

但这次检查后，却是 A 型！

“最近不是还有什么 DNA 检测吗，像我们家的情况就可以做个 DNA 检测，但我觉得没有那个必要，就没做。那个检测又不是强制的。就连血型检验我都觉得没有必要。我就可以断言那孩子就是我的女儿！所以，请你们不要再怀疑万佑子！”

妈妈这么一说，外婆长长地叹了口气，然后她小声嘟囔道：“知道啦。”我也在心中想，还是不要怀疑了。

透过车窗望着外面向后飞奔的风景，我突然想到了一件事情。以前，妈妈偶尔会带着我去太阳不动产公司看望工作中的爸爸。虽然我和爸爸每天都要见面，可是当我在公司里见到他的时候，不知为什么总感觉像见到了一个陌生男人。“嘿，结衣子。”爸爸跟我打招呼时，我甚至会脸红，觉得很难为情。也许在医院看到万佑子姐姐的情形和这个类似，而且，毕竟有两年没见了。回到家后，我甚至对自己之前怀疑万佑子姐姐产生了罪恶感。我心里想，也许，什么都没有改变……

住在医院的那个女孩子——我的万佑子姐姐终于回家了，那时已经进入了十月。

九月一日学校开学之后，爸爸、妈妈就再没带我去过医院，不过听他们说，万佑子姐姐在接受心理治疗，并渐渐地唤起了一些记忆，可以读一些简单的文字了。而且，失踪之前的一些事情，她也能记起来了。体重也开始回升，慢慢地快达到小学五年级学生的平均水平了。那段时间，妈妈去大商场给姐姐买了很多衣服。

十月一个星期天的早晨，外婆买来了“白玫堂”的蛋糕，并带着我把家里打扫得干干净净，就等着万佑子姐姐回来了。听见汽车开回来的声音，我跟着外婆一路小跑冲出了大门。布兰卡也跟在我脚边，怕把它踩到，也怕我被它绊倒，我干脆把它抱了起来。

“我回来啦。”万佑子姐姐走到我面前，轻声地对我说道。

“欢迎回家。”我用略微沙哑的声音不太自然地答道。同时，我的手臂不自觉地用力夹紧了布兰卡。一只白皙的手臂伸了过来。

“家里还养了小猫啊。”说着，万佑子姐姐温柔地笑了，还用手轻抚着布兰卡的脊背。

布兰卡是第一次见到眼前这个女孩子，也是第一次被这个人抚摸，但它似乎很享受，喉咙里不时发出愉快的喵喵叫声。听到布兰卡安心的叫声，我也释然了，心想这个女孩子果然就是万佑子姐姐。布兰卡凭着野性的直觉判断她是我们家的孩子，这个一定不会有错。

我告诉自己要用积极的心态去面对这一切，也许心中已然存在的一丝异样会随着时间的流逝慢慢消失。可是，万佑子姐姐回家还不到一个小时，就又回医院了。因为她突然剧烈咳嗽起来，一直停不下来，而且，眼见着手臂上还长出了很多红疹子。

万佑子姐姐在医院被诊断为“对猫过敏”。

这样一来，我家就不能养猫了，这也就意味着布兰卡必须离开我家了。虽然我才读小学三年级，但这个道理还是懂的。可是，感情和道理是两回事，虽然懂道理，但感情上还是难以接受的。我一边哭闹一边大喊：“不要！不要把布兰卡送走！”如此激烈地在爸爸、妈妈面前宣泄我的感情，之前没有过，之后也没有过。可是，我的哭闹没有一点效果。爸爸、妈妈对我是软硬兼施。一会儿来软的，跟我商量说：“这都是为了你姐姐嘛。”一会儿又训斥我说：“你适可而止吧！”我不管他们，继续闹我的。最后他们就完全无视我了。

爸爸、妈妈也没告诉我，就偷偷给布兰卡找了一户领养人家。据说是太阳房地产公司一个员工的朋友。

那家人和我一点交集都没有，他们不住在三丰市，而是隔壁的隔壁——福原市。如果送给他们，我就永远也见不到布兰卡了。

在和布兰卡一起度过的最后一个夜晚，我得知外婆曾经跟我妈妈提过，她想把布兰卡接过来养。交接布兰卡的“仪式”定在一个周末在太阳房地产公司举行。前一天，妈妈把我和布兰卡送到了外婆家，让我们在外婆家住一夜。妈妈的理由是她要把家里打扫干净，以防万佑子姐姐再过敏。可是我感觉她是不想再听到我哭哭啼啼的。

在外婆家吃晚饭的时候，冬实姨妈告诉我，我妈妈曾经咬牙切齿地对外婆说：“你要收养布兰卡的话，就等于以后都不让万佑子登你的门！”这话刚一出口，外婆就生气地制止了姨妈。我心里想，要是外婆能收养布兰卡的话，那该多好啊。同时，我的头脑中幻想着下次我来外婆家的时候，布兰卡跑到门口亲热地迎接我的情景。可是我也知道，现实是无法改变的。于是我就开始问冬实姨妈收养布兰卡的那家人的情况。

“是一对五十多岁的夫妇。他们的孩子要么已经成家，要么在外地上大学，家里就只剩老两口了。所以他们想要只猫做个伴。”

那个家庭中没有和我年纪相仿的少年，这一点让我稍感安心。冬实姨妈继续说道：

“把布兰卡送走了，结衣子可能会很舍不得，没有小猫的陪伴以后你也许会很寂寞，但是你要这么想，至少给布兰卡找到了一个不错的归宿啊。如果送到宠物收容中心那就惨了。一般想领养猫的人，大多数都想要刚出生的幼猫。而那对夫妇愿意接受布兰卡这样的成年猫，说明他们真的很喜欢猫。而且他们听说布兰卡是白色的，就更高兴了。这就是缘分啊。”

虽然我还是无法完全接受布兰卡即将被送人的现实，但在冬实姨妈的开导下，心里多少有了一丝安慰。因为毕竟领养布兰卡的那家人听起来还不错。它在那个家里一定会被照顾、被宠爱吧。另外，原本妈妈把布兰卡带回家的真正目的也不是因为怕我孤单而找小猫来陪伴我，她是想利用找猫为借口，让我出去搜索万佑子姐姐。虽然我敢拍着胸脯说在这个家中我是最疼爱布兰卡的人，但是，当回想起布兰卡被关在浴缸中，用惊恐的眼神望着我的时候，我总是感觉对不起它。想到这儿我放下了筷子，再也没有心情吃下去了。

为了防止布兰卡乱跑，冬实姨妈把布兰卡关在自己的房间里。外婆对我说：“要不今天晚上你在姨妈的房间里和布兰卡一起睡吧。”我用力地摇了摇头。因为那样的话，恐怕这一整夜我都会辗转难眠。所以我决定还是和外婆一起睡，不过，睡得太早的话，还是容易因为想念布兰卡而失眠。于是外婆拉着我去客厅看悬疑电视剧。外婆把端来的好吃的点心和饮料放在茶几上，对我说：“现在播放的是你以前喜欢的《温泉女将》系列哟。”可是，在我的记忆中，我似乎从来没有说过自己喜欢看这部电视剧。不过，电视剧开始之后，我还是装作很开心的样子和外婆一起看了起来。我还会不时地发表自己的看法：“凶手一定是这个人！”

“结衣子，你可不能嫌弃你姐姐哟。”

外婆柔声细语地对我说这话的时候，是在我们已经钻进被窝，关了灯之后。

和布兰卡分别是痛苦的，我拼命想抓住和它有关的一切记忆。可回到家时，我发现家里已经被打扫得一干二净，可能妈妈还请了专业的清洁公司，家里已经没有一根猫毛，也没有一丝布兰卡的气味。我突然想到了一个主意，要把妈妈激怒。可能在那时，青春期的叛逆心理已经在我幼小的心灵中生根发芽。

“我好不容易把家里打扫干净了，你怎么还把这个东西带回来啦？！”

“这个东西”，是指我紧紧握着的宠物篮。

布兰卡平时都很温顺，可是要把它塞进宠物篮的时候它却异常抵触，冬实姨妈好不容易才把它塞了进去。然后双手抱着宠物篮，把篮子放在了汽车后座上。姨妈问我要不要一起去，但听说在太阳房地产公司等着布兰卡的并不是领养它的那家人，而是牵线搭桥的那位介绍人，我就说不去了。就在外婆家的大门前和布兰卡做了最后的道别。几个小时后，冬实姨妈单手提着宠物篮回来了。我心中期待着可能出了什么问题，姨妈又把布兰卡带回来了。可实际上只是对方也准备了宠物篮。据冬实姨妈说，布兰卡乖乖地进了人家的宠物篮。不过，冬实姨妈提回来的宠物篮里并不是空的。里面有一个商业街某玩具店的纸袋，袋子里装的是一个 Game Boy 掌上游戏机和几盘游戏卡。

“这是人家送你的回礼，因为你的小猫。”

虽然冬实姨妈说是领养布兰卡的那家人送我的礼物，但我心里知道其实是姨妈给我买的。因为如果妈妈知道是冬实姨妈给我买的，她一定会生气，训斥姨妈：“拜托你以后不要给结衣子买这种东西！”所以，姨妈姑且说是别人送的，而且也不方便再还回去了，这样估计妈妈就没什么可说的了。于是我接过游戏机，感谢了冬实姨妈。

妈妈亲自来外婆家接我，冬实姨妈在送我们的时候，把宠物篮放在了妈妈汽车的后座上，妈妈似乎并没有注意到。

回到家，当我把宠物篮提出来的时候，妈妈愤怒地说：

“给我！我把它扔了！”

妈妈向我伸出手来，等我把篮子递给她。可是，我提着宠物篮的两只手握得更紧了。我坚决不想把宠物篮交给妈妈，并不是因为里面装着冬实姨妈送我的游戏机，而是因为那宠物篮是布兰卡曾经在我家生活过的唯一见证物。

“真拿你没办法！给我，我把它用塑料袋套起来，塞在壁橱的最里面。”

看见妈妈妥协，我默默地点了点头。把装游戏机和游戏卡的纸袋取出来之后，我把宠物篮递给了妈妈。看到游戏机，和我想象的一样，妈妈皱起了眉头，可是她竟然只抛了一句：“每天最多只能玩一个小时！”就提着宠物篮转身进屋了。竟然没有把游戏机没收，这有点出乎我的意料。

儿童房可能是妈妈重点清洁的地方，我一进去，就闻到一股浓郁的消毒药水味。这时我的头脑中浮现出医院病床上那个女孩子的脸，可是我无论如何也无法想象她住进这个房间的样子。

那个女孩子不是万佑子姐姐。

为了寻找线索和证据，我开始回忆和万佑子姐姐一起生活的日子。难道以前万佑子姐姐没有碰过猫吗？我在用力回忆，在学校或上下学的路上我们没有遇到过迷路的小猫吗？姐姐没有因为怜爱而抚摸过别人家的小猫吗？姐姐没有跟我提起过谁谁谁家有小猫的事情吗？如果能够找到证据证明失踪之前的万佑子姐姐对猫不过敏，我就能肯定地说那个女孩子是假冒的！但令人懊恼的是，不管如何绞尽脑汁去想，在我和姐姐共同生活的日子里，都无法找到猫的身影。

这是我第一次开始尝试寻找那女孩不是万佑子姐姐的证据。

不过，在我试图从记忆中寻找到万佑子姐姐和猫接触的情景的过程中，我发现了一个更重要的情况。我甚至责怪自己，怎么在医院第一次见那女孩的时候没有注意到这个问题呢？那是万佑子姐姐身上一个非常重要的特征，而且我是绝对不应该忘记的，因为那是我造成的。就是她右眼旁边的伤痕。当年我邀请姐姐一起滑旱冰的时候，姐姐不小心摔倒，在右眼旁边留下了一个醒目的疤痕。

我噔噔噔地匆忙跑下楼，闯进了厨房对妈妈说：

“那女孩子右眼旁边没有伤痕！”

妈妈并没有发怒，但是一瞬间她脸上就失去了所有表情。

“你说‘那女孩子’，是指谁？”

糟了！我意识到“那女孩子”的说法不太妥，但是，对于自己刚才所提出的疑问，我一点也不觉得后悔。而且，我也不想称那女孩子为“假冒的万佑子姐姐”。

“姐……姐。”

妈妈大大地叹了一口气，然后蹲下身来正对我说：

“结衣子，你还在为姐姐眼睛旁边的那道伤疤感到难过啊。小孩子受伤，很快就会愈合的，不容易留下伤疤。之前你在体育课上摔倒把腿擦伤了，当时也流了不少血，可现在还有一点痕迹吗？疤痕不是完全消失了吗？”

我看了看自己的膝盖，确实没有任何受过伤的痕迹。可是，万佑子姐姐当时的伤和我这个伤完全不是一个级别的呀，流血的方式也不同啊。

“而且，当时我们就对你姐姐的伤口进行了很完善的处理，保证不会让她留下疤痕。当时如果缝合的话，会愈合得更快，但就会留下疤痕。考虑到女孩子的脸上留疤会很难看，所以我们没有选择缝合，而用的纱布和绷带。”

我立刻回想起了当年姐姐眼睛旁边包着纱布的情形。

“结衣子，你听妈妈说，万佑子姐姐好不容易又回来了，你要好好对待她。可是，你也看见了，你姐姐不可能马上就恢复到原来的生活状态，而且，肯定会有很多人会用奇怪的眼神看你姐姐。这时能够保护她的人就只有家人。我们也需要你的帮助，因为你也是我们家中的一员。明白了吗？”

其实妈妈的意思就是叫我不要再说怀疑万佑子姐姐的话了。我虽然不能完全被说服，但那时也没有反驳什么。

“我可以去玩游戏机吗？”

妈妈抚摸着我的头，温柔地说：“去吧。”

终于，万佑子姐姐回家了。

我并没有停止对那女孩的怀疑。我心想，总有一天我要揪出你的“狐狸尾巴”。所以，我看她的眼神总是充满了疑虑。不过，她似乎并不在意我的这种眼神，她经常对我展露笑容。虽然她在大家面前讲话不多，可是只有我们两个人的时候，她会用明快的声音和我搭话。这和当时她在医院第一眼见到我时，用蚊子般的声音叫我名字的情景形成了巨大反差。

“结衣子，以前的事情我想起了很多很多。”

那女孩子轻声地跟我说这句话，是在她回到家的第一个晚上，我就要睡着之前。第一天晚上，妈妈提议让姐姐和她一起睡大人的房间，爸爸一个人去客房睡，我依然睡儿童房。可是姐姐却说：“没关系，我就睡儿童房吧。”于是，妈妈在儿童房的榻榻米上并排铺了两张褥子，和万佑子姐姐失踪前一样。

这让我感觉异常苦闷，就像胸口压了一块大石头，几乎快喘不过气来了。全家人一起在客厅的时候，我都想尽快逃离出来，一个人去玩电子游戏，或者做其他任何事情都行，只要一个人。可是，这次却要那个女孩睡在我旁边，这简直快要了我的命。我心想，这个现实如果无法改变的话，我只有选择尽快睡着了。

于是，我用力闭上眼睛，想让自己快一点入睡。就在我迷迷糊糊快睡着的时候，旁边那女孩却幽幽地说了那么一句……

如果是真正的万佑子姐姐说出那句话，我该是多么高兴啊，可是，从那个女孩嘴里说出来，只能让我感觉背后有一种被异物硌到的别扭感。我真想坐起来大喊：“那不是万佑子姐姐的声音！”可是，现在的我只能默默地忍受这一切。我感觉这一夜几乎和万佑子姐姐失踪的第一个夜晚一样漫长。

大概一周之后，那女孩突然对我说："我读书给你听吧。"

"我已经上三年级了，我自己会读。"我不假思索地回了她一句。

可是后来细细一想，觉得有点奇怪。那女孩回家之后，应该没有人跟她提起过姐姐喜欢给我读书的事情，可她却主动要求读书给我听。难道……她真的是万佑子姐姐？我的心脏狂跳不止。

我连忙改口道："还是读给我听吧。"

"好啊，你想听哪一本？"

"就那本吧。我还是喜欢那本。"

我没有说出那本书的书名，并不是因为我想试试姐姐的真假。而是实在太兴奋了，竟一时想不起那本书叫什么名字了。那个姐姐则歪着头站在书架前耐心地找着，过了一会儿，她从书架上抽出一本书递到我面前，问："是这本吗？"

《豌豆公主》！

这个女孩真的是万佑子姐姐！我的鼻子顿时一酸，差点落下泪来，幸好我努力克制了一下，只是抽泣了一下，把眼泪挡回去了。

"这本书不管读多少遍，都会觉得很有趣。"姐姐说道。我也跟着不住地点头。

"那时我们用玻璃球做实验，也没感觉到嘛。"

这是具有决定性的一句话。

"姐姐你还记得啊？"

虽然我注意到这个女孩说话的语音、语调和当年的万佑子姐姐有所不同，但她能选中《豌豆公主》，还能记起当年我们一起做的玻璃球实验，这就足以将我心中的疑云一扫而光。

万佑子姐姐！我真想大喊着扑过去抱住她。同时我也责备自己，为什么我会怀疑眼前这个女孩不是万佑子姐姐呢？若没有这份自责的心情，我一定会扑过去抱住姐姐的。

“如果躺在那么多层褥子上还能感知到下面的豌豆，就证明这个人是真正的公主。竟然能想出这么无聊的方法来验证公主的真假，可见当时的王族还真是闲得要命啊。咱们做了那个实验之后，我才真正感受到那些王族的愚蠢。”

欸？什么？我差点叫出声来。我把姐姐刚才那番话又反复在头脑中咀嚼了一遍，然后抬起头来望向她。姐姐则朝我微笑着，我只感觉她的笑容令我很不舒服。真正的万佑子姐姐，因为眼角有一个伤痕，所以笑起来有点像哭，可眼前这个女孩的笑容，完全不是那个样子。

“你是谁？！”

我第一次当着她本人的面直接问出了这个问题。

不管她会生气还是会哭，我都做好了心理准备，可是，那姐姐只是稍微皱了下眉头，就把视线从我眼睛上移开了，她望向了窗外的天空，好像在思考什么复杂又艰难的问题。如果是真正的万佑子姐姐，她一定会哭着反问我：“你为什么要这么问？”可眼前这个姐姐并没有，这是最令我生疑的地方，于是我直勾勾地盯着她的脸。她把脸扭过来看了我一眼，又忽的一下移开了视线。我真的有点害怕这个女孩。

“我是安西万佑子，是结衣子的姐姐啊。即使结衣子你不相信我，我还是会从心底里把你当作我最最亲近的妹妹。”

听到这话，我只得沉默了。我还没有足够的自信反驳说：“不对！你不是我姐姐，你是冒牌货！”而且我也没有足够的证据。这时，那姐姐开口问我说：

“你为什么认为我不是你姐姐？”

这句话中没有任何责怪的语气，只是疑问，从她的表情我能看出这一点。

“因为读了《豌豆公主》的故事，万佑子姐姐才不会说那样的话。”

我拿起了《豌豆公主》那本绘本。万佑子姐姐从来没有说过一句故事中王族的坏话，从来没有觉得他们愚蠢。

“确实，两年前读那本书的时候，我可能是那样想的。可是，现在我的想法改变了。结衣子你想想，如果现在再给你看一遍两年前看过的动画片，你的感受还会和以前一样吗？”

姐姐说得没错，我的感受确实会随着年龄的增长而改变。但我还是默默地摇了摇头。我想说点什么，可一时找不到合适的语言。我搜遍了整个大脑，终于找到一个比较合适的说法，于是对姐姐说：“我觉得万佑子姐姐不是会说别人愚蠢的人。”

可能我的这句话击中了对方的要害。姐姐就像玩躲避球游戏的时候，球重重地打在了她脸上一样，表情瞬间就凝固了，她低下了头。我看见她的双手在反复不停地握成拳头又伸展开来。忽然，我把视线聚焦在了姐姐的脸上，我发现她那大眼睛里已经充满了泪水，随时都可能落下来。

我知道她在强忍着泪水，这让我的心中感到一阵刺痛。不管绘本中的王族是否愚蠢，但我确实一直对眼前这个女孩不怀好意。不管她是真的万佑子姐姐，还是冒牌货，我都在无情地伤害着她。

“对不起……”

我小声地向姐姐道了歉，而几乎与此同时，她的一滴泪落在了地板上，也不知是我道歉在先还是她落泪在先。姐姐用手攥成拳头擦去了地板上的泪水，然后用同一只手用力揉着眼睛。

“道歉的人应该是我，我是一个令人讨厌的人。虽然我一直在努力，努力让结衣子感觉到姐姐真的回来了；努力让自己能讲很多很多你小时候的故事。还有……”

刚才这段话是姐姐拼命忍住泪水哽咽着说出来的，可是当说到“还有”的时候，她再也说不下去了，“哇”的一声哭了出来，眼泪也像决堤的洪水“哗哗”地流了下来。她的身体还有些瘦弱，在我看来，这身体还是和万佑子姐姐的身体有所区别，但我看到，眼前这个姐姐的身体在微微颤抖着。我屏住了呼吸，就等她说出“还有”之后的话。但是，就这样盯着人家，我感觉自己很刻薄，同时也因为屏息的缘故，胸中很苦闷。可是，那“还有”后面，到底会是什么呢？

“还有……我回来之后，让你不得不把猫送走，真的很对不起你！”

这句话一出，让我再也没有勇气面对着这个姐姐提出我的质疑。虽然她不是我记忆中的万佑子姐姐，但我感觉她是一个好人。所以，自己越是怀疑她，我就越觉得自己讨厌。

不等新学年的开始，元旦一过，姐姐就开始上学了。我父母，特别是妈妈希望姐姐再等几个月，等新学期开始再和大家一起去上学。但是姐姐自己非常希望上学。妈妈拗不过她，也就同意了。不过，她并没有上万佑子姐姐失踪前的那所学校，也就是说，没有和我上一个学校。爸爸、妈妈帮她找了一所广崎市的私立学校。

妈妈对外婆说，想让姐姐在一个全新的环境中重新开始，而且，那所私立学校里有常驻的心理咨询师，学校在各个方面的口碑也都不错。关于学校的选择，姐姐同意了妈妈的意见。我还以为妈妈会问问我，要不要也转学，和姐姐去读同一所私立学校。但并没有人问我一句，就偷偷地把姐姐的转学手续办好了。对此，我倒是没有什么怨言。

因为我在原来的学校本来也没有什么要好的朋友，所以要是让我转学的话，我也应该不会感到寂寞。可是，如果让我和那个姐姐在一个学校上学，虽然不在一个年级，可我还是会觉得不自在，因此她转到别的学校去，对我来说反倒更好。因为姐姐那个私立学校在其他城市，很远，妈妈每天开车送她上学单程就要花将近两个小时，所以她们每天很早就得起床，晚上回来得也很晚，这样我和姐姐在一起的时间就很短。说心里话，这正是我想要的。

我试着想象了一下，如果姐姐回到了原来的学校……

首先，大部分孩子肯定会在头脑中任意发挥想象力，来为姐姐消失的这两年时间描绘各种各样的图画。如果有人再把姐姐和弓香事件重叠起来，说不定也会认为姐姐过了两年狗屋生活。虽然他们还不至于直接用刻薄的语言来刺激姐姐，但至少看她的眼神会充满了异样，也许会把姐姐当怪物看待吧。

如果有人还能像姐姐失踪之前那样对待她，这样的孩子可以称得上“伟大”了。不过，与此相比还有更严重的问题，因为肯定会有人和我一样，能够觉察到这个万佑子和以前那个万佑子的不同。

这样一想，我就能理解为什么爸爸、妈妈要给姐姐选择一所那么远的私立学校了。因为他们想让这个姐姐远离那些熟悉万佑子姐姐的人的视线。妈妈甚至提出要在广崎市内租一间公寓，全家都搬过去住，可是第二天她自己就否定了这个方案。她说，我们家又没干什么亏心事，为什么要逃跑呢？

爸爸、妈妈让我和姐姐分别上两所学校，是因为他们有意要将我们分开。这样想的人，其实并不止我一个。

姐姐在去新学校报到之前，妈妈先让她把长发剪了，只留到肩膀那么长。然后又给她穿上新买的白色圆领衬衫，藏青色学生装加藏青色百褶裙，再戴上藏青色学生帽，一看就是一身价格不菲的名牌货。姐姐背上学校指定的黑色书包，每天天不亮就跟着妈妈出门了，太阳落山后才回来。试想一下，周围的邻居会怎样看待我们家这样的作息时间呢？

本来，我们家和左邻右舍的交往就很少。估计只有左边三家、右边三家以及对面几家人能认识我们姐妹的容貌，再远一点的邻居，看见我们也不知道这是哪家的孩子。但是，斜对门的池上太太和我们家算是比较熟的。万佑子姐姐失踪之后，除了家人之外，最热心帮助我们的人就是她。如果她知道万佑子姐姐回来了，肯定也想见见这个时隔两年失而复得的孩子吧。即使我妈妈不让姐姐随便出门，池上太太也可能在暗地里观察过这个女孩子，说不定，她也觉察到了某些变化。一个偶然的机会，我和池上太太谈起了我的姐姐……

二月中旬的一天，从学校回来之后，我坐在自家大门口发呆。正好被出门丢垃圾的池上太太看见，她对我说："这不是结衣子吗，这么冷的天你坐在这里要冻坏哟。"

我告诉池上太太，我忘了带家门钥匙，妈妈出门接姐姐去了，家里没人所以我进不了门。说实话，要是一直等下去的话，说不好我要在外面冻两个小时。池上太太连忙说："到我们家去等吧，屋里暖和。"我想了想，在外面确实很难受，于是就跟着池上太太去了她家。我一进门，池上太太就问："作业写了吗？"同时迅速把客厅的茶几收拾出来，方便我写作业。接着她又说，我家也有游戏机，你想玩吗？然后又把她儿子的游戏机拿了出来，她儿子在外地上大学，游戏机就一直闲置在家里。我一看，和冬实姨妈的游戏机是同款。

"你喜欢玩电子游戏吧。"

池上太太这么一说，我疑惑地歪着头望着她。心想，我是喜欢玩电子游戏，可是池上太太怎么会知道呢？我既没跟她说过，也没当着她的面玩过呀。似乎看出了我的疑惑，池上太太微笑着对我说："有一次，你从你爸爸车上下来的时候，还一直低着头玩掌上游戏机，你不记得了？"她这么一说，我想起来了，有一次爸爸开车带我们一起去商业街买东西，回来的时候我就在车里玩游戏机。到家的时候，我正玩到关键时刻，不想放手，于是就一边玩一边走下了车。我记得当时妈妈大为光火，呵斥我赶紧把游戏机收起来。不得已，我只好匆匆关了游戏机，当时重要的数据都没来得及保存，对此我还一直耿耿于怀。可是，这前后不到一分钟的事情，竟然都被池上太太看在了眼里、记在了心里，我多少感到背后有一丝凉意，心中有点恐惧。

“你妈妈每天接送姐姐，也真够辛苦的。你姐姐适应新学校了吗？”

“差不多了吧。”我一边喝着池上太太为我准备的果汁一边含糊其词地回答。

“姐姐好不容易回来了，你们也没什么时间一起玩，你肯定觉得挺孤单吧？”池上太太还不甘心，又问了一个问题。

我小声嗯了一声，连忙放下杯子从书包里掏出了作业本。我想这样应该可以堵住池上太太的嘴了吧。

说实话，关于姐姐的学校生活，我也不太清楚。现在我们家的晚饭时间比以前延后了一个半小时。而在饭桌上，姐姐也几乎从不谈学校里发生的事情。爸爸下班回家一般还要再晚一两个小时，所以我们全家坐在一起吃饭的机会很少很少。而且，吃饭的时候，我一般都把视线聚焦在电视屏幕上。以前，吃饭的时候，是绝对不许看电视的，可现在妈妈对我放宽了要求，不但在吃饭的时候会把电视打开，就连我一直盯着看她也不责备我。而我呢，为了寻找戳穿姐姐是冒牌货的证据，偶尔也会冷不防冒出一两个问题。

比如，万佑子姐姐你喜欢哪种豆酱汤？红烧排骨是喜欢吃甜的还是辣的？外婆说要给我们买“白玫堂”的蛋糕，你想要哪种口味的？

关于豆酱汤和红烧排骨的口味，姐姐毫不犹豫地就答上来了，而且也是以前万佑子姐姐喜欢的。但是，关于“白玫堂”的蛋糕，姐姐就皱起了眉头，说她想不起以前喜欢吃哪种口味了。这种情况下，妈妈总会厉声喝止我：“结衣子！够了！”原本我想辩解说：“我只是随便问问而已。”但想想还是算了，不和妈妈顶嘴了，然后就继续一边看电视一边吃我的饭。心里还不服气地想：“看吧，她果然是个冒牌货。”但是，姐姐头一天回答不上来的问题，第二天晚饭的时候总能给出正确的答案。我怀疑一定是妈妈在接送她上下学的过程中，把答案透露给了姐姐。于是，有的时候我会问出连妈妈也不知道答案的问题。

有一次下午放学，趁妈妈去接姐姐的时机，我带着零花钱去杂货店“丸一”买东西，我打算买几个糖果。老板娘问我：“你姐姐最近怎么样？好点没有？”我并没有回答，只是微微对她笑了一下。我不可能告诉老板娘：“我正是为了试探姐姐的真假才来您这儿买糖果的。”

老板娘亲切对我说：“下次带你姐姐一起来呀。”我道别之后就离开了杂货店。

每天下午，妈妈在出门接姐姐之前，就把晚饭的准备工作做好了，所以把姐姐接回来之后，只需半个小时就可以把晚饭做好。姐姐回家后总会先上楼到儿童房放书包、换衣服，要在平时，这段时间我一般都会在客厅里看电视。可是这一天，我跟着姐姐上了楼。

“姐姐，给你吃糖果。”

说着，我拿出橙子味的糖块、草莓味的巧克力和葡萄味的口香糖放在姐姐的书桌上。每一个都是 10 日元一个的小糖果。姐姐说了声：“谢谢！”就高兴地剥了颗橙子味的糖块放进了嘴里。

“这是杂货店老板娘送的，她以前经常送我们糖果吃。”我尽量装得若无其事地说，心想，可不能让姐姐看出我是在试探她。

“可是她以前送的都不是这些口味。”姐姐不假思索地说道。

然后接着说：“老板娘送的糖块都是可乐味的。”

她竟然连这个都记得！如果这时我还怀疑她不是真的万佑子姐姐，那我自己是不是哪里出了问题？从那以后，我就不再去找姐姐的毛病，而是努力不让她进入我的视线。

我对着作业本根本写不下去，池上太太一直也没跟我说话，过了一会儿，她开始在我旁边的沙发上叠晒干的衣服。我注意到其中有一套白色的护士制服，这让我想起来，池上太太是一名护士。

“阿姨，我能问您个问题吗？”

池上太太停下手里的活，扭头望着我，意思是你问吧。

“人的血型，可以改变吗？”

问出这个问题，就等于告诉池上太太，我对姐姐的身份心存怀疑。可能已经黔驴技穷的我，只有向大人求助了。我的家人不支持我的质疑，我无法跟他们分享心中的疑虑，所以只好找池上太太诉说心声了。

“不能说完全没有可能。接受骨髓移植手术后，人的血型有可能改变。但是，查出血型和以前不同，大多是验血出现了问题。不是以前验错了，就是这次验错了。我在医院里经常遇到一些患者说自己的血型和小时候不一样了。特别是上了年纪的老年患者。另外，还有很多人会根据父母的血型判断自己的血型，其实这样判断是不准确的……怎么了？你姐姐的血型和以前不一样了？”池上太太直截了当地戳中了我心中的真实想法。

“嗯，姐姐的性格和以前不一样了，我想可能是血型改变的缘故。要想鉴别一个人的身份，还有其他方法吗？”

“可以做 DNA 鉴定。”

听到这个，我脸上一下子显出了失望的表情。因为之前外婆和妈妈的谈话中也提到了 NDA 鉴定的问题，但是被妈妈坚决地否定了。

“除此之外还有什么办法吗？”

看到我排除了 NDA 鉴定的方法，池上太太耸了耸肩，说：

“其他方法我就不太清楚了。”

说完，池上太太继续叠衣服。等她叠完了，我也把作业本塞回了书包，然后就开始和池上太太玩电子游戏。

我选了一款格斗对战游戏。池上太太对着电视屏幕跟我说：“以后你有麻烦的时候，可以随时来找我。”玩起来我发现，池上太太和冬实姨妈的水平差远了，她太弱了。

但是，我依然一次又一次地被打倒。不是因为池上太太玩得好，而是我的心不在游戏上面，我的心已经被疑云填满了。

后来，我们家里居然有一个人强硬地提出要对姐姐做 DNA 鉴定。而且，这个人竟然是在万佑子姐姐失踪过程中还以工作为重的外公。

chapter

6

姐妹

关于姐姐，外婆的笔记本上有这样的记载。

万佑子真的丧失了记忆吗?

电视剧里经常有，人的头部受到重创后可能会失去记忆，但是万佑子似乎并没有受伤的痕迹。还有的人在经历了常人难以想象的残酷生活后，为了保护自己也会无意识地把记忆封闭起来，这倒是有可能。但是听春花讲，万佑子被发现的时候，虽然好像几天没好好吃饭，身体比较虚弱，但是身体上并没有发现暴力虐待或性侵的痕迹。虽说让这么小的孩子离开父母本身就是一种很残酷的经历，但是，这就足以让孩子失去记忆吗?而且，提到学习能力，也有不可思议的地方。虽然万佑子有两年时间没去上学，但据说上了新学校之后，还能跟得上学校的课程。结衣子也说，万佑子还能想起失踪之前的很多小事。可是，都恢复到这种程度了，为什么还想不起失踪这两年里发生的任何事情呢?一问她这两年都发生了什么，万佑子都会用力地摇头。

经历了那么多还能平安无事归来的外孙女，也许我不应该有丝毫的怀疑。因血缘关系联系在一起的家人，是绝不能相互怀疑的。不管外人怎么说，至少我们应该相信自己的孩子。可是，尽管如此，每天晚上我躺下之后，心里都会冒出怀疑的小芽。

万佑子真的丧失了所有记忆吗？

如果不是那样，那万佑子为什么要表现出失忆的样子呢？莫非背后有什么不为人知的原因？最容易说得通的理由，就是她在有意保护凶手。万佑子刚失踪的时候我就猜测过，凶手可能是很想要孩子但自己生不出来，或者是特别爱孩子可是孩子却意外死亡的女人。如果是这样的人拐走了万佑子，那么这两年里她肯定会对万佑子特别好。但是，像那样过家家一样的生活不可能长久地持续下去。好学的万佑子肯定希望能去上学，而且她生病的时候那凶手也得带她去医院看病。这两个原因就足以让过家家一样的生活难以长期维持。因为万佑子只要一出来，就有被人发现的危险。恐怕凶手想结束这种生活，还主要是因为第二个原因。因为万佑子的身体比一般孩子要弱一些，经常会生病。可能凶手就是因为这个，把万佑子送了回来。这两年来，万佑子也对凶手产生了感情，不想把这个像妈妈一样照顾自己的人交给警察。或者那凶手在放万佑子回家的时候，也恳求过万佑子不要告发她。所以回来之后，万佑子才会装出完全丧失记忆的样子。

如果这种猜测是准确的，那我就没有任何烦恼了。不管万佑子的失忆是真的还是装的，但至少回来的人是真的万佑子。至于抓凶手的事，交给警察就好了。

可是，我心中的疑虑，本质到底是什么呢？

真的是这张脸吗？真的是这个声音吗？如果我始终带着一双怀疑的眼睛看待万佑子，恐怕真的也会被我看成假的吧。不过，最让我感觉“别扭”的时候，莫过于和万佑子一起吃饭的时候。万佑子以前拿筷子的方式有这么难看吗？发现这个情况之后，再在一起吃饭的时候，我的眼睛就经常放在万佑子拿筷子的手上。万佑子她们小的时候，我就曾经跟春花提过，小时候不好好教孩子拿筷子的话，长大了到外面可要给你丢人哟。可是春花似乎并不太在意，打马虎眼地说，孩子长大了自然就会拿筷子了。可能是因为女婿忠彦拿筷子的习惯就不太好，孩子也没有教好，而春花那么说是为了帮她老公打圆场。所以，以前万佑子和结衣子到我家住的时候，虽然玩具、糕点我尽量满足她们的要求，但在吃饭的时候我对她们拿筷子的姿势就提出了比较高的要求，甚至还动手打过她们。所以，这两个孩子被我训练得拿筷子的姿势都很好，至少在外面吃饭不会丢人。但是，万佑子回来之后，怎么拿筷子的姿势变得那么难看？

面容和声音，可能会随着年龄的增长而改变，这个我可以理解。但是，像用筷子这种用身体记忆的技能，应该不会那么容易丧失。有一次，我若无其事地跟春花提过，说万佑子怎么连拿筷子的姿势都忘记了。之前，只要我提出质疑万佑子的言论，春花都会暴跳如雷，这次也一样，她生气地说："这两年孩子连饭都吃不上，哪有筷子用！"从那以后，我就再也没在春花面前提过筷子的事儿。我和冬实倒是说过，可那孩子说出了一个让我想都想不到的猜测。

冬实说："是不是有人在得知万佑子失踪之后，把一个毫不相干的人送进了咱们家？"

冬实接着解释说，有些因为家庭生活困难养不起孩子的父母，或者想把孩子遗弃的父母，说不定会认为万佑子失踪正好是个机会。如果恰巧这些人家里的女儿和万佑子年纪相仿，而且和我们发的万佑子的照片比较相似的话，说不定真有可能冒充万佑子，并制造一个失踪女孩被发现的现场。也有另外一种可能，就是在家里受父母虐待的女孩子，自己想出这种办法来到咱们家。

我立刻笑了出来，说怎么可能有这种事情。确实，冬实的猜测可以解释万佑子假装失忆和拿筷子姿势与以前不同的问题。但是，回来之后的万佑子又恢复了以前的记忆，对于以前她在家里生活的细节，基本上都可以说出来。连每个家人的生日都说得出来。如果是毫不相干的外人，怎么可能知道这些？另外，万佑子回来之后，虽然还没来我家，但家里人都去看过她了，每一个亲戚她都认识。有一次我去看她的时候，她背的书包刚好是我以前给她买的。就是买旱冰鞋那次一起买的书包。当时万佑子跟我说：

“外婆，您还记得这个书包吗？当时我说要买小一号的，结果您坚持要买这个大的。还是您有远见，这个书包现在我还能用，当时要是买小了，现在恐怕就背不了了。”

她竟然连这个细节都记得，说实话，当时买书包时我和万佑子的这段对话连结衣子都不知道。

万佑子应该不是假的。

楼下有动静，这可把我吓了一跳。因为住惯了单身公寓，只有一个房间，没有楼上楼下，所以也就很久没有听过楼下的动静了，因此这次着实把我吓了一跳，这也让我忽然意识到自己是在父母家里。我走出房间，蹑手蹑脚地来到楼梯口向楼下望去，发现楼下的灯被人打开了。我走下楼，看到玄关处很随意地放着一双男式皮鞋，我知道是爸爸回来了。

我走进客厅，站在厨房冰箱前的爸爸听到了动静，似乎也被吓了一跳，转过身来惊恐地看着我。“原来是结衣子啊。”看清我之后，爸爸揉搓着胸口舒了口气说道，看来我把他吓得不轻。

“你还没睡啊？”

“啊，不是，我听见楼下有声音，就下来看看。”

“哦，是我把你吵醒了，不好意思啦。”

“没事。对了，您不是说今晚不回来的吗？”

“……工作提前做完了。”

“妈妈的病情怎么样了？”

“啊，不用太担心。明天你不是要去医院看她吗？”

似乎爸爸也不太清楚妈妈的病情，再说几个小时之后我就能在医院见到妈妈了，所以就没再追问爸爸。我点了点头说：“明白了。”爸爸转过身去打开了冰箱，从里面拿出罐装啤酒和姐姐给他准备的菜。

“晚饭你吃了吗？”爸爸问。

我也是点了点头。虽然上次见面还是过年的时候，和爸爸已有半年没见了，但我不知道该和他说点什么，头脑中没有一个词儿会主动地跳出来。

“那我上楼睡觉去了。”

说着，我转身迈步准备上楼，可是又忽然想起来，好像有句话想和爸爸说，于是我又转过身来，对爸爸说：

“爸爸，今天我见到万佑子了。”

“哦，你姐姐发短信跟我说了。”

爸爸说这话的时候一脸茫然，意思好像是说你跟我说这个干什么。我真想再补充一句：“不是姐姐，是万佑子哟。”可是，看眼前的状况，爸爸并不会理会这些，他只是把我当作一个挡在厨房与餐厅之间的障碍物。

我也觉得无趣，只好面无表情地说了一句：“晚安！”就转身上楼了。

回到房间后，我不知不觉地苦笑了一下。因为，在我们家里，至今仍然不接受“科学证明”的人，恐怕就只有我一个了。

外公强硬地提出要对万佑子姐姐进行DNA鉴定，是因为他看了外婆的笔记本。

以前，没有什么特别重大、紧急的事情，外公从来不到我家来。但是，在女儿节（每年三月三日——译者注）那天，外公居然亲临我家。因为外婆说，万佑子和结衣子已经两年没有一起过女儿节了，今年要给她们俩好好庆祝一下。所以他们决定在女儿节的前一天到我们家来准备一下。外婆比他们都早来一天，晚上就住在我家。第二天，也就是三月三日的那天上午，外公、冬实姨妈和爷爷、奶奶才过来。

放学后我先回到了家里，两个小时后妈妈也把姐姐接了回来。姐姐一进门，就看见客厅里精心摆设的七层阶梯状装饰台，双眼闪烁着兴奋的光芒说：“哇！女儿节到了！”她的这个反应和我的万佑子姐姐一模一样。可是，接下来姐姐把目光移向了装饰台旁边的一个盒子，里面装着一个偶人。然后她说了一句话，不，应该说她小声嘀咕了一句，可是恰巧被我听见了。她说：

“这个偶人真漂亮，可为什么两个姐妹却只有一个偶人呢？”

看吧，她果然是冒牌货。那个七层阶梯状装饰台是万佑子姐姐出生时外公、外婆买来送给她的礼物。而后来出生的我也是个女孩，大人说给两个女孩买两套女儿节偶人也没什么意思，万佑子有了七层装饰台，于是就只给我买了一个日式偶人。我懂事之后，觉得自己的偶人比万佑子姐姐的七层装饰台便宜多了，心里还有点不平衡。但随着年龄的增长，姐姐反而羡慕起我的偶人来。所以万佑子姐姐还曾跟妈妈说：“以后等我结婚生孩子，如果生个女儿的话，请不要给她买装饰台，给她买一个结衣子那样的偶人行吗？”

眼前这个姐姐竟然不知道我家只有一个女儿节偶人的背后缘由，我感觉自己已经抓到了她是冒牌货的证据。可是，这个时候我也不会像以前那样得意忘形了，因为根据以前的经验，我一提出质疑，一般马上都会被否定。这次也不例外……

“七层装饰台是我的，偶人是结衣子的。偶人身上的和服真漂亮，还是你这个好。你说是不是？”姐姐扭过头来对我说。

平时一大半的时间姐姐都穿着校服，只有周末才会穿便服。妈妈给我们买衣服的风格也不像以前了，现在买的大多是设计简洁、比较朴素的衣服。可是妈妈对我们姐俩的态度却截然不同，有的衣服款式明显已经过时，可是我穿上之后妈妈就说是我不适合这衣服，把责任推到我身上。可姐姐也穿类似的衣服，妈妈就说好看。女儿节这天，我心想姐姐还不得穿漂亮的连衣裙啊？可是，虽然衣柜中姐姐有好几件漂亮的裙子，但她并没有选，她选的衣服就是和平时一样的普通便服。

我呢，则在衣柜里翻了半天，从万佑子姐姐当年的衣服中选了一件漂亮的裙子，我认为如果是万佑子姐姐的话，过女儿节的时候她一定会选这件。结果我把这件裙子穿在身上走进了客厅……果然不出我的预料，妈妈看见我的样子立马就显出一副大跌眼镜的样子，说：

“你怎么穿成这样？！”

“今天不是女儿节嘛。”

听了这句话，妈妈含糊其词地说了一句：“话虽这么说，可……”她的意思好像是我说的重点不在这里。然后就急匆匆地冲进了厨房里。

爷爷、奶奶先来了，五分钟之后，外公和冬实姨妈也到了。爷爷一见到我就喊：“万佑子！”过了一会儿奶奶才反应过来，笑着说：“你穿的是万佑子的衣服吧？爷爷把你当成你姐姐了。”这时妈妈对我说：“看吧，让你穿成这样！”

大家围坐在餐桌旁，桌上摆着寿司、蒸菜、炸鱼、土豆沙拉等丰盛的节日大餐。首先，直切主题，大人举起饮料为我们庆祝女儿节，我和姐姐也端起饮料和大家一起干杯。姐姐把自己理所当然地当成这个家庭中的一员，轮流和大家碰杯，最后也和我碰了杯子，还对我说：

“我也喜欢你身上的这件衣服。”

她说这话的时候面带笑容，可是我却感觉背后起了一层鸡皮疙瘩。我的心里在呐喊：你闭嘴！冒牌货！

“大家听我说一句。”

说话的是外公，外公正了正身子，环视了一圈在座的人。妈妈正要去厨房里拿啤酒，外公也把她叫了回来：“你先坐下，我有话说。”

然后外公非常郑重地对大家说：“在喝酒之前，我有些话想跟大家说。”

外公到底要说什么呢？我也挺直了腰杆，把耳朵竖了起来。

“时隔两年之后，能给万佑子庆祝女儿节，我感到非常高兴！可是，大家的心里真的这样想吗？”

“那还用说？”妈妈不等别人开口，立刻对外公的问题做出了回应。

“如果我也能像你那样对万佑子深信不疑的话该有多好啊。我理解你的心情，因为女儿是你十月怀胎一朝分娩生出来的，但是不管你怎么对我说那孩子就是你的外孙女，我还是心存怀疑。所以，我需要一个确凿的证据。给那孩子做个 DNA 鉴定怎么样？虽然我也搞不清 DNA 鉴定到底是属于医学的领域还是科学的领域，但是据说那个检验是当前最准确的亲子鉴定方式。”

“您太过分了！为什么要当着孩子的面说这些？！爸爸您以前就是这个样子。您平时根本不管我们，可遇到大事总说一些奇怪的话。您到底是什么意思？在考虑财产继承的事情吗？如果您觉得没有血缘关系的证据就不会把财产留给万佑子的话，那从我这里首先就放弃继承财产的权利！万佑子、结衣子，请你们俩先到楼上待一会儿。”

妈妈用快要哭出来的表情看着姐姐，可是姐姐的心里似乎并没有什么触动，她用平静的目光看着外公，并问道：

“外公，DNA 鉴定是做什么的？”

“这个……就是查一下你到底是不是爸爸、妈妈亲生的。”

姐姐好像在想什么心事似的，望着窗外的天空，隔了一会儿她转向外公说：

“好，我也想做一下这个鉴定。”

从这句话看，姐姐似乎对自己的身份信心十足。

如今，大家都知道 DNA 鉴定是确定一个人身份的准确手段。但是，在万佑子姐姐失踪的那个时候，在 20 世纪 90 年代后期，还是有很多人甚至没听说过“DNA 鉴定”这个名词。

在外公提出要给姐姐做 DNA 鉴定，而妈妈在旁边拼命反对的时候，爷爷、奶奶就在一旁小声问爸爸：“DNA 鉴定是个什么东西？”爸爸则给他们解释说：“就是检验孩子是否是亲生的一种方法。”但是，对于在哪儿做、怎么做等问题，爸爸也只能不住地摇头。

就连提出 DNA 鉴定的外公，也说他只是从一个熟人律师那听到的这种方法，具体怎么做他也没法跟大家解释。但是，他在大家面前断言，只要万佑子接受这个提议，他就可以让那个律师再联系熟悉 DNA 鉴定的朋友，尽早办手续做鉴定。

“关于这个事情，今天就说到这里了。”

听到万佑子同意了他的提议，外公似乎很满意，心情不错地提议庆祝晚宴继续进行。可是，紧张的空气并没有得到缓和。妈妈始终绷着那张脸，一言不发。只有外公一个人很是活跃，给大家聊最近的相扑比赛，其他大人对这个话题都没什么兴趣，只是时不时礼貌性地附和两声。虽然是为我们姐俩举办的节日庆祝晚宴，但是姐姐和我已经被他们排除在了视野之外。为了冲淡这尴尬的气氛，大人们拼命地聊着天，尽量不让话题停下来。

“我听说有个学生相扑冠军参加全国成人比赛时，也获得了不错的成绩，那个孩子叫……叫什么名字来着？我突然想不起来了。”

本来还能勉强维持的话题，一下子就被外公这个问题给打断了。所有参与这个话题的大人都沉默了，有的故作思考状，但好像没人知道那个选手的名字。就在这个时候我注意到，姐姐忽然露出了一个好像想起了什么的表情。

只见姐姐用得意的表情望着外公，但马上，她似乎意识到了什么，立刻低下了头，心里好像在说：“糟了！”

然后夹了一块炸鱼塞进嘴里大嚼起来。我想，姐姐肯定知道那个相扑选手的名字。而我的万佑子姐姐对相扑比赛从来都不感兴趣，她基本上不知道所有相扑选手的名字。而眼前这位姐姐似乎很了解相扑比赛，而且就在她想回答外公那个问题的时候，她又忽然想到，如果回答出来，肯定会暴露自己冒牌货的身份，于是连忙用食物塞住了自己的嘴。

看到姐姐这个样子，我真想让她早点接受 DNA 鉴定，看看结果出来时她会是怎样一种表情。虽然刚才她信心十足地宣称她愿意接受这个检查，但仅仅是这个态度不能证明任何事情。我想，她在说那话的时候，心里一定慌张得要命。想到这儿，我的心里不禁泛起一丝得意，心想：活该！

在我们家族里，外公一直都是我最为害怕的对象，可是这次，外公在我眼里竟然成了一个最为坚实可靠的“战友”。我心里暗想，一直以来困惑我的谜题也许很快就会水落石出了。可能是注意到了我一直盯着他看的视线，外公把“矛头”指向了我：

“喂，结衣子。你马上就是小学高年级的学生了，是不是也自荐个班长当当？你妈妈从小学四年级开始，年年都当选班长。六年级的时候还被选为儿童会副会长。你是不是也努力一下看看？”

说完外公把脸扭向妈妈，意思是希望得到她的支持，可是跟着附和的却是外婆，外婆说：“就是啊。”妈妈则叹了一口气瞥了外公一眼，好像在说：“这个时候您提那些陈年往事干什么？”可是她并没有说出口。我不知道该怎么回答外公，只好低下了头。每天都把自己隐藏在教室角落里的我，根本没有可能当选班长。即使选举，恐怕也不会有一个人投票给我。因为我是一个令同学们讨厌的人。可外公竟然向我提出那样的要求，真是有点过分。

我对外公的同盟意识瞬间就消失殆尽了，可外公并不理会我的感受，继续说道：“但看你现在的样子，当班长是难了。春花怎么会生出这么一个不爱抛头露面的孩子来？”

说着，外公不经意地看了我爸爸一眼。奶奶看到了这个细节，她以为外公的意思是说我不优秀是因为遗传了爸爸的基因。于是奶奶连忙辩解说：

“忠彦小时候，小学、初中、高中也都一直当班长，还在学校的学生会当过委员呢。还有一次被推举为学生会主席来着，他不是爱出头的人，可是大家都推举他，他也不好意思拒绝。结衣子可能也是她爸爸这种性格的人，即使不自荐，也会被周围的人推举出来吧。”

我心中又在呐喊：“快别说啦！”同时，我竟然不自觉地开始四处寻找布兰卡的身影，虽然我也知道布兰卡早就不在了。可是，进入我视线的竟然是姐姐的脸。她看我的眼神好像在说：“你没事吧？”可是，在我看来，她这种眼神比任何语言都更让我感觉到耻辱。正当姐姐要开口说话的时候，冬实姨妈给我抛出了一根救命稻草，她说：

“姐姐、姐夫是典型的长女、长子类型，都非常优秀。而我就是干什么也干不好，从没当过任何带‘长’的职务。对了，爸爸，您刚才说的那个学生相扑冠军是不是姓宫田？”

“对！对！就是宫田。”随后，话题又被引到了相扑比赛上。后来，话题就再也没有回到我身上，我终于舒了口气，心想这一天总算可以平安过去了。可是，后来我不止一次地想，如果当时外公提出：“结衣子，要不你也做个 DNA 鉴定吧。”那该多好啊。

也许是听了爸爸、妈妈都曾当过各种学生干部的优秀经历，姐姐一上六年级，马上就自荐当班长，结果在六年级的第二学期就成功当选班长一职。不对，也许不知道爸爸、妈妈的优秀经历，姐姐自然也会当上班长。

DNA 鉴定的结果显示，姐姐是爸爸、妈妈亲生女儿的概率非常高，几乎不容置疑。

这个消息立刻在我们镇上传播开来，因为妈妈把这个事告诉了池上太太。一天，池上太太说要把她儿子的游戏机送给我，于是打着这个旗号来到了我们家。妈妈和池上太太在客厅简短地寒暄几句之后，就去厨房端来了茶水招待客人。没聊几句，妈妈就切入了正题。

“池上太太，您在医院工作，一定很了解 DNA 鉴定吧。说起来有些难为情，在我爸爸的强烈要求下，我们给万佑子做了 DNA 鉴定。”

“啊，是吗？”

池上太太立刻摆正了坐姿，开始认真听妈妈讲述。妈妈把做 DNA 鉴定的详细过程都告诉了池上太太。爸爸、妈妈带着姐姐去东京做的检查，费用高得惊人，不过都是外公出的钱，因为毕竟是他提出的这个想法。后来妈妈甚至把鉴定书拿出来给池上太太看了。

“安西太太，在万佑子失而复归这件事情上我们都理解你们家的苦衷，这回做了鉴定不就好了嘛。外面有很多人喜欢瞎猜测，这次有了有力的科学证明，您就可以挺起胸膛不用再理会那些风言风语了。”

妈妈用围裙一角擦着眼泪说：“听您这么说我真是太高兴了，多谢您来关心我们家的事。”虽然还是个孩子，但我也能觉察到，这是妈妈有意要把 DNA 鉴定的结果透露给池上太太的。我想，即使池上太太不来送游戏机，妈妈肯定也会找借口主动去池上太太家的，比如以“感谢池上太太经常照顾我”的名义。结果，正如妈妈的预期，池上太太把这个消息告诉了杂货店“丸一”的老板娘，接下来的事情可想而知，没过多久全镇的人都知道了我们家做 DNA 鉴定的事情。

不知道是谁把消息透露给了八卦媒体，一些周刊小报竟然刊登出了“神隐 VS.DNA 鉴定”的无聊大标题。池上太太来我家送游戏机还没过十天，在学校，一个不认识的高年级学生就在我面前莫名其妙地甩了一句：“你姐姐，这是你姐姐哟。”然后就捂着嘴笑着跑开了。

可能是“万佑子失踪事件”的噱头已经出尽，再没有有趣的地方，也没有悬念可供人玩味，于是我们家的事情就渐渐地淡出了镇上人的视线。外婆在笔记本上描述那段时期用了下面这样一句话：春花一家终于可以回归正常生活了。

可以说姐姐去做 DNA 鉴定的导火索是外婆的那个笔记本，往前翻了几页，我发现一句话，看了那句话，我觉得外婆在那个时候已经知道，姐姐根本没有必要去做 DNA 鉴定。那是外婆记录她怀疑姐姐拿筷子姿势时，写的一句结束语：

但是，这个孩子不管容貌、身材还是声音，都和春花小时候一模一样。

楼下传来了冲淋浴的声音，这么晚了爸爸还没睡。我有点口渴，于是下楼到客厅倒水喝。这时我发现桌上爸爸的手机信号灯亮了起来，好像是收到了短信。本来，偷看别人的手机是不光彩的行为，但我给自己找借口说，可能是妈妈从医院发来的，于是我拿起来了爸爸的手机……

我打开手机一看，原来是姐姐发来的。本来我不应该看短信内容的，但我又给自己找借口说，没准说的是妈妈的病情，于是就打开了短信。

在这漫漫长夜，也许姐姐和我思考的是同一个问题。

“结衣子说我什么了吗？她好像看见我和遥在一起了。”这是姐姐短信的内容。

从浴室出来的爸爸看见客厅里的我，和之前一样又吓了一跳。

“你还没睡呀。”

“啊，白天在新干线上睡多了，晚上有点睡不着。”

说着，我假装揉了揉并不困的眼睛，装作有点困意的样子跟爸爸说：“这次我真要去睡了，晚安。”然后就走出了客厅。爸爸也说了句：“晚安。”可是我回头一看，爸爸并不是对着我说的，而是正把后背对着我。他的心思肯定是在别的事情上，他应该是在找手机吧。我偷偷地揣着爸爸的手机不动声色地上了楼。

刚才翻看爸爸手机的时候我发现，下午六点的时候，有一条姐姐发来的短信。我没打开看内容，但估计是姐姐告诉爸爸我提前回来的消息。可是时隔八个小时后，姐姐又发来短信跟爸爸询问我的情况，这说明姐姐心中对我也有所芥蒂。

她提到了一个叫遥的人，恐怕就是我看见的和她在一起的那个女孩子。从姐姐的短信看，她很在意我看见那个女孩子，也许，从那个女孩子身上我能发现事件的真相。

不过，“万佑子失踪事件”已经全部解决了。但这里所说的“解决”并不单单指姐姐回来了，而且 DNA 鉴定证明她是爸爸、妈妈的亲生女儿。“解决”还包括一个重要事件。

那就是，作案的凶手找到了。

一个名叫岸田弘惠的女人到三丰市警察局自首说，是她诱拐了万佑子。她自首的时间是我上小学五年级、姐姐上初中一年级的那年四月初。正好也是万佑子姐姐失踪三年零八个月，姐姐回来一年零八个月的时候。

姐姐在学校成绩优异、表现突出，担任着班长职务，可是只有对于失踪那两年的事情始终顽固地闭口不言。但是，当友田警官把岸田弘惠的照片摆在她面前的时候，姐姐终于忍不住掉下了眼泪，承认那两年时间自己就是和这个女人一起度过的。

在法庭审判岸田弘惠的时候，家人没有让我出席，但外婆每次都去旁听了的。她把岸田弘惠在法庭上的证言完完整整地记录在了她的笔记本上，还从报纸、周刊上剪下相关报道贴在了笔记本里。

“我想有个孩子，我想当妈妈。”

这就是岸田弘惠的犯罪动机。但是，她要的孩子是有特定目标的，并不是所有孩子都行，必须是万佑子。

原来岸田弘惠是我爸爸初中、高中的同级生，一起读书的六年时间她一直暗恋我爸爸。在高中二年级的情人节，她还给爸爸送过巧克力呢。送巧克力这件事，可能岸田弘惠还是下了很大决心的，但是对于当时在学校非常受女生欢迎的爸爸来说，岸田弘惠的巧克力可能只是众多巧克力中的一个，并没有引起爸爸太多的注意。高中毕业后，我爸爸考上了东京的大学，而岸田弘惠则在县里的一所护士学校上学，以后见面的机会微乎其微了，她也就对爸爸断了念想儿。

后来，岸田弘惠进入县立三丰综合医院工作，成为一名护士。因为她有助产士的资格证书，所以在经历过几个科室的实习锻炼后，最终被分配到妇产科工作。于是，她也有了和爸爸再会的机会。可是，我爸爸对岸田弘惠已经没什么印象了。当爸爸陪着怀孕的妈妈到县立三丰综合医院参加新生儿沐浴培训班的时候，岸田弘惠刚好是那个培训班的讲师。

不过，爸爸根本没有认出她来，只是礼貌性地点了点头，自我介绍之后，说了一句："请多关照。"

可是，这对岸田弘惠来说可不是一件小事，她认为这是命运的安排。看到我妈妈的时候，岸田弘惠还有一种感觉，就是强烈的后悔。因为我妈妈虽然气质上比较贵气，但容貌却很一般。上学的时候，岸田弘惠以为我爸爸不会选择像她那样长相土气的女孩子，所以她自己也就放弃了对爸爸的追求。可是当看到我妈妈的长相还不如她时，她的心里又燃起了不甘心的念头，心想也许当年自己再努力一下，也能追求到我爸爸。在这样想的过程中，她渐渐地误以为我爸爸当年可能也对她怀有好感。所以我爸爸才会选择长相和她差不多的女人。她心里又产生了更加得寸进尺的念头，认为我妈妈即将生的婴儿本应是她为我爸爸生的。我妈妈生产的时候，岸田弘惠是助产士，当她看见婴儿的脸时，就更加确信了这一点。她在头脑中幻想，自己为我爸爸生的孩子应该就是这个样子。所以，她无论如何都想把这个孩子据为己有。她说自己曾经无数次幻想把这个婴儿偷回家，但最终还是理性战胜了冲动，暂时抑制住了偷孩子的念头。

“越是计划周密的犯罪，越难付诸实施。因为想得越多越害怕。”

在审判中岸田弘惠曾说过这么一句话。

当理性让岸田弘惠放弃了偷孩子的念头之后，她说为了让自己永远断绝这个想法，她决定辞去县立三丰综合医院的工作，离开这里。因为以后爸爸肯定还会经常带着孩子来这家医院做健康检查或看病。虽然附近也有几家私人儿童医院，但大多数父母在孩子小的时候还是更愿意带他们到出生的医院看病。

说不定那孩子还会来这家医院住院呢……

于是，岸田弘惠辞去了县立三丰综合医院的工作，搬到了三丰市隔壁的隔壁的福原市，在那里的一家私人泌尿科医院找到了工作。

八年后，岸田弘惠再次来到了三丰市的中林镇，因为朋友的孩子过生日，希望得到魔法少女的变身手杖作为礼物。在魔法少女系列商品中，那款手杖是最受欢迎的，一般是上架的同时就卖断了。岸田弘惠打电话给自家附近的“HORIZON”超市咨询，结果那家超市也卖断货了，但店方经过查询告诉她说三丰市中林镇的“HORIZON”超市还有货。

第二天，也就是八月五日，刚好岸田弘惠工作的医院下午休诊，她从医院回到家后，下午三点开着车就离开了家，赶往中林镇。岸田弘惠的白色小轿车只用于每天的上下班，所以并没有安装车载导航仪。结果她开错了路，开上了一条山路，那条路正好是大龙旧道，不过那条路也能通到中林镇。她说自己开了很久的山路终于开到县道上，然后就一边慢慢开一边打听“HORIZON”超市的方向。结果在路边她遇到了独自一人蹒跚前行的女孩。

因为当时天很热，岸田弘惠担心那个女孩子中暑晕倒在路边，于是她把车开过去停在路边，摇下车窗跟那女孩打招呼，问需不需要搭她一程，把她送回家。一开始那女孩也犹豫了一下，但看见开车的是个女性，也不像是坏人，可能也是实在走不动了，因此她就说了一声：“那就给您添麻烦了。”便坐进了汽车的后排座椅上。

女孩上车后，岸田弘惠问她家住哪里，可就在她回头看那女孩的瞬间，她忽然注意到这不就是当年那个女婴吗！就是自己从十多岁开始暗恋的那个男人的女儿！意识到这一点后，岸田弘惠像触电一样浑身颤抖起来，她抑制着自己强烈的喘息声，用颤抖的声音问那女孩叫什么名字。女孩回答的声音虽然很小，但很清楚，她说：

“我叫安西万佑子。”

“‘诱拐’，当时我的头脑中并没有这个词儿。但就是想把这个女孩带回自己的家。”岸田弘惠在法庭上说。

因为太激动，岸田弘惠把车开得飞快。后排的女孩告诉她，已经错过了去她家的路口。而岸田弘惠则对女孩说：“阿姨必须先去‘HORIZON’超市一趟，有一个紧急的东西要买，随后再送你回家好吗？”结果那女孩答应了。到了超市之后，岸田弘惠把那女孩单独留在车里自己去买东西。但是，魔法少女的变身手杖也已经卖完了，没有办法，她只好买了几件魔法少女系列的衣服。

“我在选衣服的时候，心里就感觉是在给万佑子选衣服。然后我和自己打了一个赌，心想当我回到车里的时候，如果那女孩子已经离开的话，一切就算了。但如果她还在车里的话，我就一定要把她带回家。”

结果，那女孩子一直安静地等在车里。岸田弘惠就下定决心不再犹豫，在错误的道路上越走越远。发动汽车之后，她不再理会那女孩子，直接开上国道不停地加速飞奔。这回岸田弘惠没有迷路，走最近的道路回到了福原市。

“那孩子在车里也没有大闹，只是不停地哭着跟我说要回家。于是我就跟她解释，当然是我编的瞎话啦，我说我才是你的亲生母亲，我说我上中学的时候就和你爸爸谈恋爱，原打算毕业就结婚的，但没想到你妈妈插了一脚进来。当时你爸爸在她家的公司上班，还威胁他如果不跟她结婚的话就开除他。最后，我跟你爸爸相拥哭得死去活来，结果也不得不分手。那个时候，我的肚子里已经怀了你。原本我打算把你生下来后，就和你两个人相依为命。但没想到就连你也被那个女人从我身边夺走了……在给万佑子讲这些瞎编的故事时，我自己也产生了一种错觉，认为我说的是真的，最后把我自己都说哭了。我不知道万佑子相信了多少，但当我把车开到家的时候，她一言不发地下了车，跟在我的身后上了楼。”

岸田弘惠还对万佑子姐姐准确地说出了她出生时的身长、体重，还有右侧肩胛骨下方的一颗黑痣。以前我还经常和万佑子姐姐一起洗澡，但我却不知道她那里有颗黑痣。岸田弘惠绘声绘色地给万佑子姐姐描述了她婴儿时期的样子。于是万佑子相信了她的话，认为自己是这个女人的亲生女儿，决定和她一起生活。

在万佑子姐姐失踪之初，因为媒体大肆报道，所以她一直被岸田弘惠关在家里闭门不出，而岸田弘惠表面上也过着以往的平静生活，第二年一开年她就辞掉了工作，带着万佑子辗转于大阪、名古屋等地……但是，又过了一年，她决定把万佑子送回家。

“那孩子想去上学，是我要送她回家的首要原因。不过，我自己心里也觉得，唉，差不多了，也是时候把她送回去了。因为我发现随着时间的流逝，那孩子一点点长大，她的容貌、身材越来越像她妈妈。”

于是岸田弘惠告诉万佑子自己之前所说的都是瞎编的，并恳求她回去之后要假装失忆，千万不能把这两年间发生的事情说出去。她告诉万佑子，装失忆对万佑子也有好处，虽然是骗家人，但这样更容易被家人接受。如果说出实情，搞不好妈妈不会原谅她，因为这两年她轻易地就把别人认作了自己的妈妈，亲生母亲心里一定会很难受。

“我来自首，也并不是内心的罪恶感作祟。虽然那两年时间我没有送万佑子去上学，但我对她的照顾和教育也非常用心，我并不觉得自己干了什么坏事。

“我对万佑子父母倒是心怀歉意，我本打算在这个事件超出法律追诉期的时候给他们写封信道歉的。”

那么，到底是什么原因驱使岸田弘惠来自首的呢？

“因为我听说了弓香事件，弓香也回家了，但是她被诱拐后的生活遭到了媒体曝光，原来她被一个变态男囚禁在狗屋里好几年，过着猪狗不如的生活。我担心的是万佑子被世人误解，认为她也有那样的遭遇，那样所有人都会戴着有色眼镜看她。如果是那样的话，我就不单单是从父母身边夺取她两年时间，而是毁了那孩子的一生。所以我要来自首，要把事情的真相说出来，还万佑子一个清白。”

最终，岸田弘惠被判处五年监禁。

这时坐垫底下传来了手机震动的声音，那是爸爸的手机，我并没有理它。

姐姐的 DNA 鉴定结果也好、犯人自首的经过也罢，像是强加给我的，我不得不接受。在平时的生活中，只要感觉到姐姐的言行有漏洞，我就会在心里说：“冒牌货！”

在这个生我养我的家里，我倒像是一个看客，每天看着别人的家庭演绎着幸福的连续剧。我在舞台之下，他们在舞台之上；我在大幕这边，他们在大幕那边；我在屏幕外面，他们在屏幕里面……虽然我和他们离得很近，但我无论如何也摸不到他们。

我上高中一年级的时候，事情发生了一丝转机。一天，我百无聊赖地看着电视中的新闻节目，结果一个令人难以置信的报道吸引了我的眼球。报道中说，在 20 世纪 90 年代后期发生的一起杀人案中，根据 DNA 鉴定判定的男性凶手，如今证明他是被冤枉的。

报道评论说，那个时代的 DNA 鉴定因为技术上的不足，并不完全可靠。这则新闻令我兴奋不已。

我买了一份载有同一报道的报纸，带着它去了外婆家。我已经上高中，上学不用妈妈接送了，所以我想去哪儿自己就可以去。放学后，我背着父母偷偷地去了外婆家。外婆看了我带来的那份报纸，就觉察到我想说什么。我还把自己调查到的一些情况讲给了外婆听，讲述的过程中我难掩心中的兴奋。

“我用学校的电脑上网查了一下 DNA 鉴定，结果查到了很多相关信息。网上说，不仅仅血液和口腔黏膜细胞可以用来做 DNA 鉴定，就连头发、吃剩的苹果核都可以用来提取 DNA。这一两年来，DNA 鉴定技术发展得很快，即使用头发也能做出准确率高达 99% 的 DNA 鉴定。所以……”

“结衣子。”

外婆打断了我的话。她的声音就像一片嘈杂声中的一记银铃响，好像是要让我冷静一下。从前两年开始，外婆的身体状况就开始变差，反复住了好几次医院。就感觉她一下子老了很多似的。但是，现在的眼神又显露出了当年万佑子姐姐失踪时她跑前跑后帮我们寻找姐姐的犀利。外婆盯着我说：

“万佑子是你货真价实的姐姐，你们都是爸爸、妈妈亲生的孩子。什么 DNA 鉴定、电脑上网，当你用这些自己也搞不清楚的方式来调查你姐姐的过程中，头脑中的疑团只会越来越浓。因为这个疑团是你自己制造出来的。结衣子，你应该抛开心中的怀疑，用心去和姐姐交往，渐渐地，你就能发现她是你的亲姐姐。”

“我和她交往得越多，越能感受到她是假冒的！”

我这样喊着，冲出了外婆的家。其实我希望外婆听了我的话后，向爸爸、妈妈提出再给姐姐做一次 DNA 鉴定的建议。即使外婆不会提出这样的建议，我心想至少外婆也应该当我的同盟，哪怕附和我一句：“嗯，我也觉得可疑。”我的心里也会感到一丝安慰。但是，现在外婆不但没站在我这一边，还怪我不应该怀疑姐姐，这让我觉得很沮丧。但我怎么也没想到，那次竟然成了我和外婆的诀别。

外婆的葬礼过后没几天，冬实姨妈交给我一个大纸箱，上面印着很大的卫生纸商标。纸箱上写着四个字：“结衣子收”。我打开箱子一看，里面有一个笔记本，就是外婆记录万佑子姐姐失踪事件的那个笔记本。另外还有两个小塑料整理箱，一个是粉红色的，一个是天蓝色的。那是万佑子姐姐失踪之前我们姐妹两个周末去外婆家小住的时候使用的生活用品。我想里面会不会有外婆留给我的信，可是把纸箱翻了个遍，也没有其他带文字的东西了。

这时我们的儿童房已经隔成了两个独立的小房间。就在我把东西都收拾好装回纸箱的时候，姐姐推开了我的房门。她告诉我，她烤好了小点心，让我下楼去吃。但是她的目光却停留在了那个大纸箱上。我连忙盖上了纸箱的盖子，用黏性不太强的胶带把口封上了。

“这是外婆留给你的吧。外婆只给我留下一个小信封，里面装了四张迪士尼乐园的门票。外婆还写了个字条说：‘你小的时候，一家人去迪士尼乐园玩过，希望你们能像以前再去开心地玩一次。’话说，你的箱子里装的是什么？”

“里面的东西没什么重要的，倒是这个纸箱最有意义。我想不用我详细解释你也知道吧。”

“啊，是吗？是啊。”

姐姐支支吾吾地回答了一句，紧接着说："我要去沏红茶了。"就转身快速下楼去了。

看吧，她就是冒牌货。听着姐姐匆忙下楼的脚步声我在心里小声嘀咕道。我认为外婆选这个纸箱是有特殊用意的，如果只是为了装两个小整理箱和笔记本，根本用不到这么大的纸箱。她选的纸箱和那个夏天的下午我和姐姐一起去神社后山搭小房子时从杂货店"丸一"要来的纸箱一模一样。

看来外婆还是注意到了。所以，她不单单把我的天蓝色整理箱给了我，还把万佑子姐姐的粉红色整理箱也留给了我。而给姐姐留下四张迪士尼游乐园的门票，是因为她也知道这个女孩子并不是万佑子，她冒充万佑子，可能以前也没去过迪士尼乐园，外婆觉得她可怜所以送她迪士尼乐园的门票。

我就这样根据外婆留下来的遗物，一厢情愿地猜想着外婆的真实心意。这样做，也是为了让自己尽量不去想最后一次和外婆见面时她所说的那些话……

在这一过程中，有一个非常简单的细节我一直没有注意到。

在考虑 DNA 鉴定的准确性之前，还有一个重要的问题，那就是鉴定的对象到底是什么人。这个问题我一直给忽略了。

楼下忽然传来一阵慌乱的声音。只听见噔噔噔上楼的脚步声，而且不是一个人。随后就是"嘭"的一声，我的房门被重重地撞开了。

"结衣子！"

姐姐呼呼地喘着粗气，瞪着眼睛上下打量着我。我看见她额头上淌着大滴大滴的汗珠，可能是跑着来的，脸颊都红了。

“你回来啦，姐姐。”我望着姐姐说。

“你的手……”

我向着姐姐伸出了双手。

“欸？怎么回事？”姐姐用责备的语气问我。

“怎么了？你们这么慌张地跑回来是怎么回事？”我反问道。

姐姐转过身去对身后的爸爸说：“刚才不是爸爸给我发的短信吗？说结衣子割腕了，让我赶快回来。”

“什么？我没有发过这样的短信啊！”爸爸一头雾水地说。

“这……”

姐姐又转向了我，我从坐垫底下拿出爸爸的手机，在她面前晃了晃。

“结衣子，是你拿爸爸的手机发的短信？！”

“是啊，我不这么做姐姐你也不会回来呀。也不会带那个人回来让我看到。”

姐姐呆立在门口，她后面紧跟着爸爸，再后面还有一个人，就是白天我在车站看见的那个和姐姐在一起的女孩子。她正伸着脖子向屋里窥视我的样子，当我把目光直直地射向她的时候，她有意为了隐藏自己的脸而低下了头。可是，我的视线并没有从她身上移开。

“你才是万佑子姐姐吧？”

那女孩子低着头还在往爸爸身后躲。因为她的额角被头发盖住了，我看不见她右眼角是否有伤痕。

“你在乱说什么呢！她是我的朋友，她叫遥。因为担心你，所以也跟着一起来了。”

姐姐走进我的房间中。

“姐姐，你不要再当着我的面编谎话了。我去做了 DNA 鉴定。你知道吗？现在有很多民间公司可以做 DNA 鉴定，只要在网上预订就行了，费用也只是我打工一个月的工钱而已。”

“你干吗要做那种事？可是，结果应该和以前一样吧。”

姐姐为了把紧皱的眉头揉开，借着用一只手揉眉头的机会，把脸挡住了一半。我端坐在房间中，从姐姐的手指缝中看着她那张透着不快的脸。

“姐姐到底是不是爸爸、妈妈的亲生女儿这是一个很重要的问题，但是，在此之前还有一个更重要的问题需要弄清楚。”

“什么问题？”

“姐姐你和失踪前的万佑子姐姐到底是不是一个人？”

虽然姐姐的脸被挡住了一半，但我也能看出她的表情瞬间变得扭曲了。

“外婆留给我的遗物中，有失踪之前的万佑子姐姐的日用品。虽然在我们家里，我和姐姐共用梳子、扎头发的橡皮筋，但是去外婆家的时候，她给我们俩分别准备了这些日用品。在万佑子姐姐的梳子上，还残留着几根头发。我对这几根头发做了 DNA 鉴定。至于结果……我想不用我说你心里也清楚。

“如果你说遥不是以前的万佑子姐姐，那么作为证据，请给我几根遥的头发！”

这次姐姐用双手捂住了脸。实际上，我并没有去做什么 DNA 鉴定。一幅画了很多层画的作品，表面的那几层画已经被我一一剥落，最底下那层最原始的画面已经基本上露出了原形，现在我把它摆到了姐姐面前。很快，姐姐的伪装也要被拆穿了，她的真实面目即将浮出水面。或者说……

或者说我很快就能亲手触摸到几层褥子之下的那颗豌豆了。

“结衣子。”姐姐放下捂在脸上的双手，直视着我的眼睛说，

“对你来说，真正的万佑子到底是什么？”

真正的万佑子！现在，就是眼前这个打着安西万佑子的名号过着正常生活的姐姐。但是，她并不是真正的万佑子。

“是失踪之前的万佑子姐姐。”我毫不退让地回答道。

以前，即使我发现了一些指证姐姐是冒牌货的小证据，最终被打败的都是我，因为姐姐总是一副大义凛然、不可置疑的样子。不过我也知道，那只不过是她的一种逃避方法。

“那我是什么人？”

“嗯……”

本来我想强硬地说出我的结论，但是忽然发现自己在这个问题上并没有获得答案。虽然眼前这个在神社牌坊前被发现的女孩子被认定是我的姐姐，但是第一次在医院见到她的时候我就觉得不对。可是，至于她是谁、她从哪里来，我还真没有认真思考过。不过，从外婆的笔记本中也许能够找到答案。

“你不是岸田弘惠的孩子吗？”

出于某种原因，岸田弘惠不得不放弃自己的孩子，所以她诱拐

了万佑子姐姐，并把自己的孩子送到了我们家。对于我的这个说法，姐姐无可奈何地叹了口气说：

“DNA 鉴定结果已经证明，我是安西忠彦和春花的亲生女儿。结衣子你也知道这个结果。如果你觉得当年的检查不太可靠，那现在可以再做一次呀，我愿意再做一次 DNA 鉴定。”

恐怕结果还是一样的吧。但是，这样也就等于姐姐承认了自己和失踪前的万佑子姐姐不是一个人。可是，以前的万佑子姐姐又是谁呢？

“岸田弘惠在法庭上说，她一直爱着我爸爸。恰巧我妈妈生万佑子姐姐的时候，岸田弘惠是助产士。她说当时她产生过把那个婴儿带走的念头，但后来放弃了。可是八年后一个偶然的机会让她把万佑子姐姐拐走了。我认为她在说谎，实际上，万佑子姐姐刚出生的时候，就被岸田弘惠带走了。”

“那爸爸、妈妈从医院带回家的孩子，是哪儿来的呢？”

“那正是岸田弘惠的孩子呀。”

姐姐一脸无奈的表情，似乎都懒得搭理我了，她用手揉着自己的眉头。然后说：

“岸田弘惠并没有生孩子的经历。即使她偷偷地在什么地方生过孩子，那会是什么时候生的呢？我出生的同一天？早我一天？早我三天？还是一个礼拜之前？新生儿每天都在长，即使把早一天出生的婴儿当新生儿来骗父母，恐怕也会被一眼识破吧。”

“没准是岸田弘惠算准了妈妈生产的日子，从别的地方弄来的同一天的新生儿呢。比如那天刚好有人遗弃新生儿，岸田弘惠可以去弃婴救助站认领一个孩子呀。或者那天刚好有孕妇来医院堕胎，岸田弘惠想方设法说服了那孕妇让她把孩子生了下来，并得到了那个婴儿……”

“唉，真是的！只有怀孕初期才能堕胎。再有，你是想说岸田弘惠从那个时候就开始谋划诱拐了吗？你真是异想天开……算了吧，我不想再听你说了。”

从姐姐的表情我可以看出，她心里一定在想：我这个妹妹是白痴吗？以前，在我的空想之中，姐姐总是用那种表情面对我，但现实中，这还是她头一次对我露出那样的表情。

“不管当初是个什么情况，哪怕真的是我被别的婴儿替换了，结衣子，随你怎么想。但是，对你来说，那个人才是你心中真正的万佑子，对不对？不管再过几年、再过几十年。即使我和你一起生活的日子远远长于你和那个万佑子一起生活的时间，在你心目中，我也不会是真正的万佑子。”

“这……”

实际上，和我有血缘关系的正是眼前这个姐姐。可虽然DNA鉴定已经证明了这一点，但我为什么还是无法接受她呢？这到底是为什么呢？

“真正的万佑子对你来说是一种超越血缘关系的存在，比我重要得多。结局就是这样，不管到何时，你都不会接受我，大家都会质疑我。”

姐姐的眼角、嘴角渐渐垮下来，泪水从眼睛中滚流下来。她的情绪已经决堤，埋藏在心里、积压了太久的秘密终于从她嘴里说了出来……

从我记事的时候开始，我就知道自己的名字叫“遥”，我相信和我一起生活的女人就是我的亲生母亲。

我没有爸爸，生活也不算富裕，但是我身边有像父亲一样的人，而且妈妈对我也非常温柔体贴，所以我从没对自己的生活感到任何不满足。

可是，在我上小学三年级的时候，妈妈告诉我，我刚出生的时候在医院被调了包，所以才来到了这个家。我本来的名字应该叫“万佑子”。知道自己的身世之后我非常震惊，但我还是想留在妈妈身边和她一起生活。我那时的心情和结衣子有类似的地方。我得知自己的亲生父母生活在另外一个地方，他们经济条件优厚，对自己的子女也是疼爱有加，都是不错的人，但是，对我来说，养育我八年之久的这位母亲，才是我“真正的妈妈”。我想，我和那个与我调换的孩子，以及双方的父母都会这么想。以后也许偶尔会和亲生父母见次面，但我坚信现在的生活状态会一直持续下去。

但是，我的妈妈却跟我说：“你还是回到真正的爸爸、妈妈身边吧。”虽然我了解了自己的真实身世，但是，和妈妈分别实在是一件太痛苦的事情，所以我一直央求妈妈不要把我送回去，我想和她生活在一起。可是，忽然有一天，曾经和我调换的那个女孩子真的来到了我们家，还要和我们一起生活。我实在不能忍受那个女孩子一脸理所当然的样子也管我的妈妈叫妈妈。其实，我并不是想念我的亲生父母，而是无法忍受有人闯入我们的生活还要取代我的位置。

所以才产生了离开这个家，回到亲生父母身边的想法。

一开始，我一直以为，即使是和妈妈有血缘关系的真正的女儿回来了，妈妈也会更加疼爱我，毕竟我和妈妈一起生活了八年时间。最初，我抱着这样的期待和那个女孩子一起生活，但是，随着时间的推移，妈妈的视线开始向她的亲生女儿身上转移，渐渐地，在家里我似乎成了透明人。从那时起，我就下定决心回到亲生父母身边。

我相信，虽然我在别人家作为别人的孩子生活了十年时间，但因为血浓于水的关系，只要我回到亲生父母家中，立刻就会被家人接受，就跟那女孩子来到我家一样。但说实话，我心里还是有一些不安的。

万一亲生父母不接受我，那我可如何是好？

结果，在亲生父母的家里，我也并没有完全被接受。

更令我难过的是，在曾经养育我十年的妈妈眼中，并不是她的亲生女儿一来到家里妈妈就更喜欢她，而是在将那个女孩子和我进行比较之后，慢慢更加喜欢她的。到了新家——亲生父母的家中，同样的事情也发生了，和我有血缘关系的真正的亲人，也是更喜欢以前的那个孩子。

我装作失去记忆，是为了保护养育我多年的母亲。但是，还不能假装忘掉所有的一切，那样我作为安西家孩子的人生该如何继续下去？再有，假装完全失忆容易露馅儿，搞不好一个动作、一个眼神就能被医生或警察以及家人看穿。

对于我来说，失去的记忆只有和妈妈一起度过的八年时间，再加上和那女孩子一起生活的两年时间。我在学校里有很多朋友，我也很喜欢我的班主任老师。回到亲生父母的身边，就意味着我要和这些人分别，要和以前生活中的所有人以及这块土地分别。

我也知道，要让自己变身成安西万佑子，当然是头脑中一片空白，失去所有记忆最好。那样和新的家人生活在一起会轻松一些。但是，我不能这样做，我只能忘记自己十年的真实记忆，同时“记起”我所没有经历过的八年记忆——那女孩子失踪之前的八年记忆。还要假装忘记了失踪这两年发生的所有事情。在新的家庭——亲生父母的家庭中，我要和从不认识的那些“亲人”交往，还必须知道以前发生的一切。

我到底是谁？有时连我自己都会被这个问题难住。但是，不管有多么艰难，我都喜欢在新的家庭中有个新的开始。我希望那些原本应该无条件接受我的真正的亲人能够喜欢我、爱我，因为我的归来而感到无比开心。但那只是我一厢情愿的期望。

可是，不管我怎么努力，怎么模仿那孩子的样子，还是一直被结衣子、外婆、外公怀疑。这也是没有办法的事情，毕竟我和她不是一个人。可尽管如此，我的心中还是有所期待。虽然我不是那孩子，但毕竟我和这家人存在血缘关系，我希望他们能靠第六感什么的认出我、接纳我。电视剧里不经常这么演吗？出于某种原因从未谋面的父子或兄弟，在毫不知情的情况下相遇了，结果彼此产生了一种类似于触电的感觉，这就是所谓的“心电感应”吧。我希望我和真正的家人之间也会产生这样的电流。可是在我的现实生活中，那样的情况一次也没发生过。我很失望，心想第六感什么的是靠不住的。于是，我决心靠自己的努力成为这个家庭中的孩子。

首先，我想尽早去上学。因为担心在学校里被同学发现我曾经被“诱拐”的经历而戴着有色眼镜看我，所以爸爸、妈妈帮我找了一所很远的私立学校，而且在学校里我还改了姓。改用妈妈结婚前的旧姓——樽原。我每天都提心吊胆的，在学校生怕被同学们看破我就是曾经被诱拐的“安西万佑子”，可回家以后，也怕被家人以及周围的邻居看穿我并不是原来的“安西万佑子”。不过，最令我害怕的事情，莫过于不被家人接受。

我原来生活的地方，已经被那个女孩子占据，我被送到了一块新的土地上，开始了新的生活。除了安西家，我已经无处可去。和那女孩子在一起生活的时候，我听她讲过，我爸爸毕业于东京一所名牌私立大学，爸爸非常聪明，万佑子应该遗传了他的基因，头脑也应该超出常人。于是我想，首先我应该从这一点上获得家人的认可，所以我开始拼命地努力学习。虽然一开始我也担心，如果我表现出学习上的能力，会不会让人怀疑我失忆的真实性？但是，我心里也有一半希望让别人看穿我的真实面目，因为那样我会活得更轻松一些。

结衣子始终都不愿接受我。最初我以为是因为我对猫过敏，导致她不能在家里养猫所以她对我怀恨在心，但不久我就明白了，她不接受的原因远非这么简单。她已经看穿我不是以前的万佑子姐姐，而且，她对万佑子姐姐的爱超过我无数倍。

只要一有机会，结衣子就会试探我。因为以前我跟那女孩子一起生活了两年时间，她跟我讲过许多有关结衣子的事情，再加上接送我上下学的路上，妈妈也会在车里给我讲一些家里的事情，所以最初我还能应付结衣子的刁难。但是渐渐地，结衣子的问题慢慢转向了只有她和那女孩子才知道的事情。每当遇到这种我无法回答的问题时，我就会打电话给那女孩子，向她请教答案。基本上都是在学校门口的公用电话亭打的电话。遇到下雨天，我后面会排很多孩子等着给家人打电话，催他们快点来接自己，可是我一打就很久，所以他们经常会不耐烦地催我："请你快点！"电话那头的那女孩子每次都会耐心地给我讲该如何回答结衣子的问题，而且遇到这种情况的时候她的声音总比平时要雀跃一些，因为她能感受到结衣子对她的爱，这让她产生无比的优越感。而留给我的只有嫉妒，所以每次挂断电话的时候，我几乎都是把电话听筒砸在电话上的。

当外公提出要给我做 DNA 鉴定的时候，我大吃一惊，因为我头一次知道原来还有这种亲子鉴定方法。竟然可以用科学的方法证明我是这家的孩子。当时妈妈大为光火，因为她知道内情，所以她对那些怀疑我的家人感到愤怒。因为我对自己的身份很有自信，因此觉得这是一个绝好的机会，于是就主动接受了外公的提议。

DNA 鉴定结果出来后，外公给我买了一个玻璃盒子装的高级日本偶人。还跟我道歉说："把你的女儿节搞糟了，真不好意思。"我非常开心，因为那是外公亲自给我买的礼物，他已经认可了我是他的亲外孙女。外婆也对我说："有时间大家一起去迪士尼乐园玩嘛。"

那时候，只有一个人还不认可我是这个家庭的一员，就是结衣子。我们一家四口人一起做点什么事呢？虽然以前我不在这个家里，但我想以后尽量多制造一些一家人在一起的时光。所以我开始不停地做糕点。因为我曾几次提议我们一起开车出去玩，但结衣子总是以晕车、头痛为理由拒绝了，所以一次也没有成行。但大家一起吃点心，结衣子倒是没有拒绝过。所以我就不停地做糕点给家人吃。我相信，只要家人在一起的时间增多了，结衣子总有一天会认可我这个姐姐。

但是，关于外婆让我们一家人去迪士尼乐园玩的提议，结衣子说什么也不去。外婆都帮我们买好了四张迪士尼乐园的门票，结衣子还是不愿去。其实我知道，外婆也已经觉察到我和失踪前的万佑子不是一个人。我住院的时候，外婆就曾一个人来看望我，当时她带了一大盒“白玫堂”的蛋糕。她甚至考虑到了病房里的其他患者和家属，所以一下买了十五个蛋糕，囊括了“白玫堂”的所有品种。外婆拿着这盒蛋糕先让我选，说：“万佑子，你先选一个你最喜欢的。其他的我再分给病房里的其他人。”关于“白玫堂”的蛋糕，那女孩子跟我讲过，但已经是很久以前的事了，她喜欢哪一种我早已记不清了。是巧克力口味的吗？还是芝士口味的？当外婆把蛋糕摆在我面前的时候，我急坏了，真想找个机会溜出去给那女孩子打个电话问一问。

看出了我焦急的样子，于是外婆和蔼地对我说：

“现在，你选你自己喜欢的就行了。人的味觉、喜好什么的，是会改变的。以后的人生还长着呢。你可以尝试喜欢各种各样的新事物，并享受这种改变。”

最后，我还是高中毕业的时候，和三个好朋友一起去了次迪士尼乐园玩。而且，我考本县内的大学，就是不想离开家。成为这家的孩子已经有八年之久，但我想，如果我离开这个家的话，肯定还是会有家人长出一口气吧。不仅仅是结衣子，恐怕爸爸、妈妈也把我当作一个异类。我真的害怕我离开之后他们会这样想，所以我还是决定就在附近上大学。

我……其实不应该恨岸田弘惠的，她也没有必要去自首。但是我发现在自己的内心深处，对她还是怀有恨意的，我真的无法原谅她。如果我一生出来就在这个家庭中长大，那我现在该是多么自由、多么幸福啊。

而且，我和结衣子也会是一对要好的亲姐妹啊。

姐姐好像还有话要说，但似乎在酝酿什么似的忽然沉默了下来。她带着一种似哭非哭、似笑非笑的表情望着我闭上了嘴。她唯一的一个亲妹妹——我，却不认可这个姐姐、不接受这个姐姐，并一直在刁难她。但是，不相信她是我亲姐姐，这都是我的错吗？整个事件中只有我一个人不对吗？如果她早一点把这些话说出来，我也许不会像现在这么顽固吧。家里的其他人不知道这些事，不也都接受了她吗？不对，他们真的什么都不知道吗？

"我想问你三个问题。"

也许其中有些问题不该由姐姐来回答，但我还是向她提出了我的疑问。

"第一个问题，诱拐前后的万佑子不是一个人，而且后来回来的你才是真正的万佑子，这件事爸爸和妈妈已经知道了？"

听到这个问题后，如果姐姐不好回答，并把目光投向爸爸的话，那就说明爸爸、妈妈早就知道这个事实。但是，虽然姐姐把视线从我身上移开，但并没有转向爸爸，而是低下头盯着自己的手指甲一言不发。相反地，我把视线投向了爸爸。

“对不起！”爸爸轻微地点了点头小声说道。

虽然我很想继续追问爸爸几句，但转念一想，还是等把其他两个问题问完再问爸爸比较合适。

“第二个问题，姐姐你所说的‘那个女孩子’到底指的是谁？”

“第三个问题，姐姐你在八岁之前一直喊妈妈的那个人，真的是岸田弘惠吗？”

姐姐依然没有抬头。这次，我没有把目光投向任何人。但我预感到答案可能会从爸爸背后传来。

“‘那女孩子’指的就是我。但是，岸田弘惠不是我妈妈。”说着，遥走进我的房间，坐在了姐姐旁边。

遥右眼角旁边那个豆荚状的伤痕毫无疑问地证明了她就是被拐走之前的万佑子姐姐。她的脸上到处都残留着我印象中的万佑子姐姐的特征。而且，更令我心灵震撼的是她的声音。虽然她只短短地说了那么一句话，但是，那个被封印在内心深处，曾经给我读过无数本故事书的万佑子姐姐的声音再一次被唤醒了。但是，她的话中有一点还是让我无法想通，遥竟然说她不是岸田弘惠的女儿。

“岸田弘惠是我妈妈的妹妹……”

“这个可以说吗？”

姐姐急忙打断遥的话。遥朝着姐姐点了点头。

“我和万佑子都回到了亲生母亲身边，岸田弘惠阿姨也自首了，我以为这一切就都结束了，但是我想错了。原来结衣子你时隔这么多年对这件事都无法释怀。今天甚至用这种方式把我们都叫来，可见这件事在你心中有多么沉重。这是我没想到的。对不起！”

说着，遥用怜悯的目光望向了我。虽然她的脸是我想念已久的万佑子姐姐的脸，但那个眼神却在一瞬之间让我感到讨厌。我忽然想起了布兰卡的一个表情，当我把巧克力递到它鼻尖的时候，它会用一种鄙夷的眼光看我一眼，好像在说：“你不知道我不能吃巧克力吗？”然后坚决地扭过脸去。

“你不是从电话里知道我一直都在怀疑姐姐吗？”我问道。

“当时我以为结衣子你只是想当个少女侦探，把调查你姐姐当个好玩的事呢。我当时总回想你和外婆一起痴迷于悬疑电视剧、山妖传说的情景。所以，万佑子一给我打来电话说你又刁难她了，我就想起你那令人怀念的可爱样子，于是我会情不自禁地笑出声来。没想到，我当时的这个举动竟然无意中伤害到了电话那头的万佑子。”

“你觉得我怀疑冒充的姐姐，是闹着玩吗？”

“但是，你们真的是亲生姐妹啊，DNA 鉴定都已经证明了的。”

遥这话的意思好像还是觉得整件事都错在我身上。好像是在质问我，为什么就不能接受自己的亲姐姐呢？毕竟是有血缘关系的，不管发生什么事，都应该接受自己的亲姐姐啊。

“姐妹，是应该无条件信任对方的伙伴。只是有血缘关系、只是同一对父母所生，就能建立起这样的信任吗？”

“我不知道。但是，结衣子，到现在我还一直把你当作妹妹。《豌豆公主》的实验、在神社后山搭小房子的事情，现在还能活灵活现地出现在我的脑海里，就像发生在昨天一样。今后，结衣子如果你有什么事需要我为你做的话，我会义不容辞为你付出一切……啊，说到这儿，我似乎多少能够理解岸田弘惠阿姨的心情了。”

遥按着我、姐姐、爸爸的顺序把在场的人环视了一遍，然后自言自语似的说了一句：“我把真相都说出来吧。”接着她正了正身子。我知道“万佑子姐姐”要说出我所不知道的事情了，但不知为什么，我只感觉她要给我讲一个很久很久以前发生在遥远国度的故事，于是不自觉地竖起了耳朵。

当年偷换婴儿的，确实是岸田弘惠。但是，她的动机却并不是在法庭上说的那样。这个故事还有一个很重要的人物，就是岸田弘惠的姐姐——岸田美奈子。美奈子比弘惠大两岁。美奈子上初中三年级、弘惠上初中一年级的时候，她们的父母因为车祸双双去世了。按常理说，在以后的日子里，应该是姐姐成为妹妹生活的支柱。但对于这两姐妹来说，情况却恰恰相反，原因是美奈子身体有病。美奈子一出生，就被检查出有先天性心脏病。她上小学之前还接受了一次成功率并不高的心脏手术，幸运的是她的手术成功了，但之后的身体也一直不太好。她们的父母，尤其是母亲，从小就对妹妹弘惠说：

“以后你可要好好照顾姐姐呀。爸爸、妈妈肯定比你们先离开这个世界，我们生你，就是为了让你以后照顾姐姐。”

这就像一个咒语印在了岸田弘惠幼小的心灵里。人活在这个世界中，肯定有他活着的意义。但是，世界上也有很多人从来不会深入思考自己活着的意义到底是什么。

关于自己活着的意义，如果你在学校里问同学、朋友，没有人能准确告诉你，即使问老师，恐怕老师也无法给你真正适合你的答案。但是，岸田弘惠却从小就明确知道自己活着的意义。而且，她把照顾姐姐、保护姐姐当作了自己的使命。美奈子和弘惠的父母也没有想到自己会那么早就离开人世，当这个家庭只剩姐妹二人的时候，弘惠保护美奈子的决心就更强了。特别是两人被送进孤儿院之后，因为身体弱，姐姐美奈子动不动就发烧卧床，那时，弘惠每次都会不分昼夜地守护在姐姐身边。也正是从那时开始，弘惠下定决心将来要当一名护士。

姐妹俩长大成人，进入社会自立之后，依然共同租住在一间公寓里。弘惠在县立三丰综合医院当护士，美奈子在市里的一家纺织公司当事务员。弘惠依然执着地坚守着自己守护姐姐的使命，但美奈子已经有了恋人。美奈子的男朋友是公司的同事，姓立川。立川告诉弘惠他打算和美奈子结婚，而且立川的父母也已经同意了二人的婚事。弘惠觉得自己的使命即将结束了，守护姐姐的任务就交给这个男人了，于是为他们送去了祝福。但是，天有不测风云。情侣二人都已经把举办结婚仪式的酒店选好了，就在要正式举办婚礼的前几天，立川不幸出了车祸，离开了人世。失去独生子的立川父母痛不欲生，但是却对同样痛苦的美奈子说出了一句十分恶毒的话："这都是你的缘故！我儿子和你父母一样死于车祸，这都是你给害的，你就是死神化身的女人！"弘惠听了这话后非常生气，告诉姐姐不要听他们的傻话，他们也是悲痛过度，冲昏了头脑。但是美奈子却把那句话当真了，认为未婚夫的死和父母的死都是自己的错。

尽管弘惠一再安慰、开导姐姐，但美奈子还是无法走出困境，终日沉浸于悲痛和自责之中，不思茶饭、无心睡眠，身体也愈加虚弱，每况愈下。弘惠心想，不能再这样下去了，再这样下去的话，姐姐也将不久于人世。

但是，一个意外的情况让美奈子放弃了寻死的念头，因为她发现自己怀孕了。这时，弘惠鼓励姐姐说："姐姐，你要振作起来！先把孩子生下来，以后我担当爸爸的角色，把这个孩子抚养成人！"美奈子终于又有了活下去的动力。

可是，就在怀孕中期，美奈子去附近的一家妇产医院做例行产检的时候，医生说胎儿的胎心音有异常。美奈子很沮丧，心想自己果然是死神的化身，就连胎儿也被自己连累了。她又失去了生活的气力。弘惠劝姐姐应该去她工作的县立三丰综合医院再检查一次。在三丰综合医院的妇产科进行检查之后，岛津医生告诉美奈子并没有发现胎儿的胎心音存在异常。但美奈子对这个结果心存怀疑。面对几近陷入半神经病状态的姐姐，弘惠就像和尚念经一样不停地在她耳边说："姐姐，你一定能生出一个健康的宝宝！"可是，弘惠心里也没有自信说姐姐百分之百就能生出一个健康的宝宝。因为她头脑中依然清晰地记得美奈子姐姐小时候病弱的样子，以及为了照顾生病的姐姐而疲惫不堪的父母的身影。不仅如此，小时候的弘惠还多次从门缝中偷偷看见爸爸、妈妈为了给姐姐筹措昂贵的手术费而暗自发愁的样子。那个时候，爷爷、奶奶、外公、外婆还健在，最后是他们分别卖了自家的田地才凑够钱给姐姐做的手术。

而现在的自己和姐姐，没有人可以依靠。对于立川的父母，她们甚至不想把美奈子怀孕的事情告诉他们。必须让姐姐生一个健康的宝宝，必须！对了，如果给她一个健康的宝宝就行了呀。这时，弘惠想到的是为姐姐偷换一个健康的婴儿。根据岛津医生的诊断，美奈子肚子里怀的是一个女孩子，但也并不能百分之百确定。弘惠开始在妇产科中物色人选。她首先要找健康状况良好的孕妇，那样她生出的婴儿才会比较健康。其次，她还要选家境比较富裕的家庭，因为把美奈子的孩子换到那家后，她希望那孩子能过相对比较富裕的生活，而且即使身体不好，对方也有条件为她治病。恰巧就在这时，弘惠在自己主讲的新生儿沐浴讲习班上遇到了中学时代的暗恋对象安西忠彦。高中毕业已经有六年时间，这六年来二人没有任何接触。但是，弘惠在心里一直惦念着忠彦，毕竟当年的忠彦在学校太出众，有大把的女同学追求他。弘惠从岛津医生那打听到，安西忠彦妻子的预产期比美奈子要早三天，胎儿也是个女孩。弘惠开始把注意力放在了安西夫妇身上。她想，从面相上来说，美奈子姐姐和安西春花在某些地方还有相似之处，生出来的孩子也应该差不多。

在讲习班的课间，弘惠通过和安西忠彦闲聊，了解到忠彦在一家房地产公司工作，而他的妻子春花是那家公司老总的女儿，家庭条件非常殷实。打那开始，弘惠就下定决心，偷换对象就选这家的孩子了。剩下的事情就交给命运了。

预产期那天，安西春花开始阵痛，傍晚前来到了县立三丰综合医院。得到这一消息之后，弘惠赶快回家，偷偷地把催产剂当作补养药以输液的形式给美奈子输入了体内。结果，美奈子很快也开始阵痛，被送进县立三丰综合医院待产室的时间仅比安西春花晚了三个小时。据说是受到月亮盈亏的影响，当天三丰医院妇产科的五个待产室都躺满了阵痛的孕妇，院方不得不在食堂搭起临时床位准备为这些孕妇接生。医院只有两个分娩室，这天就像流水作业一样不停地迎接新生命来到这个世界。弘惠作为助产士，亲自经历了美奈子和春花的分娩过程。结果证明，岛津医生诊断得没错，美奈子和春花各自生个了女儿。在当时那种混乱的局面下，弘惠将两个女婴调包并不是什么难事。

就在美奈子为女儿取名叫“遥”的时候，弘惠内心也是波澜起伏的。因为她想起了母亲以前曾经说过的一句话：“人所做的一切，老天爷都在看着呢。”遥健康茁壮地成长着，在定期健康检查中，医生从没有检查出这个孩子的身体有任何问题。婴儿期，她没有生过什么大病，而且就连翻身、坐起、走路也都比一般的孩子早一个月以上。这让美奈子非常高兴。

说实话，弘惠心中还是有罪恶感的。

在医院的儿科，弘惠好几次见到过安西夫妇的身影。虽然他们的孩子没有心脏方面的异常，但身体确实比较差。经常来儿科看病。弘惠心想，如果当初不调包的话……可是一想到美奈子那张瘦弱的脸，弘惠心中的罪恶感也就淡了很多。

每天回到家后，看见姐姐开心地和女儿一起玩耍的样子，弘惠又想，调包就对了。

岸田弘惠辞去了县立三丰综合医院的工作，她跟姐姐说自己辞职的理由是老上夜班太辛苦了。她还说自己在福原市找到了一间更好的公寓，更适合养育孩子，于是，她和姐姐、遥三个人就搬到了福原市。等遥长大一点，经常有人问她，你没有爸爸不会感到寂寞吗？遥总会回答，我有弘惠姨妈呀，她就像爸爸一样照顾我。

但是，好运并不是总是站在岸田弘惠的一边。遥刚升入小学三年级的那个四月，为了参加市里举办的青少年野外活动俱乐部，她验了一次血，结果她的血型是O型。美奈子和弘惠都是O型血。弘惠算是舒了一口气，但还没来得及喘下一口气，就见美奈子青着脸对她说："立川是AB型血。"O型和AB型的后代，只可能是A型或B型，不可能是O型。面对事情已经败露，弘惠并没有告诉美奈子她当初调包的事情，只是说有可能是在医院抱错了孩子，当天医院出生的婴儿很多，又很忙乱，抱错也是难免的，我去三丰医院调查一下再说。又过了一段时间，已经进入初夏，弘惠告诉美奈子说她去三丰医院查过了，可能是和安西家的孩子抱错了。

得知这个消息后，美奈子烦恼不已。当初抱错了孩子，现在再把孩子换回来，让她们回到自己各自的亲生父母身边，真的是最好的选择吗？那样的话，自己和遥一起生活的八年时间，该如何安放呢？这个先不说，更严重的应该是对孩子造成的心理伤害吧。尽管如此，美奈子还是想知道自己的亲生骨肉现在过着什么样的生活，哪怕只是远远地看一看也好啊。毕竟那是自己和曾经深爱的、如今已经不在人世的立川爱情的结晶啊。

那年的八月五日，美奈子开车带着遥来到了三丰市的中林镇，说是要给她买她之前一直想要的玩具。

"诱拐万佑子的，不是弘惠姨妈。"

姐姐的一句话打断了遥的话。这时舒了一口气的人并不是讲了这么久的遥，而是我。吃惊、愤怒等感情还没来得及涌上我的心间，因为为了处理这么复杂的信息我的头脑已经在全速运转着，根本没有时间想别的。遥一停下来，我才有空反刍这些信息。但我觉得，她还没有讲完，八月五日那天发生的事情，应该已经到了嘴边。

姐姐用眼神给了遥一个暗示，意思好像是说，接下来的就由我来讲吧。然后姐姐转向了我。她对我说：

“那一天，美奈子妈妈走错了路，在山路上开了很久，好不容易来到了中林镇。可能在狭窄的山路上开车很紧张的缘故，妈妈说她喉咙很干，想买点饮料喝。当看到杂货店‘丸一’时，她立刻停了车，并给了我一点零钱，让我去杂货店买饮料。可是还没等我下车，一个女孩子恰巧从车旁经过。妈妈说，这个孩子很像。于是她便向这个在烈日下蹒跚前行的女孩子打招呼说，要不要上车，我们把你送回家。那女孩子可能因为快要中暑，实在走不动了，于是马上答应了妈妈，上了车。可能也是因为她看到车上有一个和她差不多大的女孩子，就放松了警惕。妈妈把这个机会看作是神的指引，是神有意引领她去见安西一家人。她说要给安西家人买点见面礼，需要在附近找一家超市。妈妈问那女孩，这附近有没有大超市？你家里人是喜欢蛋糕还是冰淇淋？不知为什么，仅仅是这几句短短的对话，就让我产生一种不祥的预感。虽然不知道为什么，但我就是感觉全身在微微地颤抖。我想赶快回到自己的家里。可是，这时的我紧张得说不出话来，还不小心尿在了裤子里，可见当时我有多紧张。看到我尿裤子之后，妈妈慌慌张张地把车开进了‘HORIZON’超市的停车场，把那女孩子独自留在车里，带我进超市买了内裤和短裤，并让我在厕所里换上了新衣裤。妈妈给我买的是印有魔法少女的内裤和短裤，虽然我那时已经对魔法少女失去了兴趣，但在那种情况下我也没有抱怨的余地。回到车里后，那女孩子问我，你还好吧？都三年级了还尿裤子，我感到非常羞耻，于是就假装肚子疼的样子。嘴里喊着好疼！好疼！在狭窄的车里捂着肚子不停翻滚，可是，在装肚子疼的过程中，我似乎真的感觉肚子开始疼了起来。于是妈妈又慌慌张张地载着那女孩子和我一起回到了福原市的家里，她把那女孩子暂时托给弘惠姨妈照顾，然后就带着我到附近的一家医院去看病。妈妈并没有跟弘惠姨妈介绍那女孩子的身世，可是姨妈马上就看穿了她的真实面目，并误以为是妈妈强迫把那女孩子拐来的呢。于是弘惠姨妈向那女孩子和盘托出了八年前发生的一切，并不住向她道歉，说都是自己的错。接下来的事情就和我以前说的一样了。弘惠姨妈对那女孩子说希望她能留在这个家里，以后两个孩子一起生活。从那开始，安西万佑子就被‘诱拐’到我家生活了两年时间。后来，每当看到电视中有关安西万佑子被拐走的报道，美奈子妈妈都说要去投案自首，把包括当年在医院抱错孩子的事情全说出来。弘惠姨妈把所有的真相都告诉了妈妈，并说那都是她的错，不能让孩子受到任何伤害，她说应该去自首的是她，她会告诉警方是她精心策划了诱拐行动。最终弘惠姨妈说服了妈妈同意她去自首。弘惠姨妈还说会对两个孩子采取最妥善的措施，给她们一个美好的未来。”

对于姐姐的话，我还来不及彻底嚼碎了分析，但我的头脑中已经对自己的爸爸、妈妈产生了同情的念头，认为他们太可怜了。那次，他们让我去外婆家，估计就是去和岸田美奈子会面吧。而且，当他们知道自己养育了八年时间的女儿是别人的，还有一个素未谋面的亲生女儿时，心中会是怎样一种感受呢？而这两年来，不管是养育了八年的女儿还是亲生女儿，都和眼前这个病弱的女人——岸田美奈子生活在一起，他们心中又是怎样一种感觉呢？

“遥，第一次见面的陌生人所说的话你就全信了吗？你就一次也没有想过回来看看我们吗？就那样突然离开了我们，你也不感觉难过吗？”我实在按捺不住心中愤怒的疑问，一股脑向遥喷发了出来。

遥皱起了眉头，低下头向我表示歉意。

“自从我记事起，就不断感觉到自己好像并不是这个家的孩子，当我见到真正的妈妈时，证实了我一直以来的感觉，所以我感觉很高兴。每当寂寞、想家的时候，我都会用这个理由来安慰自己。”

遥看了一眼姐姐，这个理由她是对姐姐说的吧。她接着说道，

“实际上，到了那个家里之后，我就感觉好像有一个既陌生又亲切的男人呼唤着我的名字一下子抱住了我，让我留下来。听说妈妈的心脏不好，我就坚定了留下来的意愿。我知道，那个男人就是我那早已去了天堂的爸爸。我要代替他照顾妈妈。”

遥就像给我读完了一本绘本，合上书之后她轻轻地出了一口气。为什么她只会同情有血缘关系的亲生母亲？小时候她生病时，整夜不睡照顾她的妈妈、加班中听说她生病立刻赶回来的爸爸，在她心目中难道就不值一提吗？和我一起经历的那些记忆呢？

遥识字那么多，写字又好，难道就不会给我们写封信吗？即使不告诉我们真相，至少应该道声平安吧。难道她一次也没想过吗？

我那想象力丰富的头脑又开始运转了，被遥抛弃的家人，多么担心她，那两年是怎么过的，难道她就不关心吗？

如果是万佑子姐姐的话，如果是真正的万佑子姐姐的话，真的，其实并不存在。

万佑子姐姐只存在于我的幻想中。

“这次，你听说养育了你八年的母亲生病了，就来看望她？又是出于你那同情心？你以为你一来她就能好起来吗？你以为你含糊地解释一下，就能得到我们的谅解吗？你也好、姐姐也好，都把自己当成了故事的主人公，不要再沉浸于其中了！”

一口气说完之后，我不看任何人的脸，低着头从爸爸身边挤出了门。我冲下楼梯，在大门口随便穿了一双不知是谁的凉鞋就跑出了家门。东边的天空已经泛起了鱼肚白，天很快就要亮了。

刚才，姐姐、遥，到底都说了些什么，在我头脑中已经乱成了一锅粥。我不能原谅遥！不能原谅这么多年来都不向我说明事情真相的人。不仅仅是姐姐，还有爸爸、妈妈也一直瞒着我。虽然即使我知道了真相，同样会感到痛苦，但是，如果知道真相的话，至少我能够直视归来的亲姐姐吧，随着时间的流逝，我应该能够接纳她，把她当作家人吧。可是，为什么只有我被蒙在鼓里？难道他们没把我看作这个家庭的一员吗？

我沿着县道不停地走着，没有任何目标，只是不停地走着。在神社的牌坊下发现姐姐，估计就是爸爸、妈妈在和岸田姐妹谈判的时候，商量出来的计策。什么神隐、山妖，真是笑话！

吱！一个刺耳的刹车声传来，一辆自行车紧急停在了我的面前。

“哇！好危险！”

说话的是……娜娜姐姐。虽然有段时间没见了，但娜娜姐姐我是不会认错的。她身穿一套便利店服务员的制服。“娜娜。”我跟她打招呼，她用奇怪的眼光上下打量了我一遍，然后马上认出了我，随口“嗯”了一声，好像对我没什么兴趣。

“不好意思，我赶着去上班。”

说着，娜娜姐姐调正了车把，准备继续上路。我一把抓住了她的车筐，挡在车前，开门见山地问道：

“我只想问你一个问题。娜娜姐姐当初你真的看见诱拐万佑子的凶手了吗？”

“啊？都过去这么多年了，你还念念不忘那件事？那是我瞎编的呀，警察当时就看穿了我是在说谎。大家只会相信风香，毕竟她是我们镇上唯一考上御茶水女子大学的才女呀。”

说这话的时候，娜娜姐姐脸上没有任何恶作剧的表情，只是带着自嘲的意味微笑了一下。她这种表情和这套台词估计已经对着很多人反复做过很多次、说过很多次了。对于娜娜姐姐，我的心中没有任何愤怒和怀恨的感情。我向她借了一枚10日元硬币，然后就放她走了。我走到小学门口，用公用电话按照记忆拨出了外婆家的电话。电话响了十声之后，对方终于有人接了。接电话的是依然单身的冬实姨妈。姨妈知道是我打来的之后，用略带沙哑的声音问我：“你妈妈怎么样了？”

我没有回答她，直接说道：“我想见见布兰卡。请告诉我领养布兰卡那家人的电话号码。”

听到这话，冬实姨妈舒了口气。但是，从她嘴里不经意间漏出了“啊”的一声，从这一声中我听出了混杂在其中的叹息。

“你说布兰卡呀，当时我怕你难过就没告诉你，它被领养的第二年就因为交通事故死了，因为那家人住在国道旁边，车来车往的，也是没办法的事情。不过，那家人给布兰卡办了隆重的宠物葬礼……”

我用力地把听筒摔在了电话机上。然后，我的目光停留在了学校对面那个孤零零的派出所上。我的双脚不自觉地朝派出所迈去。这个事件还没有结束，大家都在欺骗我。外婆、外公也被蒙在鼓里。就连警察也被骗了……

我停在了派出所门前，里面一位年轻的值班警察正在埋头写着什么。我心想，是让这位值班警察帮我联系友田警官呢，还是直接找岸田弘惠当面问清楚呢？

“你有什么事吗？”

看见了站在门口一言不发的我，年轻警察用和这宁静的清晨不太相称的大嗓门问我说。他那身深蓝色的警服，好像在催促我赶快回答。

我到底想干什么？真相已经大白，但我现在还这么做，到底是为了什么？也许是想再次弄明白我到底是不是这个家庭的成员。我不自觉地用右手摸了摸后背。

好几层褥子之下的那颗豌豆，只有真正的公主才能感觉到。以前，我想弄明白的是什么？现在，我想弄明白的又是什么？

“我想见见‘万佑子诱拐事件’的凶手岸田弘惠，我有话要问她。”

为了自己的姐姐，她为什么能够牺牲到这种程度？不，不是这个问题。我想问的是，姐妹到底意味着什么？不对，也不是这个。我要问的人，不一定非要是岸田弘惠，谁都行，只要能回答我的问题。

人心中所相信的真正的感情，到底是什么？

图书在版编目（CIP）数据

睡在豌豆上 /（日）凑佳苗著；郭勇译. —北京：九州出版社，2016.11
ISBN 978-7-5108-4283-2

Ⅰ. ①睡… Ⅱ. ①凑… ②郭… Ⅲ. ①长篇小说－日本－现代 Ⅳ. ①I313.45

中国版本图书馆CIP数据核字(2016)第059981号

MAMENO UEDE NEMURU by Kanae Minato

Original Japanese edition published by SHINCHOSHA PUBLISHING CO., LTD
Simplified Chinese translation rights arranged with SHINCHOSHA PUBLISHING CO., LTD through BEIJING Kareka Consultation Center.
版权登记号：01-2016-1409

睡在豌豆上

作　　者	（日）凑佳苗　著　郭勇　译
出版发行	九州出版社
地　　址	北京市西城区阜外大街甲35号（100037）
发行电话	（010）68992190/3/5/6
网　　址	www.jiuzhoupress.com
电子信箱	jiuzhou@jiuzhoupress.com
印　　刷	北京鹏润伟业印刷有限公司
开　　本	880毫米×1230毫米　32开
印　　张	10
字　　数	213千字
版　　次	2016年12月第1版
印　　次	2016年12月第1次印刷
书　　号	ISBN 978-7-5108-4283-2
定　　价	35.00元